布老虎散文

王充闾散文

花落春犹在

王充闾 著

春风文艺出版社
·沈阳·

图书在版编目（CIP）数据

王充闾散文：花落春犹在 / 王充闾著. —沈阳：春风文艺出版社，2024.3
（布老虎散文）
ISBN 978-7-5313-6612-6

Ⅰ.①王… Ⅱ.①王… Ⅲ.①散文集—中国—当代 Ⅳ.①I267

中国国家版本馆CIP数据核字（2024）第005233号

春风文艺出版社出版发行
沈阳市和平区十一纬路25号　邮编：110003
辽宁新华印务有限公司印刷

责任编辑：姚宏越	助理编辑：余　丹
责任校对：张华伟	装帧设计：仙　境
印制统筹：刘　成	幅面尺寸：155mm×230mm
字　　数：251千字	印　　张：18.5
版　　次：2024年3月第1版	印　　次：2024年3月第1次
书　　号：ISBN 978-7-5313-6612-6	定　　价：58.00元

版权专有　侵权必究　举报电话：024-23284391
如有质量问题，请拨打电话：024-23284384

题 记

同样是在春风文艺出版社，同样列入《布老虎丛书·散文卷》，1995年那次为《春宽梦窄》，相隔二十八年，这次推出的是《花落春犹在》。

两部带有"春"字的书名，分别出自宋词与宋诗，前者着眼于认识论，涉及想象、认知能力，扩展无限的视野，分明一副壮年气概，而后者则体现了辩证法，"犹在"云云，已经是老迈口吻了。

"花落春犹在"，本属自然现象、客观规律；借用于人事，取其老尚有为之义。古诗中有"落红不是无情物，化作春泥更护花"之句，"护花"不敢侈谈，谨以献曝之诚，选辑近年新作各体散文四十八篇，敬请读者朋友指导、批评，同时关注一下：作者常说挑战自我、渴望超越，那么，二十八年过去，看看有了哪些长进。

目　录

001	庄孟何悭一面缘
006	两千年的守望
015	人难再得始为佳
019	诗圣的悲哀
028	一场虚拟的叩访
038	渴　慕
043	塑像沧桑
048	一序辩千秋
055	闲话东坡
063	此心自在悠然
073	听　书
083	一席难忘
089	我所思兮水一方
100	中堂十像
106	惠施九辩
111	"善戏谑兮"
116	艺术的想象空间
121	烛光中关闭的窗
126	"不读古书"议
131	制　怒
137	"见小曰明"

142	闲　笔
146	"朱衣点头"
149	"罗""目"之思
154	读书得间
160	断句趣谈
166	童　心
172	情爱诗话
178	中秋友忆
187	"从心所欲，不逾矩"
193	鉴美之悟
201	阿凡提、唐僧与馕
205	山灵有语
213	"有村名北极"
217	趣说"回头"
221	草木无情亦有情
225	赏　花　时
229	锤峰影下瞰兴亡
237	害怕时间
242	人巧与天工
245	乐在忙中
250	戏剧人生
261	病室谈《庄》
265	带着体温的铜板
268	善　邻
275	感　恩
282	对　话
286	独　处

庄孟何悭一面缘

一

古籍中有"庄子与梁惠王、齐宣王同时",孟子"见梁惠王""见齐宣王",庄子之辩友惠子担任梁相等记载;可见,孟、庄这两位著名思想家是处于同一时期的。具体一点说,孟子与庄子,分别出生于约公元前372年、前369年,相差不过三岁,享年均为八十有四;两人的故里所在,邹国与宋国亦相去不远。可是奇怪的是,他们竟然终其一生未曾谋面,著作中亦未尝语及对方。这究竟是什么原因?历代学人多有关注,特别是唐宋以降随着孟子思想地位与社会关注度的提高,许多学者都发出疑问——

北宋末年,邵博在《邵氏闻见后录》中提出:"杨氏(杨朱)为我过(违)于义,墨氏(墨翟)兼爱过于仁,仁义之过,孟子尚以夷狄遇之,诛之不少贷(宽恕)。同时有庄子者,著书自尧舜以下无一不毁,毁孔子尤甚,诗书礼乐,刑名度数,举以为可废,其叛道害教非杨、墨二氏比也。庄子蒙人,孟子邹人,其地又相属,各如不闻,如无其人,何哉?"

南宋时期,《朱子语类》也曾记载,李梦先问朱熹:"庄子、孟子同时,何不一相遇?又不闻道及,如何?"

金代进士刘祁在《归潜志》中也提出质疑:"庄子与孟子同时,其名不容有不相知,而亦未尝有一言相及""夫老、庄之书,孔、孟不言,其偶然邪?其有深意邪?"

清康熙年间，张芳为宣颖《南华经解》撰写前言时，也曾提出这个问题："吾独惜夫庄与孟同时而不相知也。当是时，儒之嫡传有子思、子夏，（庄）周之传出于子夏之门人，（孟）轲之传出于子思之门人。孟犹之嫡传，而庄其别传也。庄之书言孔氏七十子盛矣，而不及孟；孟辩杨、墨，未之及庄。毋乃子舆（孟子）率其徒以游诸侯，行类墨翟；而庄周未尝持其说以干列国，守似杨朱。斯二子之所以不相知欤？"

疑窦团团，纷然待解。

二

这个"千年之问"，研索起来，涉及多种视角，多个层面。首先需要弄清的，是这两位同时代的伟大思想家迄未相见的真正原因。

且看两个人的经历。据杨泽波《孟子评传》中的《孟子年表》记述，孟子前四十年基本在故乡邹国，主要修为是授徒讲学；尔后二十多年，带领学生周游列国，足迹遍于齐、宋、薛、鲁、滕、梁，五十二岁之后返齐，居留数载，曾任上卿；最后二十几年回到故国，讲学、著述，作《孟子》七篇。而庄子则是绝大多数时间都在宋国，三十二岁之前，在故里蒙地做过短暂的漆园吏，之后便绝意仕进，几次短期游楚，到过大梁、鲁国，也有可能行经赵国、齐国。"人生不相见，动如参与商"。由于异地殊途，他们失去觌面相逢的机会。

长期以来，人们说到孟、庄二子，常会连挂上《孟子》《史记》中说到的梁惠与齐宣二王，因而多以为他们极有可能在梁、齐会面。实则大谬而不然。庄子于公元前334年，乘惠施相梁之便，在大梁短暂勾留，而"孟子见梁惠王"则是在前320年，错位十四个年头。至于齐国，庄子曾否落脚尚难判定，又何谈与孟子会面！

接下来的问题是：未能见面也罢，那么，他们是否互有知闻？有的论者认为，由于僻处乡曲，闭塞视听，又兼"道不同不相为谋"，他们不想见面，也无意交流，特别是其时庄子学说尚未成为显学，故彼此隔绝，也是情理中事。这种可能性存在，但应该说很小。就是说，互相还是有所知闻的。

这又推衍出第三个问题：既然相互知情，那么，又是什么原因使他们竟无一语相及？

庄子说过，"春秋经世先王之志，圣人议而不辩"，他还有"辩无胜"的说法，看来，如果不是对方找上门来，他是不大可能主动出击的。所以，论者多是首先着眼于孟子。20世纪20年代，茅盾先生就是这样分析的："热心排斥异端如孟子，而竟无一言及庄周，殊为可疑。惟细考之，则亦不然。盖孟子之辟异端，与荀子异。荀子是网罗的排击异端，孟子特举异端中之近似'圣道'者，辞而辟之，所谓恶紫之夺朱也；故对于杨、墨，则特举而攻击之，于许行亦然。余如兵家、纵横家等，仅有一度概括的排击，见于《离娄》上篇，而亦未举家派及人名。至若庄周的学说，与孔门显然大异，故不在特举排斥之列。这是一个理由。又庄子主逍遥出世，而孟子要'用世'，二人在思想上虽截然反对，而在行动上却不相妨碍；孟子所热心攻击的，正是那班与已争用世的异端，庄子既与孟子无所争，故孟子也就放过了。这是又一理由。"（《〈庄子（选注本）〉绪言》）

"恶紫之夺朱也"，乃孔子圣训，其意为憎恨以假乱真，用邪说侵蚀正理。因其关乎守正卫道的根本，所以具有战略性质；而"无所争"，即未造成直接威胁，属于斗争策略。茅公揭櫫这两方面理由，鞭辟入里，恰中肯綮。

三

那么，孟子之"偃旗息鼓"，还有没有第三个理由呢？窃以为，如何看待庄子的"批孔"问题也很关键。

查检《庄子》中最具判断价值的内七篇等重要章节，发现说到孔子时大多是借重这位先师以表达一己的意向，即所谓"重言"。至于《史记》中提及的"诋訾孔子之徒"的《渔父》《盗跖》《胠箧》诸篇，由于出自门人之手，料想孟子当时未必看到，即便曾经寓目，也并未在意。就此，有的论者认为，"庄子非真诋孔子者，若真诋孔子，则孔子之道载在六经、《论语》者，何不摘举一二以相抵牾？""可知其为孔子之徒而发，非真诋孔子也"。（清李大防语）

自宋代始，庄子"未尝毁孔"之说屡见不鲜。王安石指出："学者诋（庄）周非尧、舜、孔子，余观其书，特有所寓而言耳。孟子曰：'说《诗》者，不以文害辞，不以辞害意。以意逆志，是为得之。'读其文而不以意原之，此为周者之所以讼也。"（《临川文集·庄周》）说的是，读《庄》不得法，因而未获真诠。苏东坡讲得尤为直白，"余以为庄子盖助孔子者""阳挤而阴助之"（《庄子祠堂记》）。明代学者杨慎也说："庄子愤世疾邪之论也，人皆谓其非尧舜、罪汤武、毁孔子，不知庄子矣。"（《庄子解》）在他看来，庄子的锋芒所向，乃是那些假借礼乐、仁义而营谋私利者流。清代学者吴世尚亦著《庄子解》，在引言中指出："庄子之学，所见极高，其尊信孔子亦在千古诸儒未开口之前。观篇中称孔子为'圣人''至人'……此老从不肯以此名许人，独以之称孔子。此是何等见地！今之人只知'圣之时'自孟子发之，'可谓至圣'自太史公赞之，又宁知此老之识早有卓然者乎？"清末学者刘鸿典甚至讲："孟子距杨、墨，以明孔子之大，所以树道外之防；庄子诋伪儒，以存孔子之真，所以剔道中之蠹。故曰：庄子之尊孔子，其功不在孟子下也。"（《庄子约解》）

如果孟子当年也作如是想，那还会"兴师问罪"吗？其实，也不单是孟子，稍后现身的儒家学派另一位代表人物荀子，对于《庄子》中恣意批评儒家、摆布其祖师爷的放肆言行，同样置若罔闻，而只是指斥庄子"蔽于天而不知人"。当然，这和其时儒学已兼容道、法、名、墨诸家有一定关系。

四

作为我国古代伟大的思想家，同孔、老一样，孟、庄也是双峰并峙，各异其趣。"孟轲膺（信服）儒以磬折（尊崇），庄周述道以翱翔。"（《文心雕龙·诸子》）一居庙堂之高，一处江湖之远，取向不同、观点各异，属于"两股道上跑的车"。但在"大异"的基础之上，也还存在"小同"，比如，在抨击打着"仁义"旗号残民以逞的暴君奸相，揭露"窃钩者诛，窃国者侯"的社会暗箱，主张构建理想社会等方面，不无共通之点，而其表达方式，同样有其"激言矫弊"、愤世嫉俗的良苦用心。

不管怎么说，在那个"百家争鸣""处士横议"的战国之世，这一对分别以滔滔雄辩、咄咄逼人名世与意出尘外、天马行空著称的两员战将，竟然没有登台对阵，终究是一桩憾事。人们也曾设想：倘若他们舞动起唇枪舌剑，即便是一场恶斗，也肯定是别开生面的天下奇观。明代学者陈继儒引述王世贞的话，说庄、孟假如对面交锋，那将如（黄帝与蚩尤的）涿鹿之战、（楚汉争雄的）彭城之战，"天地为之荡而不宁，日月为之晦而不明。庄子败，则逃之无何有之乡而已，然而不怒也；孟子不败也，败则怒"（《南华发覆叙》）。当代学者苏仲湘咏《历史憾事》七绝中也曾慨乎其言："庄周妙辩孟轲雄，何事同时未见逢。倘使讲堂陈二座，惊风跳雨斗双龙。"

两千年的守望

一

从公元前286年伟大的思想家兼文学家的庄子去世，到公元1715年（清康熙五十四年）伟大的文学家而兼思想家的曹雪芹诞生，中间整整相隔了两千年。在这两千年时间长河的精神航道上，首尾两端，分别矗立着辉映中华文明以至整个世界文明的两座摩天灯塔——两位世界级的文化巨匠。他们分别以其哲学名著《南华经》(《庄子》)和文学名著《红楼梦》，卓立于世界民族文化之林。

曹雪芹生当所谓"康乾盛世"，距今不过二三百年，而其活动范围，也只有南京、北京两地，留存下来的文献资料却少得出奇，以致连本人的字、号、生年、卒年、有关行迹及住所、葬地，还有祖籍、生父、妻子等等，都存在着争议，这倒和两千多年前的庄子十分相像。而且，从已知的有限记载中得知，他的身世、出处、阅历，特别是思想追求、精神境界，也和庄子有许多相似之处——

同庄子为宋国没落贵族的后代一样，曹雪芹也出身于没落的贵族。他的祖上是一个百年望族，属于大官僚地主家庭，其曾祖父、祖父、父亲，三代世袭江宁织造达六十余年。曹家与清皇室的关系非常密切，雪芹的曾祖母曾是康熙的乳母，祖父当过康熙的侍读。雪芹出生于南京，十三岁之前，作为豪门公子，过着锦衣纨绔、饫甘餍肥的生活。尔后，由于乃父因事受到株连，被革职抄家，家道中落，财产丧失殆尽，社会地位一落千丈；移居北京后，成为普通贫民，饱经沧桑巨变，备尝世态炎凉之酸苦，"寂寞西郊人到罕""故交零落散如云"。清人笔记中载："素放浪，至衣食不给""老而落魄，无衣食，寄食亲友家"。所居房舍，"土屋四间，斜向西南，筑石为壁，断枝为椽，垣堵不齐，户牖不全"，生活十分贫寒、困窘。

他与庄子一样，天分极高，自幼都曾受到系统的传统文化教育，饱读诗书，胸藏锦绣；又都做过短时期的下层职员——庄子曾在蒙邑任漆园吏两三年时间，雪芹也曾做过内务府笔帖式，从事文墨、缮写差事，职位很低，只有年余，而后便进入右翼宗学，担任助教、夫役，时间也不太长。庄子凭借编织草鞋和渔钓以维持生活，雪芹则是以出售书画和扎绘风筝赚取收入；庄子熟悉并能亲自操作编织、刻竹、制漆等工艺生产，雪芹不仅擅长扎绘风筝，而且对金石、编织、织补、印染、雕刻、烹调与脱胎漆器等工艺美术也有研究。这样，他们便都有条件了解底层社会，同普通民众接触，包括一些拒不出仕的畸人、隐者，进而建立良好的关系。

除了长篇小说《红楼梦》，曹雪芹还留下一部《废艺斋集稿》，详细记载了金石、风筝、编织、印染、烹调、园林设计等工艺艺程。其中《南鹞北鸢考工志》自序中写道："是岁除夕，老于（残疾人于叔度，曾向曹雪芹学习扎糊风筝技艺）冒雪而来，鸭酒鲜蔬，满载驴背，喜极而告曰：'不想三五风筝，竟获重酬；所得共享之。'"反映了曹雪芹的平民意识与助残济困的高尚情怀。这使人想到庄子置身于百工居肆，乐于同支离疏、王骀等残疾人打交道，听他们倾诉惨淡人生的遗闻逸事。

曹雪芹厌恶八股文，绝意仕进，根本不去参加顺天乡试。他和庄子一样，都是以极度的清醒，自甘清贫，洁身自好，逍遥于政治泥淖之外，始终和统治者保持着严格的距离。乾隆年间，朝廷拟在紫光阁为功臣绘像，诏令地方大员物色画家。当时雪芹为寻访故地，回到南京，两江总督尹继善遂推荐他充当供奉，兼任画手，不料雪芹却未予接受。拒绝的原因，他没有直说，想来大概是：当年庄子为了追求人格的独立与心灵的自由，奉行"不为有国者所羁"的价值观，却楚王之聘，不做"牺牛"；我也不能去自投罗网，在那"犹如火宅，众苦充满，甚可怖畏"（借用佛经上的话）的龙楼凤阁中，做个笔墨奴才，给那些乌七八糟的什么"功臣"画影图形，既无趣，又可怕。

他们都是旧的传统礼教的叛逆者，反对儒家的仁义教条，厌弃"学而优则仕"的世俗观念，批判专制，警惕"异化"。要之，他们都是物质生活匮乏而精神极度富有的旷世奇才。

他们的思想都与现实社会环境极不协调，甚至尖锐对立；他们的言行举止，超越凡俗，脱离固有的社会价值、伦理观念的规范，而不为世人所认同与理解。这样，处世就不免孤独，而作品更有"都云作者痴，谁解其中味"的悲凉感。

"怅望千秋一洒泪，萧条异代不同时。"（杜甫句）庄子如果地下有知，当会掀髯笑慰：两千年的期待，终于又觅得一个异代知音。

二

曹雪芹在西单石虎胡同的右翼宗学担任教职（一说曹雪芹为敦惠伯家西宾，紧邻右翼宗学）时，结识了清朝宗室一些王孙公子，如敦氏兄弟与福彭等。初识时，曹雪芹三十岁，敦敏十六岁，敦诚仅十一岁。在漫长的冬夜，他们围坐在一起，这些公子哥儿听年长他们很多的曹公充满智慧、富有谐趣的清谈雅教，说古论今。较长一段接触中，他们亲炙了雪芹的高尚品格与渊博学识，都从心眼里敬服他。大约三年过后，曹公移居北京西郊，过着著书、卖画、挥毫、唱和的隐居生活。其间，除了敦氏兄弟仍然常相过从之外，当地还有一位张宜泉，与雪芹交往甚密，意气相投。他年长雪芹十多岁，功名无份，穷愁潦倒，靠着教几个村童度日。

二敦一张在题诗、赠诗、和诗中，留下了一些关于雪芹的十分可靠的珍贵文献资料。诗中真实地状写了雪芹贫寒困顿的隐逸生涯、超迈群伦的盖世才华和纵情不羁的自由心性。在这里，诗人运用"立象以尽意"的艺术手法，驱遣了"野浦""野鹤""野心"这三种颇能反映本质的意象。

"野浦冻云深，柴扉晚烟薄。山村不见人，夕阳寒欲落。"敦敏在这首《访曹雪芹不值》的小诗中，形象地描绘了雪芹居处的落寞、清幽、萧索，可说是凄神寒骨。前此，他还曾写诗《赠芹圃》，有句云："碧水青山曲径遐，薜萝门巷足烟霞。寻诗人去留僧舍，卖画钱来付酒家。""曲径遐""足烟霞"，描绘其环境清幽；"留僧舍"、卖画沽酒，记述其日常生活。敦诚在《赠曹雪芹》诗中，亦有"满径蓬蒿老不华，举家食粥酒常赊。衡门僻巷愁今雨，废馆颓楼梦旧家"之句。前两句，写居住环境荒凉、生活条件艰苦；后两句，写世态炎凉，繁华如梦。"今雨"用典，出自杜甫的《秋述》："常时车马之客，旧雨来，今雨（新结交的朋友）不来"。杜甫居长安时，初被玄宗赏识，众人都主动上门结交，一时车马不绝，但他后来并没有做成什么官，于是，人们便对他疏远了。世态炎凉，人情冷暖，同样反映在曹雪芹境遇中，令诗人感喟无限。

说过了"野浦"，再讲"野鹤"。敦敏曾写过这样一首七律，题为《芹圃曹君霑别来已一载余矣，偶过明君琳养石轩，隔院闻高谈声，疑是曹君，急就相访，惊喜意外，因呼酒话旧事，感成长句》。首联与尾联云："可知野鹤在鸡群，隔院惊呼意倍殷"；"忽漫相逢频把袂，年来聚散感浮云"。此前一年多时间，雪芹曾有金陵访旧之行，现在归来，与敦敏相遇于友人明琳的养石轩中。诗中状写了别后聚首、把袂言欢的情景。这里值得注意的是"野鹤在鸡群"之语，其意若曰：曹公品才出众，超凡独步，有如鹤立鸡群。典出晋戴逵《竹林七贤论》："嵇绍入洛，或谓王戎曰：'昨于稠人中始见嵇绍，昂昂然若野鹤之在鸡群。'"（亦见《晋书·嵇绍传》）宋代诗人郑刚中也曾写过："高士常徇俗，无心欲违世。野鹤在鸡群，饮啄同敛翅。"大约就在这次聚会中，雅擅丹青的曹雪芹，乘着酒兴，画了突兀奇峭的石头，以寄托其胸中郁塞不平之气。敦敏当即以七绝题画："傲骨如君世已奇，嶙峋更见此支离。醉余奋扫如椽笔，写出胸中块垒时！"傲骨嶙峋、胸中块垒云云，活灵活现地道出了曹公的倨傲个性与愤激情怀。

与此紧密相关，是张宜泉诗中的"野心"之句。诗为七律，《题芹溪居士》："爱将笔墨逞风流，庐结西郊别样幽。门外山川供绘画，堂前花鸟入吟讴。羹调未羡青莲宠，苑召难忘立本羞。借问古来谁得似？野心应被白云留。"核心在后四句。著名红学家蔡义江对此有详尽而准确的解读——

"羹调"句写曹雪芹并不羡慕李白那样受到皇帝的宠幸。李白号青莲居士，以文学为唐玄宗所赏识，玄宗曾亲自做菜给他吃，所谓"以七宝床赐食，亲手调羹"。

"苑召"句，写曹雪芹善画，但他不忘阎立本的遗诫，而不奉苑召。《旧唐书·阎立本传》载，唐太宗召阎立本画鸟，阎闻召奔走流汗，俯在池边挥笔作画，看看座客，觉得惭愧，回来即告诫儿子："勿习此末技。"

"野心"句：野心，谓不受封建礼法拘束的山野人之心。这句是说，曹雪芹鄙视富贵功名，只有山中的白云可以与他做伴。唐末，陈抟举进士不第，隐居华山云台观。入宋后，数召不出，作谢表，中有"数行丹诏，徒教彩凤衔来；一片野心，已被白云留住"之句。见《唐才子传》。

穷愁困踬中，曹雪芹以坚韧不拔的毅力，十数年如一日，坚持创作《石头记》（《红楼梦》）。晚年因幼子夭亡，悲痛过度，忧伤成疾，于1763年除夕病逝。敦诚、敦敏、张宜泉等分别以诗悼之。

综观曹雪芹的一生，以贫穷潦倒、维持最低标准的生存状态为代价,换取人格上的自由独立,保持自我的尊严与高贵,不肯苟活以媚世;精神上,从容、潇洒,营造一种诗性的宽松、淡定的心态,祛除一切形器之累,从而获得一种超然物外的陶醉感与轻松感。这一切,都是与庄子相类似的。

三

鲁迅先生针对生民处于水火之境的艰难时世,说过一句痛彻骨髓的话:"人生最苦痛的是梦醒了无路可以走。做梦的人是幸福的;倘没有看出可走的路,最要紧的是不要去惊醒他。"接上又说:"假使寻不出路,我们所要的倒是梦。"曹雪芹和庄子都生活在社会危机严重、理想与现实对立、"艰于呼吸视听"的浊世,都是"无路可以走"的。这样,他们两人便都不约而同地选择了梦境,借以消解心中的块垒,寄托美好的愿望,展望理想的未来。

作为文人写梦的始祖,庄周托出一个虚幻、美妙的"蝴蝶梦"(见《齐物论》),将现实追求不到的自由,融入物我合一的理想梦境之中;而织梦、述梦、写梦的集大成者曹雪芹,则通过荣、宁二府中的"浮生一梦",把审美意识中的心理积淀,连同诗化情感、悲剧体验、泣血生涯和盘托出,在卑鄙、龌龊的现实世界之上,搭建起一个以女儿为中心的悲凄、净洁、华美的理想世界。有人统计,《红楼梦》一书中共写了三十二个梦,其中最典型的是贾宝玉梦入太虚幻境的警幻情悟,预示其看破红尘、人生如梦的觉解。

《庄子》与《红楼梦》这两部传世杰作,归根结底,都可说是作者的"谬悠说""荒唐言""泣血哭""辛酸泪"。清末小说家刘鹗在《老残游记·自序》中说得好,"《庄子》为蒙叟之哭泣""曹雪芹寄哭泣于《红楼梦》"。

在中国古典小说中,《红楼梦》应是引用《庄子》中典故、成语、词句最多的一部作品，作者顺手拈来，触笔成妙；看着觉得眼熟，结果一翻，竟然分别出自《人间世》《大宗师》《胠箧》《秋水》《山木》《盗跖》《列御寇》等等篇章，令人惊叹作者学识的渊博。雪芹对于庄子其人其文极度倾慕，曾借助以"槛外人"和"畸人"自命的妙玉之口说："文是庄子的好。"同妙玉一样，小说中众多人物都喜欢《庄子》，特别是宝玉、黛玉这两位主人公，对于这部哲学经典，已经烂熟于心，能够随口道出，恰当地用来表述一己的人生境界、处世态度、思想观念、生活情趣。显然，作者称引《庄子》，绝非矜富炫博，装潢门面，而是为了彰显他的价值观、倾向性与人生态度，因为他们是同道者、知心人。

庄子是中国思想史上第一个提出争取和捍卫人的自由的思想家。高扬自由意志，追求个性解放，可说是《庄子》的一条红线，也是庄子思想影响后世的最重要的一个方面。而曹雪芹，则把自由的思想意志奉为金科玉律，当作终身信条，他正是通过贾宝玉这一典型人物的典型性格，来集中阐扬这种精神意旨的。就是说，《红楼梦》的哲学内涵，主要是隐含在人物形象之中。贾宝玉坚决反对"仕途经济""八股科举""程朱理学"，无拘无束、我行我素、放纵不羁、自由任性的个性特征，以及他所赞赏的"无知无识、无贪无忌"的赤子般的心境，还有他借龄官的嘴说出的对封建地主家族的控诉："你们家把好好的人弄了来，关在这牢坑里"，完全失去自由，等等。显然，其中都有庄子思想的影子。宝玉曾多次谈到死亡，他说："等我有一日化成了飞灰——飞灰还不好，灰还有形有迹，还有知识的。等我化成一股轻烟，风一吹就散了的时候，你们也管不得我，我也顾不得你们了，凭你们爱那里去，那里去就完了。"这也让人联想到庄子关于死亡的那番旷达、超迈的话语。看得出来，庄子思想是他（当然也包括黛玉）主要的精神支柱。

《红楼梦》中大家所熟知的《好了歌》及其解注，还有那句"可知世上万般,好便是了,了便是好。若不了,便不好;若要好,须是了"的警语和太虚幻境中"真假""有无"的对联,骨子里所反映的"万物齐一",一切都具有相对性与流变性的观念,自然都和庄子的齐物论有一定的关联。

至于这两部天才杰作的叙述策略与话语方式,也同样有其相似之点:一个隐喻为"假语村言","荒唐、无稽之辞";一个则明确地讲,"以谬悠之说、荒唐之言、无端崖之辞"出之,"其辞虽参差,而諔诡可观"也。

四

应该说,曹雪芹接受庄子的影响,主要是接受"一种理想人格的标本""游心于恬淡、超然之境"。正是这种精神原动力,使他们面对颠倒众生的"心为物役"、人性"异化"的残酷现实,能够解除名缰利锁的心神自扰,以其熠熠的诗性光辉,托载着思想洞见、人生感悟、生命体验,以净化灵魂,澡雪精神,生发智慧,提振人心。

看得出来,这种天才人物之间的吸收与接纳,递嬗与传承,是作用于内在,而且是创造性的、个性化的。从这个意义上说,师承也好,赓续也好,不会一体雷同,只能具有相对性。

为此,在肯定两人相同或相似这主导一面的同时,也应注意到他们在思想观念方面存在着一定的差异。比如,迥异于庄子的雪芹的佛禅情结、色空观念、虚无意识,广泛地浸染于作品之中;"家亡人散各奔腾","好一似食尽鸟投林,落了片白茫茫大地真干净",是其最具代表性的经典表述。其成因是复杂的,大抵同他所遭遇的残酷的社会环境、天崩地坼般的家庭遽变,本人的文化背景、信仰观念,有着直接关系。

即此,也充分反映了天才人物的独创性与特殊性。这一特征决定了，他们之间绝对重复的现象是不存在的，根本不能"如法炮制"。就是说，只能有一，不能有二，他们在世间都已成了绝版——从辞世那天起，原版就毁掉了，永远也无法复制。

司马迁在《报任安书》中曾经慨乎其言："古者富贵而名磨灭，不可胜记，唯倜傥非常之人称焉。""倜傥非常"，卓异超凡之谓也。从世界的眼光和时代的高度来审视，庄子也好，曹雪芹也好，这两位文化巨匠的思想见地、艺术造诣、人格精神，都处于人类智慧的巅峰水准。两千年的期待，两千年的守望，两千年的传承，他们分别作为中华传统文化重要开山者和封建文化继承、总结、批判者，都以其毕生心血凝铸而成的旷世奇文，为中华民族奉献了辉煌的文化瑰宝，并为促进人类文明历史的共同发展做出了伟大的贡献。在浩瀚无垠的文化星空中，这一对双子星座，以其无可取代的独特地位，千秋万世，永远放射着耀眼光辉。

人难再得始为佳

清代文学家、思想家龚自珍《己亥杂诗》中有这样一个警句,"人难再得始为佳",强调了存在的唯一性和独特性。这句诗来源于《汉书》中"佳人难再得"的典故。武帝时,著名音乐家李延年"起舞歌曰:'北方有佳人,绝世而独立。一顾倾人城,再顾倾人国。宁不知倾城与倾国?佳人难再得!'上叹息曰:'善!世岂有此人乎?'平阳主(武帝胞姐)因言:延年有女弟。上乃召见之,实妙丽善舞,由是得幸"。一般都把这个典故用于佳姝美女;龚自珍的诗"捆心消息过江淮,红泪淋浪避客揩。千古知言汉武帝,人难再得始为佳"也是用于女性的,诗人前面有个交代:"杭州有所追悼而作"。有的学者考证,此诗是龚自珍为悼念他的表妹而作的。

其实,"人难再得",也不一定都要用于女性。1961年,冰心先生就曾以《"人难再得始为佳"》为题,悼念梅兰芳先生。她在文章中追忆早年欣赏梅先生演出《汾河湾》的情景:"流水般的踱步,送出一个光彩夺目的人儿,端严的妙目,左右一扫,霎时间四座无声!也许是童年的印象最为深刻吧,这几十年来许许多多男女演员之中,我还没有看见过像梅先生在那时那地所给我的端庄流丽,仪态万方的体态与风神!"这也可以称作"人难再得"吧。可见,"人难再得",既可用于女郎,也可用于男士;既可用于古人,也可用于今人。关键在于它的唯一性与独特性。

我写《逍遥游——庄子传》时曾经说过:"庄子就是庄子,他是天才中的天才,只能有一,不能有二。就是说,庄子在世间已经成了绝版——从他辞世那天起，原版就毁掉了，永远也无法复制。"庄子自甘清苦，不慕荣利，摒弃世间种种浮名虚誉，尤其拒绝参与统治者的政治活动，不同达官显宦交往，即便偶涉官场，也要尽早抽身，辞官却聘；他强调知足知止，对于不属于自己的东西，对于身外之物，决不贪求，以免让名缰利锁盘踞在心头，遮蔽了双眼，导致身败名裂的悲剧下场。为了达到以自我为主体的逍遥境界，庄子强调，必须超越"人为物役""以身殉物"的"异化"现实。这种思想追求、价值取向，也体现在他所创造的一些典型人物身上，比如《让王》篇所记的屠羊说——那个楚国以宰羊为业的高人，就是如此。

当日，伍子胥为报杀父之仇，帮助吴国攻打楚国，楚国一败涂地，昭王弃国奔逃到了随国。屠羊说便也跟随着楚昭王出走，并在逃亡途中，帮助昭王解决了好多实际困难。待到楚国复国，昭王论功行赏时，想到了他，便派大臣去问他希望做个什么官。屠羊说却说："皇上丧失了国土，我失去了屠羊的活计；皇上回国复位了，我也跟着回来，继续干着屠羊的活。我的爵位利禄已经收回来了，还有什么可奖赏的？"但昭王还是坚持要给他以报偿。屠羊说坚持不接受，说："皇上失去国家，不是我的罪过，所以，我不必承受惩罚；皇上回国复位，也并非我的功劳，所以，我也不能接受奖赏。"昭王听了汇报，便要亲自接见他。屠羊说仍是予以拒绝，说："楚国的法令规定，一定要是受过重赏、立过大功的人，才能受到皇上接见。现在，我的智力不足以保存国家，勇敢不足以消灭敌人，当时吴国军队攻入郢都，我害怕危险而逃避敌人，并不是有心追随皇上、护卫皇上的。现在，皇上却要废法毁约来接见我，这可不是我所愿意传闻天下的事。"闻听此言，昭王认为，屠羊说重操行，守本分，不贪功，不邀赏，而且，虽然身处卑贱却能陈述高明的道理，确实属于不可多得，甚至难以再得的人才，便让大臣司马子綦亲自出面奉劝，一定要他接受三公之位。屠羊说坚决推辞，说："三公的职位，我知道它比屠羊的铺子尊贵得多；万钟的俸禄，我知道它比屠羊的收入豪富得多。但是，我怎么可以贪图爵位利禄，而让国君背上滥行封赏的恶名呢！我不敢接受，只希望回到自己屠羊的铺子。"最后，还是没有接受。

作为庄子笔下创造的一个典型人物，屠羊说可视为庄子思想的化身，是其价值取向、人生追求、精神境界、处世准则的形象体现。像屠羊说这种类型，莫说当时是唯一的，后世恐怕也难以再现。我们不妨翻开史书着意地寻找一下。

汉代的卜式有点类似。《史记·平准书》中记载，河南郡人卜式，在山中牧羊十多年，后来羊群发展到一千多只，他就买了田宅。那时，朝廷屡次征讨匈奴，卜式上书，说愿将家产一半捐赠给政府，以助边防。汉武帝听说后，就派使者前去询问："你这么做，是不是想当官？"卜式回答说："我从小只知放羊，不懂得做官的规矩，所以，不愿当官。"使者又问："那你是不是家有沉冤，要向皇上申诉？"卜式说："我生来跟别人都是和平相处，没有闹过纠纷。贫苦人家，我接济他们；为非作歹的人，我耐心教育他们。乡里的人，都尊重我的意见，谁会来冤枉我？我没有什么话要禀告皇上。"使者说："那么，你捐赠那么多财产，究竟是为了什么？"卜式说："国家跟匈奴作战，贤能的人应该战死边疆，有钱的人应该捐输粮食。"使者将他的话原原本本地奏报给皇帝，皇帝听了很感兴趣，便把这事说给了丞相公孙弘。不料，公孙弘却说："这不是人情之常。恐怕他另有所图，不可以因为权变而乱了法纪。"

这当然是"以小人之心度君子之腹"，和前面提到的楚国大臣司马子綦比较起来，这个公孙弘可就差了一等。作为丞相，此人口碑很差，史书上说他"曲学阿世"；又说他工于毒计，工于谄媚。

而卜式，后来也还是当了大官。武帝认为他既贤且能，想要尊崇他、表彰他、重用他，用以激励全国人民。所以，表面上看，卜式与屠羊说有其相似之处，但实质上还是存在着差异的。屠羊说匿身草泽，远离魏阙，像《周易》中所讲的"不事王侯，高尚其事"；而卜式所走的却是另一条道路。开始时，皇帝让他当郎官，卜式不愿意干。皇帝说："皇家的羊都在上林，那你就去管理它们吧。"这样，卜式就穿着麻衣、草鞋去牧羊。过了一年多，羊群肥壮，加速繁殖，皇帝颇为赞赏。卜式说："非独羊也，治民亦犹是也。以时起居；恶者辄斥去，毋令败群。"卜式终究是个政治家，简单两句话，便为皇帝奉献了治民、除恶的招法。一般的牧羊人哪有这样的韬略？

从前的读书士子，按照儒家"亚圣"孟子的说法："得志，泽加于民；不得志，修身见于世。穷则独善其身，达则兼善天下。"当他们"独善"处穷之时，有隐于市者，有隐于野者。卜式应该算作隐于牧者。

总体看来，这个卜式属于"内儒外道"者流。武帝觉得他说得很深刻，就任命他为缑氏县令，结果四境大治，百姓安居乐业；又改任成皋县令，同样是考绩优良。皇帝就提拔他为齐王太傅；时值南越反叛，他上书说："主忧臣辱，我希望父子和齐国习船者一同前往死战。"皇帝许之以忠义，赐爵关内侯，并黄金六十斤，田十顷。后来又升迁做了御史大夫，由于反对盐铁官营，又兼不善文辞，贬为太子太傅，以寿终。

对于封建官僚来说，"以寿终"，应该说，这就是很好的结局了。须知"伴君如伴虎"啊！宋人孔平仲《珩璜新论》中有一段话，大意是：宰相，是人人都想当的。汉武帝接连诛杀了几位宰相以后，又命令公孙贺去当宰相。闻讯后，公孙贺哭了，他实在是不想赴任，因为他想到了前几位的悲惨下场。但是，君命不可违，后来还是被迫当上了宰相。结果呢，不只自己送上了一条老命，还闹了个满门抄斩。

对于这一点，精明盖世的晚清名臣曾国藩算是看透了，所以，他激烈地赞赏屠羊说，在给他的胞弟曾国荃的生日赠诗中写道："左列钟鸣右谤书，人间随处有乘除。低头一拜屠羊说，万事浮云过太虚。"他从自己的切身体验出发，感慨祸福无常，升沉难料，认为最高明的还是那个屠羊说，所以应该低头膜拜，奉他为师。

诗圣的悲哀

一

晚年的诗圣杜甫,孤凄无依,"漂泊西南天地间",过着"天边老人归未得,日暮东临大江哭"、去留两难、备受煎熬的惨淡生活。十年间,先是流寓川渝大地,后因思归心切,扁舟出峡,转徙荆楚,浪迹湖湘。但由于时局动乱,生计艰难,北归无望,生命的最后两年,不得不以多病羸弱之躯,辗转于衡岳之间,或为孤舟摇荡,或为鞍马劳顿,辛苦备尝,终日不堪其苦,最后病死在潭州(长沙)驶向岳阳的一艘小船里。说来也是够凄惨的。

唐代宗大历四年(769)春节一过,杜甫就开始了自岳阳经潭州前往衡阳的行程,前一段走的是水路,趁着桃花汛发,从巴陵县启航,再经洞庭湖、青草湖,驶入湘江。船上,诗人写了一首五律,题曰《南征》:

> 春岸桃花水,云帆枫树林。
> 偷生长避地,适远更沾襟。
> 老病南征日,君恩北望心。
> 百年歌自苦,未见有知音。

首联交代起帆时节和沿途所见,以春色撩人的美妙景色作为衬托,反衬南行的凄苦生涯与悲凉心境。颔联表现诗人"晚岁迫偷生"、颠沛流离、居无定所的艰辛境况。"避地"谓迁徙以谋生避祸。颈联讲他即使在抱病南行之日，也没有冷却报效朝廷的热忱。"君恩"句，是指他在成都时，经严武表荐，代宗曾诏授检校工部员外郎一事。尾联"卒章显其志"，为一篇之警策。一生悲剧尽在这十字上，凄怆、悲苦之情跃然纸上，令人不忍卒读。

"百年歌自苦，未见有知音"两句，可说是诗人对自己一生作为、当时心境及悲剧命运的总结，更是长期郁积胸中、无以自释、至死都此恨难平的痛苦悲鸣。这里饱含着血泪，浸满了酸辛，充盈着凄苦，渗透着不平，意蕴极为深厚，却以淡淡的十个字出之。

"百年"者，一生也。"歌"，吟咏，意为写作诗文。"苦"字，刻苦、劳苦、勤奋之意。杜甫之所以能够"笔落惊风雨，诗成泣鬼神"，被后代奉为"诗圣"，固然有其天纵之才，聪明早慧，但他又是古代诗人中刻苦磨炼、镂肺雕肝、笔补造化的出色典范。正如他自己所说的"为人性僻耽佳句，语不惊人死不休"。连诗仙李白都说他"借问别来太瘦生，总为从前作诗苦"。

正是由于"耽佳句""苦用心"，因而杜甫之诗被后世诗人无上推崇。现以宋人为例：王安石编唐宋四家诗，杜诗被列在首位，许之以"悲欢穷泰，发敛抑扬，疾徐纵横，无施不可，故其诗有平淡简易者，有绮丽精确者，有严重威武若三军之帅者，有奋迅驰骤若泛驾之马者，有淡泊闲静若山谷隐士者，有风流蕴藉若贵介公子者。盖其诗绪密而思深，观者苟不能臻其阃奥（深邃的内室，比喻学问、事理的精微深奥所在），未易识其妙处，夫岂浅近者所能窥哉？此甫所以光掩前人，而后来无继也"。在苏轼看来："古今诗人众矣，而子美独为首者"。秦观也说："子美者，穷高妙之格，极豪逸之气，包冲淡之趣，兼峻洁之姿，备藻丽之态，而诸家之所作不及焉。"

岂料，就是这样一位超凡拔俗的"诗圣"，在他的生前，却并未获得应有的重视。诗人歌自歌，苦自苦，竟然没有见到知音之人！

在唐代，唐诗即有选本，其中对后世影响最大的要算是《河岳英灵集》与《中兴间气集》了。它们分别选入二十四家的二百三十首诗和二十六家的一百三十二首诗，其共同之点，就是都没有选入杜诗。如果说，《河岳英灵集》成书较早，漏掉杜甫，还说得过去的话，那么，《中兴间气集》所选诗作正值肃宗朝至代宗大历年间，其时杜甫诗歌创作处于辉煌夺目阶段，仍未入选，可就难以理解了。

这种情况，到了中唐后期发生了改变。此前，是李白诗名高于杜甫；从元稹、白居易开始，颠倒了过来，他们首倡"扬杜抑李"之说。元稹的说法是"诗人已来，未有如杜子美者""盖所谓上薄风骚，下该沈宋，言夺苏李，气吞曹刘。掩颜谢之孤高，杂徐庾之流丽，尽得古今之体势，而兼人人之所独专矣"。意思是，至于杜甫，大概可以称得上上可逼近《诗经》《楚辞》，下可包括沈佺期、宋之问，古朴近于苏武、李陵，气概超过曹氏父子和刘桢。盖过颜延之、谢灵运的孤高不群，糅合徐陵、庾信诗风的流美清丽。他完全掌握了古人诗歌的风格气势，并且兼备了当今各家的特长。白居易在《与元九书》中也说："李（白）之作，才矣，奇矣，人不逮矣。索其风雅比兴，十无一焉。杜诗最多，可传者千余首……尽工尽善，又过于李"。而韩愈则指出："李杜文章在，光焰万丈长。不知群儿愚，那用故谤伤。蚍蜉撼大树，可笑不自量！"双星并耀，朗照骚坛，则不复为优劣矣。

二

"文章千古事，得失寸心知。"这是杜甫晚年的名句，说的是，诗文的得失高下，作者本人是最清楚的。也就是说，对于他人如何评价，无须看得过重。那么，问题就出来了：他说的"百年歌自苦，未见有知音"，究竟用意何在？

无疑，在杜甫心目中，占主导地位的还是登朝执政，大展宏图。

尽管对于诗文的价值他也十分看重，并不像李白所说的"吟诗作赋北窗里，万言不值一杯水"，但其重视程度，较之从政，还是大有差异的。他严格地恪守着"太上有立德，其次有立功，其次有立言，虽久不废，此之谓不朽"的古训，把经邦济世，治国安民，创制垂法，惠泽无穷，作为"不朽"的首要目标，而要实现它，就必须拥有一定的社会地位与政治权势。

可是事与愿违，他的仕途极为坎坷，从根本上讲，并没有走通。当日他曾无比地自负："甫昔少年日，早充观国宾。读书破万卷，下笔如有神。赋料扬雄敌，诗看子建亲。李邕求识面，王翰愿卜邻。自谓颇挺出，立登要路津。致君尧舜上，再使风俗淳。"如同李白以大鹏自况，"大鹏一日同风起，扶摇直上九万里"；他则把凤凰作为伟大抱负的象征："坐看彩翮长，举意八极周。自天衔瑞图，飞下十二楼。图以奉至尊，凤以垂鸿猷。再光中兴业，一洗苍生忧。"依他原来的想法，可以像唐代立国之初出过许多"白衣卿相"那样，有朝一日，他也能够解褐入仕，脱颖挺出，"立登要路津"。

实际情况，远非如此。盛唐时期，科举考试竞争极为激烈，录取率很低；而且，即便是考取了进士，也只是得到一个资格，若要朝廷任职，还须通过吏部考试，如不合格，照样赋闲。杜甫二十四岁这年，曾参加东都洛阳进士科考试。当时处于开元全盛之日，朝政与社会风气尚好；主考官孙逖衡文亦有眼力。但是，由于杜甫文章颇嫌艰涩，不及其诗，结果未能中第。尔后便开始了他的"放荡齐赵间，裘马颇清狂"的漫游生活。

杜甫少有壮志，受他的十三世祖杜预的影响很深，他对这位精通战略、博学多才、功勋卓著，有"杜武库"之称的西晋名将备极景仰。在他三十岁的时候，自齐鲁归洛阳，曾在首阳山下的杜预墓旁筑舍居留，表示不忘这位先祖的勋绩和要在政治上建功立业、光宗耀祖的雄心。接下来，便来到长安，开启了十年困守京城的生涯。他曾分别向朝中的许多权贵投诗干谒，请求汲引，却也同李白一样，都以失望而告终。

在他三十六岁这年，赶上了玄宗诏令天下通一艺以上的士人可以在京就选，中选者由皇帝亲试，这叫作"制举"。杜甫信心十足地前来应试，最后却空喜欢一场，铩羽而归。四年后，又值玄宗举行祭祀老子庙、祭祀太庙（祖先）、祭祀天地三大盛典，杜甫献上《三大礼赋》，"帝奇之，使待制集贤院，命宰相试文章"。就是说，得到一个候补选官的资格。可是，宰相根本没把这个当回事，结果，他空自在帝都"候补"了一年左右，眼见希望已无，便暂时回洛阳探家去了。

沉寂一段之后，杜甫终究求进心切，便又向皇帝连续献《封西岳赋》《雕赋》《天狗赋》等，亦无结果。绝望之余，杜甫忽然接到授河西县尉的任命。就这位气吞河岳、志大心高的诗人臆想，即便得不到相位，起码五品、六品应该不在话下，而今到手的竟然是个从九品的县尉，心里觉得实在太委屈了，索性辞不赴任。曾为诗以自嘲："不作河西尉，凄凉为折腰。老夫怕趋走，率府且逍遥。"后又改授右卫率府兵曹参军，官阶是从八品下。虽然从心里感到不快，但他还是勉强接受了，时在天宝十四载（755）十月，距安史之乱起，只有不到三十天。不久，安禄山即攻陷潼关，玄宗逃往四川；太子李亨即位，是为肃宗。第二年四月，杜甫逃出长安，潜往肃宗所在的凤翔，"麻鞋见天子，衣袖露两肘"，衣衫褴褛，狼狈不堪，被授为左拾遗。官阶为从八品，职司供奉谏诤。

其时正值昔日的"布衣交"、宰相房琯因兵败陈陶斜和门客贪赃枉法受到牵累而遭贬，杜甫遂上疏营救，说"罪细，不宜免大臣"。言辞激烈，触怒了肃宗，要治以重刑，下到三司推问，后经御史大夫韦陟等说情，才得免于处分，但从此便"不甚省录"——对他很疏远了。后又因被目为"同党"的房琯、严武、刘秩相继遭贬，"小鱼串在大串上"，杜甫亦被贬为华州司功参军。这样，诗人便从当日趋拜肃宗的金光门走出来,直奔华州上任,不禁感慨重重,有"无才日衰老,驻马望千门"之叹。他大概不会料到,此去不仅终结了这场历尽波折、为时短暂的朝官春梦,而且,从此也再没有返回都城长安。在生命的最后十二年间,他寄迹秦州,浪游巴蜀,漂泊荆湘,除了在成都严武幕中任职参谋、检校尚书工部员外郎七个月以外,就算彻底摆脱了噩梦一般的仕宦生涯。

看得出来,杜甫的"未见有知音",固然包括诗文在内,但主要的还是慨叹识宝无人,怀才不遇,终身未能得偿以一介布衣直达卿相的夙愿——这才是问题的实质。

"物不得其平则鸣"(韩愈语)。杜甫无疑是满怀激愤,意有不平的。那么,作为诗圣,他的"以其所能鸣",就是写诗。

杜甫对马情有独钟,平生写了大量马诗,通过这个忠实、温驯的可爱的伙伴,寄心志,诉衷肠,托悲欢,抒愤懑,篇篇精彩,各极其致。

杜甫贬官华州之后,一次出游东郊,见到一匹原本饲养于内厩的骏马,因伤残瘦弱而被委弃道旁,不禁恻然心动,感慨生哀,遂写下了一首《瘦马行》,抒发内心的抑郁不平:"东郊瘦马使我伤,骨骼硉兀如堵墙。绊之欲动转欹侧,此岂有意仍腾骧。细看六印带官字,众道三军遗路旁。""当时历块误一蹶,委弃非汝能周防。见人惨淡若哀诉,失主错莫无晶光。"格调低沉,情怀凄婉,这同诗人青年时代所写的《房兵曹胡马》"竹批双耳峻,风入四蹄轻。所向无空阔,真堪托死生。骁腾有如此,万里可横行"之句,血性滂沛,意气风发,势凌万里,恰成鲜明的对比。

继《瘦马行》之后,杜甫于第二年秋天,又写成一首马诗。诗人在短暂的华州司功参军任上,经过认真的反省与沉思,心绪渐渐地平和了下来,淡化了愤懑不平之气,也破除了对朝廷的不切实际的幻想,从而坚定了去志,于是弃官西行,浪迹秦州,开启了他的生命历程最后十年的漂泊之旅。诗人在秦州郊野见到了庞大的马群，心有所感，遂借以咏怀寄慨，表达心迹："南使宜天马，由来万匹强。浮云连阵没，秋草遍山长。闻说真龙种，仍残老骕骦。哀鸣思战斗，迥立向苍苍。"诗人废然兴叹：这些神马、良马，迥立荒野，哀鸣向天，空自散荡逍遥着，未能发挥其立功绝域、骁腾万里的作用。

诗人到了晚年，流寓湖北江陵、公安一带，曾写作五律《江汉》，以老马为喻，展现其虽然年老力衰，仍然壮心不已的可贵精神。"江汉思归客，乾坤一腐儒。片云天共远，永夜月同孤。落日心犹壮，秋风病欲苏。古来存老马，不必取长途。"清人黄生评论说："身在草野，心忧社稷，乾坤之内，此腐儒能有几人？"（《杜诗说》）

此诗作后，不到两年，诗人就病逝于岳阳舟中，夙愿未偿，赍志以终。

三

诗圣去世四百年后，南宋的大诗人陆游写过一首《读杜诗》的古风，有句云："看渠胸次隘宇宙，惜哉千万不一施。空回英概入笔墨，生民清庙非唐诗。向令天开太宗业，马周遇合非公谁？后世但作诗人看，使我抚几空嗟咨。"陆老诗翁悲慨地说，你看杜甫那比宇宙还要宽广的胸襟怀抱，可惜连千万分之一的才华都未能施展出来啊。结果，只能将英雄气概融入于笔墨之中，写出的都是忧国忧民的历史，而不是简单的唐诗啊！这一切，都是因为生不逢时造成的，如果赶上唐太宗那时候，就会像马周那样，得以君臣遇合了。正是由于杜甫没有这样大展奇才的机遇，所以，后世只能把他当作诗人去看，实在令人抚几兴叹，怅憾无穷。

杜甫继承了"奉儒守官"的家世传统，时刻想念着"致君尧舜上，再使风俗淳"，热切地期待着摄魏阙，居高位；可是，这宏伟的抱负竟百不一施，整个一生历尽了坎坷，充满着颠折，交织着生命的冲撞、挣扎，饱尝着成败翻覆的焦灼、痛苦。从这个角度看，他确是一个道道地地的悲剧人物，难怪陆老诗翁要为他"抚几嗟咨"。

不过，客观地说，杜甫之未能登龙入仕，建不世之功，创回天伟业，除了封建体制、社会环境等客观条件的限制，也有他个人的因素在。同李白一样，从根本上讲，他算不上一个合格的政治家，他们只是诗人，当然是伟大的天才诗人。虽然他胸怀壮志，高自期许，但他并不具备政治家应有的才能、经验与素质。他个性突出，刚正，率直，刻板，认真，动辄激昂慷慨，犯颜直谏；在波诡云谲的政治变局中，不善于审时度势、见机而作，缺乏应有的肆应能力。他在任谏官左拾遗这个从八品官时，曾频频上疏，痛陈时弊，以致上任不到半个月，就因抗疏营救房琯而触怒了肃宗皇帝。房琯为玄宗朝旧臣，原在伺机清洗之列。而杜甫却不明白个中底细，不懂得"一朝天子一朝臣"的事体，硬是坚持任人以贤、唯才是用的标准，书生气十足地和皇帝辩论什么"罪细，不宜免大臣"的道理，最后险遭灭顶之灾。

面对挫折、失意，李白能够放浪形骸，轻世肆志，抛开那些政治伦理、道德规范、社会习惯，直到"长安市上酒家眠，天子呼来不上船，自称臣是酒家仙"，痛饮狂歌，飞扬无忌，从而使其内心的煎熬得到缓解。杜甫则异于是，他不屑于也不能够做到这一点。他拳拳服膺于儒家的尊君、济世、安民宗旨，"颠沛必于是，造次必于是"，像孔子那样，"三月无君，则皇皇如也"；直至生命的最后，仍然是身在江湖而心怀魏阙，口口声声叨念着"思归"，实际是还朝之想，要最终圆他的破碎不堪的报国之梦。这样一来，他的绝望，他的痛苦，他的悲哀，自然也就加倍严重了。

当然，也正是由于无缘从政与精神痛苦这两个因素，为中华民族拥有一位国宝级的"诗圣"，提供了基础性条件。不妨设想，如果杜甫得以遂夙愿，跻高位，登台阁，整日周旋于昏君奸相周围，而未能漂泊江湖，深入底层，接触不到"世上疮痍，民间疾苦"，缺乏这方面的切身体验，那么，即便他有天赋奇才，又怎么可能创作出伟大的"诗史"呢？清代诗人赵翼有"国家不幸诗家幸"之语，无疑属于真理性认识；我觉得，似也可以倒过来说："诗家不幸国家幸"——杜甫的出现，实乃国家之幸，中华民族之幸，世界诗坛之幸。

资料记载，西方早期著名画家鲁本斯，曾任荷兰驻西班牙大使，每天下午在御花园里作画。一位侍臣在园中走过，说道："哟，外交家有时也画几张画消遣呢！"鲁本斯答道："错了，艺术家有时为了消遣，也办点外交。"鲁本斯以他的高超画艺自豪，在他看来，绘画要比当那个大使高尚得多，重要得多。事实上也正是如此，鲁本斯之所以传世，完全是由于他的艺术，而与他的外交工作无关。

同样，杜甫之所以千秋不朽，是由于他的诗歌，而不是什么左拾遗、工部员外郎。且莫说奸相李林甫、杨国忠，早已被钉在历史的耻辱柱上，即便是并世的所谓"明君贤相"，又有谁能够与诗圣媲美呢！"尔曹身与名俱灭，不废江河万古流。"

一场虚拟的叩访

一

您对我很陌生,先自我介绍两句——耍笔杆的,记者职业,从20世纪60年代初开始,访问过许多文化名人。访问的形式多种多样,有的是对话,有的是问答,有的是纯粹的记闻(他说我记);唯独这一次例外,变成了记者的独白。

作为访问对象,您原本应该坐在记者的对面,然而,此刻您却没有到场。我的身旁只有这本《断肠集》,封面上印着您的名字:朱淑真。这倒真的用得上老杜的两句诗了:"怅望千秋一洒泪,萧条异代不同时!"

我第一次到杭州,正值梅子黄时。当时撑着一把布伞,漫步在丝丝细雨之中。这里靠近"绿水逶迤,芳草长堤"的西子湖,是古临安的著名街巷,据说当年您就曾居住在这一带。地面上的楼台、屋宇,不晓得已经是几番倾圮、几番矗起了。一般的景观我无心过问,只是关注着那些被您写进《断肠集》的"东园""西楼""桂堂""水阁""迎月馆""依绿亭",想从中寻觅到诗人的哪怕是一丝一毫的心痕足迹。

您的诗集里有"东风作雨浅寒生,梅子传黄未肯晴"的锦句,今天看来,物候大致不差;只是,毕竟八百年过去了,一切一切,都已经满目皆非!由于多年来一直结记着您的旧游之地,现在得便身临其境,也就执着地向往着此间的一切。结果呢,除了失望,还是失望。

好在"造化苦心终不负",当晚,我就在下榻的新新饭店,同您邂逅相逢了。一见面,我先是发抒一番愤懑不平、恨填胸臆的闷气,那倒不是因为地面上的遗存没有了,这完全可以理解;而是关于您——这位了不起的文学精灵的兰因絮果,竟然片言只字不见于史册,一切都统付阙如。

其实,这也是我过去想过多次的憾事——我们的现存古籍,号称十万种之多;单是南宋以降的史书、笔记,也足以"处则充栋宇,出则汗牛马"了。可是,翻检开来,看看那些连篇累牍、不厌其详地记载的究竟都是些什么物事?怎么就偏偏悭吝于这样一位传世诗词达三四百首的才女!操纵在男性手中的史笔,那些专门为帝王编撰家谱的御用文人,他们的心全都偏在腋下,竟把您的芳名,连同血肉、带着诗情,一股脑儿地轻轻抹掉了。

对于您,早在童稚时期,我就萌生了一种美好的印象。那是在读过蒙学课本《千家诗》之后。这部古书收了五七言律绝二百二十六首,除了两首偶然杂进的明人诗外,均为唐宋名家作品,其中您入选了两首,而大名鼎鼎的李清照竟然一首也无。小时候的我,由于记熟了您的《落花》《即景》两诗,便穿越时空,遥接百代,想望风采。特别是每当春困难挨之时,脑子里总会现出那句"谢却海棠飞尽絮,困人天气日初长"来。

有一次,我在雨中贪玩,捕鱼捉虾,竟然忘记了吃饭,耽搁了上课,老塾师带着愠色,让我背诵《千家诗》中咏雨的诗篇。当我吟过"天街小雨润如酥,草色遥看近却无""绿遍山原白满川,子规声里雨如烟"等令人赏心悦目的清丽诗章之后,塾师轻轻点了一句:"朱淑真的诗,你可记得?"我猜想指的是那首《落花》:"连理枝头花正开,妒花风雨便相摧。愿教青帝常为主,莫遣纷纷点翠苔。"我当然记得,早已倒背如流了,但因觉得有些伤怀、痛心,便摇了摇头。老师也不勉强,只是轻叹一声:"还是一片童真啊,待你到了我这个年纪,就会懂得人生多艰、世事无常了。"当晚回家,当我把这番话说给父亲时,父亲告诉我:老先生的爱侣,十年前在警察署长家充任家庭教师,因为遭到东家的奸污,不堪羞辱,便在一个漆黑的雨夜,含愤跳进了辽河。

那天,老先生专门讲了您的诗词风致之佳、用情之深、体悟之妙,说是"韵味与诗境可以概括为'凄美'两个字",还扼要地介绍了您的凄凉身世。这样一来,您在我那小小的童心中,除了赢得喜欢,赢得仰慕,又平添了几分怜惜、几丝叹惋、几许同情。

后来,有幸通览了您的《断肠集》,更印证了老师的说法。

　　哭损双眸断尽肠,怕黄昏后到昏黄。
　　更堪细雨新秋夜,一点残灯伴夜长。

　　秋雨沉沉滴夜长,梦难成处转凄凉。
　　芭蕉叶上梧桐里,点点声声有断肠。

断肠,断肠,断尽愁肠,道尽了人世间椎心泣血的透骨寒凉。记得为《断肠集》作序的魏仲恭对您下过这样的断语:"一生抑郁不得志,故诗中多有忧愁怨恨之语。每临风对月,触目伤怀,皆寓于诗,以写其胸中不平之气。竟无知音,悒悒抱恨而终。自古佳人多命薄,岂止颜色如花命如叶耶!"

您的生命结局,说来也是够凄怆惨痛的。一种说法是,辞世之后,"残躯归火",其根据得之于"魏序":"其死也,不能葬骨于地下,如青冢之可吊;并其诗为父母一火焚之";另有一说,"投身入水",毕命于波光潋滟的西子湖,传说,您入水之前曾向着情人远去的方向大喊三声。不仅人死于非命,而且,诗词文稿又被父母付之一炬,因此,传诵而遗留者不过十之一。真乃"重不幸也。呜呼冤哉"!

二

按照学术界的考证，也包括您的诗词所透露的，大略可知，您的少女时代的闺中生活是无忧无虑的，并且有一个情志相通的如意情人；随着年龄的增长，封建道德文化加于女性的桎梏，同您的渴望爱情、张扬个性的矛盾，日益凸显，渐趋激烈。这在您的诗词作品中，得到充分的反映。在您刚刚步入豆蔻年华时，萌动的春心就高燃起爱情的火焰，虽是少女情怀，却也铭心刻骨。且看那首《秋日偶成》：

初合双鬟学画眉，未知心事属他谁。
待将满抱中秋月，分付萧郎万首诗。

"萧郎"，常见于唐诗，大概即是泛指情郎吧。看得出，在您出嫁之前，就已经意有所属了。未来情境，般般设想，诸如诗词唱和、一门风雅等等，您大概都想到了。正由于心中存贮着这样一位俊逸少年，一位难得的知音，因而点燃起您对未来生活的磅礴的热情和殷殷的向往。那首《清平乐》词，就把这种少年儿女的憨情痴态，描绘得惟妙惟肖。

恼烟撩露，留我须臾住。携手藕花湖上路，一霎黄梅细雨。　娇痴不怕人猜，和衣睡倒人怀。最是分携时候，归来懒傍妆台。

在含烟带露的黄梅季节，您来到湖上与恋人相见，一块游玩；淋着蒙蒙细雨，两人携手漫步欣赏着湖中的荷花，后来觅得一处极其僻静的去处，坐下来，窃窃私语，相亲相爱，如胶似漆。娇柔妩媚的您，再也按捺不住内心的爱火撩拨,索性不顾一切地倒入恋人的怀里,任他拥抱着,爱抚着,旁若无人,无所顾忌;在默默不语中,如痴如醉地畅饮着人间美好恋情的甘甜蜜液。

可是,后来的结局十分凄惨——由于"父母失审,不能择伉俪",这场自由恋爱的情缘被生生地斩断了,硬把您嫁给了一个根本没有感情,在未来的岁月中也无法培植爱的种芽的庸俗不堪的官吏。

就一定意义来说,爱情同人生一样,也是一次性的。人的真诚的爱恋行为一旦发生,就是说,如果心中早已有了意中人,就会在心灵深处贮存下历久不磨的痕迹。这种唯一性的爱的破坏,很可能使尔后多次的爱恋相应地贬值。在这里,"一"大于"多"。对于这种现象,我们应该提到爱的哲学高度加以反思,而不应用封建伦理观念进行解释。

当然,开始时您也曾试图与丈夫加强沟通、培养感情,并且随同他出去一段时间,但是,"从宦东西不自由",终因志趣不投而裂痕日深。及至丈夫另觅新欢,您就更加难以忍受了,抗争过,努力过,据理力争过,都毫无效果,最后陷入极端的苦痛之中。于是,您以牙还牙,重新投入情人的怀抱。那般般情态与心境,都写进了七律《元夜》:

> 火烛银花触目红,揭天鼓吹闹春风。
> 新欢入手愁忙里,旧事惊心忆梦中。
> 但愿暂成人缱绻,不妨常任月朦胧。
> 赏灯那得工夫醉,未必明年此会同。

当时,南宋小朝廷偏安一隅,过着荒淫奢侈的腐朽生活,元宵节盛况不减北宋当年。您曾有诗记载:"十里绮罗春富贵,千门灯火夜婵娟。"就在这歌舞升平的上元之夜,您和昔日的恋人别后重逢,互相倾诉着赤诚相爱的隐衷，重温初恋时的甘甜与温馨。正是由于珍惜这难得一遇的销魂时刻，也就顾不上赏灯、饮酒了。明年不知又会有什么情况，能不能同游共乐，尚未可知哩！似乎您在欢情中已经预感到一种隐忧。

这样，忆昔追怀，便成了无可选择的唯一的方式。旧梦重温——对于往日恋情和心上人的思念，无疑是疗治眼前伤痛的并无实效的药方。且看《江城子》词：

> 斜风细雨作春寒。对尊前，忆前欢。曾把梨花、寂寞泪阑干。芳草断烟南浦路，和别泪、看青山。　昨宵结得梦夤缘。云水间，悄无言。争奈醒来，愁恨又依然。展转衾裯空懊恼，天易见，见伊难。

"对尊前，忆前欢"，从眼前的孤苦忆及昔日与情人两情相悦、恩爱绸缪的情景，再写到离别时的悲伤；最后，因相思至极而夤缘相会，醒来却是南柯一梦，又由喜而悲，婉转缠绵，缱绻无尽。这样一来，结局必然是绝望，是怨恨：

> 鸥鹭鸳鸯作一池，须知羽翼不相宜。
> 东君不与花为主，何似休生连理枝。

将矛头直指不合理的婚姻制度，责问它为什么要把不相配的人强扭在一起。在《黄花》一诗中，您借菊花以言志，表达了自己绝不苟且求全的态度："宁可抱香枝上老，不随黄叶舞秋风。"说自己宁愿独守终身，也不再随便凑合。这在封建礼教森严的时代，同样是一种决不妥协的叛逆行为。您日益感到世事的无常和情感的空虚。那种情态，正如当时人所记载的："每到春时，下帏跌坐，人询之，则云：'我不忍见春光也。'盖断肠人也。"

您在《减字木兰花·春怨》中，也曾写道：

独行独坐，独唱独酬还独卧。伫立伤神，无奈春寒著摸人。　此情谁见，泪洗残妆无一半。愁病相仍，别尽寒灯梦不成。

三

文人的心，是相通的。待我年华渐长，世事初明之后，我的感知又出现了变化，也可以说获致一种升华。由童年时对您的才情钦慕、无尽哀怜，转而为由衷地敬佩，激烈地赞赏。您可能会问：敬佩什么？赞赏什么？答复是：敬佩您的胆气、勇气、豪气，赞赏您的凛然无畏、冲决一切的叛逆精神。

如果说，男人生命中离不开爱情的滋润；那么，对于女性来说，爱情简直就是生命的存在方式。一位西方哲人说过，爱情在女子身上显得特别美。因为女子把全部精神生活和现实生活都集中在爱情里和推广为爱情。古代女子，尽管受着政权、族权、神权、夫权的压榨，脖子上套着封建礼教的重重枷锁，但她们从来也没有止息过对于爱情的向往、追求，只是表现形式有所不同。

在旧时代，当命运搬错了道岔，"所如非偶"，爱情的理想付诸东流的时节，大多数女性是把爱情的火种深深埋在心里，违心地听从父母之命，委屈窝囊地遭送流年，直到断尽残生。再进一层的，抱着抗争的态度，不甘心做单纯供人享乐的工具，更不认同"嫁鸡随鸡，嫁狗随狗"的混账逻辑，于是，偷偷地、默默地爱其所爱，"红杏"悄悄地探出"墙外"。更高的层次是勇敢地冲出藩篱，私奔出走，比如西汉年间的卓文君。

在几千年的中国封建社会里，私奔，一向被视为奇耻大辱，甚至大逆不道的。而卓文君居然敢于冒天下之大不韪，跟着心爱的人司马相如毅然逃出家门，大胆冲破封建礼教的约束，勇敢地追求自由，追求爱情的幸福，不惜抛弃优裕的家庭环境，去过当垆卖酒的贫贱生活。做到这一点十分不易，那要终生承受着周围舆论的巨大压力。不具备足够的勇气，是下不了这个决心的。当然，较之她的同类，卓文君属于幸运之辈。由于汉初的社会人文环境比较宽松，不像后世的礼教罗网般地阴森密布，她所遭遇的压力并不算大；再者，不同于其他女性，有幸投靠了一个著名的文人，结果不仅没有遭到鞭笞，反而留下一段千古风流佳话。

应该承认，从越轨的角度说，您同卓文君居于同等的层次，可说是登上了爱情圣殿的九重天。这里说的不是际遇，不是命运；而是风致、豪情和勇气。您，作为一位出色的诗人，不仅肆无忌惮地爱了，而且，还敢于把这神圣不可侵犯的权利张扬在飘展的旗帜上，写进诗词，形诸文字。这样，您的挑战对象就不仅是身边的、并世的亲人、仇人，或各种不相干者，而且要冲击森严的道统和礼教，面对千秋万世的口碑与历史。就这一点来说，您的勇气，您的叛逆精神，较之卓文君犹有过之。何况，您所处时代条件的恶劣、社会环境的严酷，那要几倍于卓文君的。

爱情永远同人的本性融合在一起，它的源泉在于心灵，从来都不借助于外力，只从心灵深处获得滋养。这种崇高的感情，只有开始而没有结束。爱情消灭了时间、空间的限制，是永恒的。在这里，叛逆诗人以其豪迈的激情、悲壮的歌吟，向封建礼教勇敢地宣战，无论其为胜利或者招致失败，都同样不朽。

有宋一代，理学昌行，"三从四德"的封建伦理，"饿死事小，失节事大"的残酷教条，禁锢极深，社会舆论对于妇女思想生活的钳制越来越紧。当时，名门闺秀所受到的限制尤为严苛，"有女在堂，莫出闺庭。有客在户，莫出厅堂""莫窥外壁，莫出外庭。窥必掩面，出必藏形"。对于闺中女子来说，是一种完全封闭的状态。

令人难以理解的是，在那些无耻的男人身上，无论你把形形色色的淫猥秽乱描写得多么不堪入目，依然难以穷尽他们的丑恶，可是就算这样，也没有人去谴责，去唾骂；而完全属于人情之常的妇女再嫁，却会招人诅咒，更不要说"偷情""婚外恋"了。什么"桑间濮上之行"，什么"淫娃荡妇"，一切想得出来的恶词贬语，都会像一盆盆脏水全部泼在头上。

而您，作为儒家的大管家、宋代理学集大成者朱熹老夫子的族侄女，居然造反造到他老先生的头顶上。您以一位爱恨激烈、自由奔放、浪漫娇痴的奇女子，以一位不满于封建婚姻、对抗传统道德、热烈追求个人情爱、自我觉醒的勇敢女性，全不把传统社会的一切规章礼法放在眼里，并以诗词形式进行大胆的描写，质疑妇女的传统生活方式，向往闺阁庭院以外的世界，再现了个人理想的挣扎，执着地追求生命中美好的情感、精神。由于您的思想、行为与世俗成规和周遭环境格格不入，所以长期以来被视为"另类"，牵累到您的诗词也长期受到不公平的评价。

其实，说到家，也无非是这么一点春心缭乱，根本谈不上什么"淫乱"。试问，那时节哪个文人没有这种出轨意识？所不同的只是您把它写进了诗词，却又写得十分娴雅、优美，完全不同于那些淫媟污秽、不堪入目的货色。但在那些道学先生眼中，却通通都成了罪证，他们一色地道貌岸然，却一肚子男盗女娼，"一见短袖子，立刻想到白臂膊，立刻想到全裸体，立刻想到生殖器，立刻想到性交，立刻想到杂交，立刻想到了私生子。中国人的想像惟在这一层能够如此跃进"（鲁迅先生语）。大约也正是基于此吧，您才写了那首反讽的诗，以"自责"的形式，谴责道学对女性的束缚，抒发对封建礼教的愤慨之情：

女子弄文诚可罪，那堪咏月更吟风。

磨穿铁砚非吾事，绣折金针却有功。

"咏月吟风"的结果，是一个天真无邪的旷代才女，被活活地逼死了。

在您身后几百年，清代文人吴敬梓在《儒林外史》中塑造了"自古及今难得的一个奇男子"形象——杜少卿。他"奇"在哪里呢？一是鄙弃八股举业，粪土世俗功名，说"秀才未见得好似奴才"；二是敢于向封建权威大胆地提出挑战，在"文字狱"盛行之时，竟敢公然反驳钦定的理论标准——"四书"的朱注；三是敢于依据自己的人生哲学，说《诗经·溱洧》一章讲的只是夫妇同游，并非属于淫乱；四是他不仅是勇敢的言者，而且还能身体力行，在游览姚园时，竟坦然地携着娘子的手，当着两边看得目眩神摇的人，大笑着，情驰神纵，惊世骇俗地走了一里多路。那些真假道学先生为之痛心疾首，却又无可奈何。

那么，若是将这位"奇男子"同数百年前理学盛炽的南宋时期的这位"奇女子"比一比呢？无论是勇气、豪情，还是冲决一切、无所顾忌的叛逆精神，简直就是小巫见大巫了。

正是出于一种由衷的敬意，于是，我有了这次虚拟的叩访。

渴　慕

一

踏上法兰西大地，在我已经是第二次了。这次，抓住参加法兰克福国际图书博览会中间空隙，前来巴黎踏访二百多年前伟大思想家、文学家伏尔泰的故迹，亲炙其遗泽，以弥补前次的缺课，满足多年来的渴慕。

先贤祠——法兰西思想与精神的圣殿，自是必到的首选。浏览一过，便快步直奔地宫，在整个墓群最中心、最显赫的位置，一眼就认出了伏尔泰的灵柩。棺木高大而精美，上面镌刻着一句铭文："诗人，历史学家，哲学家。他拓展了人类精神，他使人类懂得：精神应该是自由的。"旁边是他的大理石全身雕像：左手擎着一卷手稿，右手握着一支鹅毛笔，神情端肃，目注远方，似乎在思考着重大的课题。我屏住呼吸，唯恐打搅了他，伫立半刻，然后默然离去。

从传记中了解到，作为天主教会的死敌，伏尔泰早就料到，即便他结束了生命，教会也不会饶恕他，肯定还要加以报复、迫害，因而临终前，他就与友人商定，将遗体秘密地运出，暂先安放在外地；并嘱咐：把棺材一半埋在教堂里，一半埋在教堂外。用意是：上帝让他上天堂，他就从教堂这边上去；上帝让他下地狱，他可以从棺材的另一头悄悄溜走。直到十三年后法国大革命期间，经宪政会议决定，才把他的遗骸运回首都。这样，他的骨灰便得以安葬在先贤祠中，永远受到世界各国人民的凭吊与瞻仰。其间还有一个细节：遗体运出前，友人将伏尔泰的心脏悄悄地摘出，经过科学处理保存在一个盒子里，上面刻着他的留言："我的心脏在这里，但到处是我的精神。"后来，作为镇馆之宝，由法国国家图书馆珍藏。遗憾的是，此行时间匆促，来不及办理有关手续，无缘得见了。

接下来，是驱车前往伏尔泰的终焉之地，人们习惯地称为"伏尔泰咖啡馆"。它和先贤祠同属拉丁区，都在塞纳河左岸。早年，伏尔泰的家就在路边，因而这条路现在以他命名。在这里，血气方刚的思想家，以笔为枪，同专制王朝和天主教会宣战，从而在巴黎以至全国激起一波波的惊涛骇浪；结果，两番入狱，屡遭放逐，近三十载漂泊在外，直到辞世前几个月才重回巴黎。塞纳河的清波应识其傲岸依然的旧影，但"故园归去已无家"，只好借住亲戚维莱特先生家中，位置在现今仍然营业的"伏尔泰咖啡馆"楼上。举头望去，墙壁上的铭牌标示着：伏尔泰诞生于1694年11月21日，1778年5月30日病逝于此。

此前十九年间，伏尔泰一直居住在毗邻瑞士的法国边陲小镇费尔奈。这位瘦骨嶙峋的老人，以其巨大的能量投身于启蒙事业，写出了不计其数的传世之作；并且通过接待来访和书信往来同外界保持着密切联系。他一如既往地以书信、文章揭露教会的黑暗，抨击王朝的腐败与社会的不公。整个欧洲都在倾听他的声音，费尔奈俨然成为一个舆论中心，他则被尊称为"费尔奈教长"。

二

在18世纪法国启蒙运动的众多思想家中，被誉为"欧洲的良心""法兰西思想之王""科学和艺术共和国的无冕皇帝"的伏尔泰，是公认的领袖和导师。他才华横溢，博学多识，著述宏富，在文学（戏剧、诗歌、小说、政论）、历史和哲学诸多领域都做出了卓越的贡献。而作为思想解放的鼓吹者、法国启蒙运动的先驱，他的名字更是代表了整个一个时代。他崇尚自然神论，尊重科学，倡导自由，一生都在鞭挞专制、强权，反对宗教、迷信。然而，他对中国和中国的文化思想却大加赞颂，展露出由衷的渴慕之情。他把欧洲"发现"中国人的文明比作达·伽马和哥伦布的地理大发现。

伏尔泰内心深处，有一种浓重的中国情结。在他看来，中国在政治文化、伦理道德、宗教信仰各方面都优于西方国家。他对以儒学为主体的中国古代文化给予高度的评价，认为中国文明有着悠久深远的历史渊源，把中华民族视为世界上最明智最开化的文明民族。在其哲学、历史著作和文学作品里，每当谈到中国时都带有浓厚的兴趣。他编撰的《哲学辞典》有不少关于中国的条目；《路易十四时代》《历史哲学》《巴比伦公主》等著作中，也都有关于中国的专论；特别是在"世界史式"的《论民族的精神与风尚》这部名著中，以两章篇幅论述了中国文化在世界历史进程中的作用，指出人类的历史以中国为开端，人类文明、科学技术也是随着中国而发展起来的，"中国人的历史从一开始便显得合乎理性"。

他悉心推崇中国的儒家思想，强调法国启蒙精神要从中汲取营养。他说，中国最古老最有权威的儒家典籍四书五经，之所以值得尊重，被公认为优于所有记述其他民族起源的书籍，就因为这些典籍中没有任何神迹、预言，甚至没有别的国家缔造者所采取的政治诈术。中国儒学博大兼容，各种宗教都能在中国和平共处。相形之下，欧洲基督教派却派别横生，互相残杀。他以中国儒家的"民贵君轻"主张为武器攻击封建君主专制；把"己所不欲，勿施于人"作为自己的座右铭，认为这是超越基督教义的最纯粹的道德。在以他为首的一大批法国思想家的推动下，"己所不欲，勿施于人"于1789年被载入《法兰西共和国宪法》。

伏尔泰对于孔子更是佩服得五体投地。他在《风俗论》中说，"孔子不创新说，不立新礼；他不做受神启者，也不做先知""我们有时不恰当地把他的学说称作儒教，其实他并没有宗教""他只是以道德谆谆告诫世人"，他是"真正的圣人"。他说："我读孔子的书籍，并做笔记，我觉得他所说的只是极纯粹的道德，既不谈奇迹，也不涉及玄虚"。由于倾慕孔子之学说与为人，他自命为"孔门弟子"，竟将耶稣像换成孔子像，晨夕礼拜，并为词以赞："孔子，真理的解释者，他使世人不惑，开发了人心。"

在18世纪中法文化碰撞交融的历史大潮中，伏尔泰作为开辟航程的先行者，除了根据他的理解对中国本身进行比较深入的分析研究，还将中国作为参照物探讨法国以至整个欧洲的诸多问题，扩大了中国文化在欧洲的影响。正是他，以史学家的开放视野发现并弘扬了中国古代文明；以哲学家的深刻识见追寻着中华民族的精魂毅魄；以文学家的敏锐感觉开启了中法文学交流的历史航程，从而在两国文化交往史册上谱写下辉煌的一章。

三

在我们探讨伏尔泰钟情中国文化这一课题时，不能忽略他与同时代的中国乾隆皇帝及其诗赋的一段情缘。事情要从乾隆八年（1743）东巡盛京（今沈阳）说起——

盛京为清王朝龙兴故地，开国前后几代先祖皇陵在此，当时定为陪都。东巡中，乾隆帝览山川之盛概，发思古之幽情，启驾回銮之前，御制一篇歌颂列祖列宗开基创业之武功和盛京物产之丰富、人才之鼎盛，表达对佐命勋臣的怀念与崇敬之情的文学作品《盛京赋》。全文四千字左右，由序、赋、颂三部分组成。既陈述此次恭谒祖陵的宗旨、感受与经过；更状写出盛京的山川形胜、地域辽阔、物产丰饶；又追怀开国时期文武功臣；再由彰显军威的围猎，延及耕桑农事，国富民殷，宫室富丽，内容十分繁富，显现出意在雄视百代的帝王文学的气魄。

在中国文学史上，《盛京赋》创造了"三个唯一"：历代帝王中雅擅诗古文辞者数不在少，但写赋的寥寥无几，作京都大赋的只有乾隆一人，此其一；其二，以塞外名城为题材作赋，在赋史上，在历代文人中，乾隆是唯一的；其三，在中国历代京都赋中，《盛京赋》唯一流传到海外，并产生了一定影响。

最早的《盛京赋》版本，为乾隆八年至十三年间，清朝内府刻书机构——武英殿以木版刻印，有满文和汉文两种。到了乾隆三十五年（1770），由常驻北京的法国耶稣会的阿米奥神父（钱德明）译成法文，并经法国东方学家约瑟夫·德经认真审核、作序，在巴黎提亚尔出版社出版。此为《盛京赋》在西方传播之始，被誉为"世界的诗篇"，随即引起了寓居费尔奈的伏尔泰的高度重视。

年已七十六岁的伏尔泰读了《盛京赋》后，兴奋至极，当即写道："我很爱乾隆的诗（指《盛京赋》），柔美与慈和到处表现出来。我禁不住追问：像乾隆这样忙的人，统治着那么大的帝国，如何还有时间来写诗呢？"他满怀热情写诗《致中国皇帝》，说："伟大的国王，你的诗句与思想如此美好。""接受我的敬意吧，可爱的中国皇帝！"但阴错阳差，不知哪个环节上发生了堵塞，致使如此热情的颂赞，乾隆帝竟一无所知。就此，伏尔泰在致瑞典皇帝的书简中道出了心中怅惘："我曾投书中国皇帝，但直到而今，他没有给我一点回声。"他还把这封书简寄送给所有与他保持联系的外国王室贵族朋友。可以想象，如果乾隆帝得知，远在万里之遥的域外，竟有一位在人类进步史上产生巨大影响的思想家、文学家对自己如此高度赞赏，他会做何感想。

应该承认，伏尔泰高度评价中国社会文化，包括对乾隆皇帝的赞美，由于受到翻译质量、传播渠道的限制，特别是存在着借宣扬中国文化以达至其改造法国社会的意向，其中有明显的夸大、美化成分和误读、曲解现象。但其赤诚的渴慕和善意的尊崇，至今仍然令我们由衷地感动。我们应该秉持伟大启蒙思想家那样博大的胸怀，来对待世界上的多种文化，取长补短，去粕存精，以利于创造性转化、创新性发展我们自己的传统文化。

塑像沧桑

一

书籍是媒介，书籍是向导。因为读过奥地利诗人里尔克的《罗丹》和罗丹本人的《艺术论》，到了巴黎，行囊甫解，我便走进了罗丹美术馆。

美术馆的主建筑为两层楼房，楼上楼下布满了罗丹制作的形体较小的大理石与石膏雕塑；而那些石质的大型群雕和青铜雕塑，像名作《思想者》《吻》《加莱义民》《地狱之门》等则全在露天展出，它们集中在展馆的前后花园里。前后花园之间有一幢别墅。作为继文艺复兴时期米开朗琪罗等雕塑大师之后，在雕塑艺术方面首屈一指的伟大艺术家，罗丹在这里工作、生活了九年时间。

珍视难得的机缘，我上上下下、前前后后地辗转不停，观赏这些占有高度、宽度、深度这三度空间的立体造型艺术，边欣赏，边思索，边将各类人物塑像进行比较。而最着意的，或者说这次直接驱动我前来叩访的，还是安置于后花园中的《巴尔扎克像》，一百二十多年前，罗丹完成了这尊雕塑极品。

说到这尊塑像的前尘影事，就会联系到世俗观念与艺术眼光、古典的真实与现代的抽象之间的激烈冲突。依订制单位法国文学家协会为巴尔扎克竖立雕像的本意，显然是要以传统技法再现一位形态逼真、人们易于辨认的巴尔扎克，应该是头戴大礼帽，身穿燕尾服，一本正经地读书、观察、写作，或者正在低头沉思的大文豪模样。概言之，定要具备前贤、伟人之纪念像所应有的庄严气度、尊贵形象。可是，历经七载的艰辛探索，罗丹所郑重托出的艺术品，却与这些设想大相径庭。站在人们面前的巴尔扎克，宽大的睡袍裹住了全身，只露出毛发散乱却充满智慧的头颅和灵光闪射的眼睛；艺术家捕捉住了最能展示天才作家精神气质的夜晚沉迷于创作，昂首凝思的瞬间。

结果，这件塑品一经展出，就被讥讽为"麻袋片中的蛤蟆""被水浇过的盐块""流着油的蜡烛"。法国文学家协会以"我们不能接受一件认不出是巴尔扎克的雕塑"为由而拒之门外。面对连珠炮般的众多指责，罗丹一方面辩解："对我来说，现代雕塑不是摄影。艺术家工作不仅要靠手，更要靠大脑。"一方面坚信："（巴尔扎克像）是我一生创作的顶峰，是我全部生命奋斗的成果，我的美学理想的集中体现。""假如真理应该灭绝，那么后代就会把我的巴尔扎克像毁成碎块，若是真理不该死亡，那么我向你们预言：我的雕像终将立于不败之地。"

当然，现实毕竟是坚硬的。观念上的差异，导致这座雕像一直伫立在罗丹的后花园中，陪伴雕塑家度过一生中最后的时日。在这里，两位绝代天才在互相需要与理解中，相濡以沫，共济艰危。直到四十年后，罗丹去世已经二十二年了，法国政府才解除禁令，这尊雕像被铸成铜像，矗立在巴黎街头，最终验证了雕塑家的不朽预言。

二

对于巴尔扎克这位19世纪的文坛巨星，出生略晚的罗丹，虽然缘悭一面，却满怀着敬仰、景慕之情。他说："《人间喜剧》成了我的圣经。"在他看来，这一光辉的创作群，不仅卓越地勾画出巴黎上流社会的现实主义历史，而且为广大读者认识时代、观察社会、解悟人生，提供一架特殊的显微镜与望远镜。其所异于常人者，是作家拥有一颗洞烛幽微又无远弗届的智慧头脑、易感心灵和一双无比犀利的慧眼。

而《巴尔扎克像》，正是这一认识基础上的产物。

当日，雕塑家承接过来这庄严的使命，便确立一个明确的指向："巴尔扎克主要是个创造者，这就是我要表现的。"其间，他先后构思、雕塑了十七尊巴尔扎克像，但都觉得未惬于心，一次次雕塑成形，一次次推倒重来，最后选择了巴尔扎克创作《人间喜剧》过程中，在灵感的召唤下，夜半披衣起床，灵思涌荡，意聚神驰的动人情景。

一般的艺术家都是力展所长。罗丹的长项是肌肉线条方面的功力，他善于表现自然的造型、微妙的肌肉活动与细腻的表情。不过，这也会带来负效应——人们会被那高超的技巧所打动，而忽略人物形象本身的意义、价值。这次，他索性放弃赖以成名的"看家本事"，给巴尔扎克罩上那件著名的睡袍，让它遮住所有的肢体、肌肉线条方面的技巧，同时也剥除了标志时代特征的衣服。"大师不应该只停留在他所生活的年代，剥离了外形的限定，才能和古代英雄一样永垂不朽。"

就是说，要把一切文章都做在露出的脑袋上。雕塑家"对仅剩的面部细节进行了夸张：公牛的脖子、狮子的鬃毛、讽刺而感性的大嘴，尤其是那双充满光芒的眼睛，他曾经那么强烈地冲击过同代人的心灵。强有力的头部向后仰着，放射出敏锐目光，仿佛在骄傲地注视着人类，而在他活着的时候，这种注视对他而言是那么难以实现。发型和头部的倾斜度进行了一次又一次的调整；面部一开始是现实主义的，后来开始模糊，最终粗犷成了绝望天才的怒吼"。（《芭莎艺术》）

三

世间一切奇迹都是手的丰碑，世间一切创造都是手的赞歌。罗丹最善于通过手来表现人物的思想、修为。我在美术馆中看遍了大师花样翻新的展品——《一个追求真理的人》，心中的疑惑没有找到答案而摊开双手，用以表现内心的苦楚；《夏娃》，她那转向外面的手想要拒绝一切，连她那正在变化中的躯体在内；《奥秘》，探索两只手连在一起（右边的男人手，左边的女人手）所形成的奥秘；《青铜时代》中的男子，弯臂握拳，举上头顶；还有大量雕塑作品，直接以"手"命名：《手》《双手》《上帝之手》《魔鬼之手》《情人的手》《人体与手》……

为此，当塑造大文豪巴尔扎克形象时，自然而然，会考虑到这一必不可少的因素。须知，这可不是一般的手啊，通过它所把握的鹅毛笔，作家塑造了两千四百多个人物；每天手写十八个小时；每三天要重新装满一瓶墨水、更换一个笔头。

事实上，在《罗丹艺术论》一书中，也确曾收录一幅作于1892—1895年的巴尔扎克石膏像。它与最后定稿于1897年的石膏塑像、青铜塑像的明显差异，是睡袍穿在身上，并束有腰带，而不是披着；这样，颀长的手便露在外面。

至此，人们肯定会问：大文豪的手后来为什么没有啦？广泛的说法是，罗丹的雕塑定稿，巴尔扎克确有一双灵巧的手。在征求他的学生意见时，布尔德尔赞美说："这双手雕得太好了！"罗丹听后，就拿起锤子把手砸掉了，因为他怕这双手过分突出而让人忽略了起主导作用的头部。他向学生们解释："确实，这双手太突出了！它已经有了自己的生命，不再属于这座雕像的整体了。……记着，而且要牢牢地记着，一件真正完美的艺术品，绝不能允许局部干扰全局，喧宾夺主。因为整体永远比任何一个局部更重要。"

应该说，从整体与全局着眼，寻求最佳效果，这是处理艺术乃至一切事物的铁律。

四

罗丹以其创造性的艺术实践，出色地完成了塑造"伟大的创造者"形象的庄严使命。

这里，创造性思维起着主导作用。它的特点是渴望超越，勇于创新，不主故常，独辟蹊径。在塑造巴尔扎克这一艺术形象时，罗丹不斤斤计较于细节的精雕细琢，而是倾全力于文学天才的精神气质的展现。论者认为，塑像中高扬的头颅，充满了自信，像一头警觉而傲视的雄狮般伟岸；深陷的眼睛似乎可以洞穿世界。它的表情是复杂的，既有自信和傲慢，又有忧愁与温情；它达到了细节的真实深刻，整体的简洁和谐，具有纪念碑雕像的浑然一体的气派。暗影在它坑洼不平的身上找到了许多藏身之所，光线只在突出的地方闪亮着。多处重叠的暗影，为雕像笼罩上阴郁的悲剧气氛。巴尔扎克仿佛永远是在自然与社会的双重黑暗中踟蹰，仅仅是窥视着、渴盼着那可疑的光明。

在艺术之路上，罗丹迈出了由古典到现代的最艰难的一步，打开了现代雕塑的大门，使写实不再是现代雕塑的主要追求，而是通过雕塑传达出人物内核的本质。法籍华人艺术家熊秉明指出："在他之后的雕刻家可以更大胆地改造人体，更自由地探索尝试，更痛快地设计想象世界中诡奇的形象。现代雕刻从此成为可能。""罗丹的出现，把雕刻作了根本性的变革，把雕刻受到的外在约束打破。他以雕刻家个人的认识和深切感受作为创造的出发点。雕刻首先是一座艺术品，有其丰富的内容，有它的自足性。所以他的作品呈现的时候，一般观众乃至保守的雕刻家，都不免惊骇，继之以愤怒、嘲讽，而终于接受、欣赏。"

一尊塑像，百年话题。四个小时过去了，我仍在楼内楼外流连辗转，不想离去。记得里尔克说过，罗丹经常夜间擎着一盏小灯，在塑品中徘徊。光影在它们上面变得更温柔，像在新鲜的果实上面一样，并且仿佛受了晨风吹拂似的更有生气；而他则小心翼翼地，仿佛怕惊醒它们似的，他是在寻求和欣赏生命呢。此刻，我也正是如此，在欣赏雕塑作品过程中，也像罗丹那样，把自己融入作品中，通过冰冷的石材，同一个个闪射着艺术之光的形象实现精神的对接，进行一番有无生命者之间的灵魂的叩问。

一序辩千秋

一

"魏晋风流擅雅情，千秋名序费猜评。"这里说的是东晋名士王羲之的《兰亭集序》。大概出乎所有人的意料，这篇不过三百二十四字的短文，却引发历代学人持续千年的热议。"《文选》未录此序，自宋逮清，臆测纷纭"（钱锺书语）。近百年来，更是洪波鼓荡，沸沸扬扬，直至卷进来许多学术名家，包括海外学者。这在古今学术史、文化史上也属鲜见。叩其原因，自与诗序为名篇、《文选》为名著、作者编者为名家直接相关。争辩的议题，林林总总，书法方面不算，单论文章，概言之主要集中在两方面：本序何以未能进入《昭明文选》；作者与庄子思想的分野。

《文选》编者在先秦至梁武帝普通七年近八百年间浩如烟海的各类诗文中，择优拔萃，最后选定一百二十九人的七百五十二篇作品，尽管不无遗珠之憾，但迄未获致鱼目混珠之讥，殊为不易。如所周知，衡文选篇尽管总有公认的统一标准，例如《文选》即以"事出于沉思，义归乎翰藻"为悬鹄，但实施过程中，由于缺乏纯客观的量化手段，终难摆脱主观感受，即所谓"选家眼光"的影响。在这里，作品与选家构成一对矛盾，能否入选，固然取决于文章本身的价值、品位与水准；但如何分析、认定，又离不开"选家的眼光"。从前有"文章自古无凭据，唯愿朱衣一点头""千古文章中试官"之说，选家所扮演的正是所谓"朱衣"角色。面对这一带有某种必然性的存在，即令并不完全认同，从情理上人们还是理解的。

二

有鉴于此，研索《兰亭集序》落选原因，我们首先想到了主其事者昭明太子萧统。《梁书》本传载：太子博学嗜书，"数行并下，过目皆忆"，"壮思泉流，清章云委"，"总览时才，网罗英茂，学穷优洽，辞归繁富"。堪称是理想的人选。本传还记述："高祖大弘佛教，亲自讲说；太子亦崇信'三宝'，遍览众经"，"招引名僧，谈论不绝"。这使我联想到钱锺书先生《管锥编》中判定落选原因所援引的几则史料——

宋晁迥《随因记述》："吾观《文选》中但有王元长《曲水诗序》，而羲之序独不收。且谓梁昭明太子深于内学，以羲之不达大观之理，故不收之。"（笔者按："内学"向有三解，一谓谶纬之学，二谓道教所习神仙导养之学，三谓佛学。前两种分别盛行于东汉、两晋时期；这里显然是指佛学，从太子崇信佛宝、法宝、僧宝即所谓"三宝"可知。）乔松年《萝藦亭札记》："六朝谈名理，以老庄为宗，贵于齐死生，忘得丧。王逸少（羲之字）《兰亭序》谓'一死生为虚诞，齐彭殇为妄作'，有惜时悲逝之意，非彼时之所贵也。故《文选》弃而不取。"宋人韩驹也说："王右军清真为江左第一，意其为人必能一死生，齐物我，不以世故婴其胸中。然其作《兰亭序》，感事兴怀，有足悲者，萧统不取，有以也。"

唐人耿㳫诗中有"内学销多累"之句；而"世故婴其胸中""有足悲者"等等，既是"多累"的表现，又属"多累"的成因。《兰亭集序》刚写到"足以极视听之娱，信可乐也"，便笔锋一转，次第呈现"感慨系之矣""岂不痛哉"，最后落脚于"悲夫"。这自然入不了耽于内学的主编的法眼。现代学者王瑶先生认为，《兰亭序》之"固知一死生为虚诞，齐彭殇为妄作"，是羲之对于"死"的悲观，故不为笃信佛法的昭明太子所贵。而清初文学评论家金圣叹的诗，讲得就更直白了："逸少临文总是愁，暮春写得似清秋。少年太子无伤感，却把奇文一笔勾！"

三

《文选》选文，着眼于思想内容和表现形式两个方面。那么，《兰亭集序》的文学品位、艺术水准又如何呢？总体上看，绝大多数论者还是认可的。特别是从文体、风格方面，肯定其应有的美学价值。认为真率萧闲，随意挥洒，一扫虚浮雕琢之弊；清婉有致，于苍凉感叹中显现风情逸趣；运用形象思维与逻辑思维交织、抒情叙事议论结合的结构形式，以清新简朴的语言直抒胸臆，不失为一篇优秀短文。也有部分论者，在总体认可的同时，指出其修辞、用语方面的瑕疵，如"俯仰""觞咏""丝竹管弦"等词语重复；后半部分论理不够明晰；还有的觉得，"天朗气清"用于春日不确，但金圣叹不以为然："三春却是暮秋天，逸少临文写现前；上巳若还如印板，至今何不永和年。"个别论者对本文持否定态度。日本学者福本雅一指斥："理论上充满着矛盾和暧昧""文字重复错乱"；国内学者施蛰存先生认为，从"向之所欣"到"悲夫"这一段文字，七拼八凑，语无伦次。

当然，若就能否入选来讲，东晋与南朝人士对于诗序文学水平的看法应起主导作用。遗憾的是，此类论述统付阙如。当代学者宋战利指出，王羲之的文学成就如何，综观现有史料，东晋南北朝人士的著述，包括作为南朝时期重要的文学批评著作《文心雕龙》和《诗品》等，均未曾论及。值得注意的是，宋文紧接着提出一个观点："可能是其书名太盛，遮掩了文学光芒。南北朝思想家颜之推有言：'王逸少风流才士，萧散名人，举世惟知其书，翻以能自蔽也。'（《颜氏家训》）"

这又引申出一个可供研判的新的猜想：本序之未能入选，也可能是被遗漏了。颜氏说的"自蔽"，属于人才学范畴，这种自己遮蔽自己的现象，历史上并不少见。从前有"诗文名盛书名掩"的说法，比如陆机，《晋书》本传说他"少有奇才，文章冠世"，其实他还是一位杰出的书法家，所作《平复帖》是我国古代存世最早的名人法书真迹。反过来，书名遮蔽文名，也时有发生。《颜氏家训》还谈道："萧子云每叹曰：'吾著《齐书》，勒成一典，文章弘义，自谓可观；唯以笔迹得名，亦异事也。'"作为文以书传的《兰亭序》，遭到漏选，不无可能。这里附缀一笔：颜文"子云"应是"子显"之误。二人为昆仲。《梁书》本传载"子显所著《后汉书》一百卷、《齐书》六十卷"，子云不与焉。

四

论者一向都是把《兰亭集序》中"固知一死生为虚诞，齐彭殇为妄作"视为对庄子的批判；而羲之《杂帖》中的漆园"诞谩如不言也"的讥议，也印证了这一点。这样就引出一个话题：素以萧散旷放见称的逸少，即便不是庄子之徒，起码也不至于挥戈相向，那他这样做，其故若何？

且看史料记载："郗太傅在京口，遣门生与王丞相书，求女婿。丞相语郗信（使）：'君往东厢，任意选之。'门生归白郗曰：'王家诸郎亦皆可嘉，闻来觅婿，咸自矜持，唯有一郎在东床上坦腹卧，如不闻。'郗公云：'正此好！'访之，乃是逸少，因嫁女与焉。"（《世说新语》）"羲之既少有美誉，朝廷公卿皆爱其才器，频召为侍中、吏部尚书，皆不就。复授获军将军，又推迁不拜。"他说："吾素自无廊庙志"。后来虽为江州刺史、会稽内史，领右将军，恐亦非其所愿；去世后，朝廷"赠金紫光禄大夫。诸子遵父先旨，固辞不受"。（《晋书》）

《世说新语》另有一条记载："王右军与谢太傅共登冶城。谢悠然远想，有高世之志。王谓谢曰：'夏禹勤王，手足胼胝，文王旰食，日不暇给。今四郊多垒，宜人人自效；而虚谈废务，浮文妨要，恐非当今所宜。'谢答曰：'秦任商鞅，二世而亡，岂清言致患耶？'"

综观史籍，前二与后一所载，判若两人。"坦腹东床"、多次辞官不就、"素自无廊庙志"者，竟发表一通萦心时政、经世致用的高论。

应该说，羲之乃艺术大家，而非成熟的思想家。其人生观杂糅儒、道、玄学多种质素，进与退、仕与隐、政治与艺术、理想与现实的冲突、矛盾集于一身。作为艺术家，他的人生态度有倾向庄子的一面；而作为官员，则体现为黄老用世与早年接受的儒家经世思想相结合的玄学，属于儒学人格的玄学化。汤用彤先生说过："世人多以玄学为老庄之附庸，而忘其亦儒学之蜕变。"从道家体系看，王羲之中晚年所接受的更多是黄老一派的思想。

《晋书》云："王羲之、高士许询并有迈世之风，俱栖心绝谷，修黄老之术"，尚"服食养性"。钱锺书先生指出："盖羲之薄老庄道德之玄言，而崇张（道陵）许（迈）方术之秘法；其诋'一死生''齐彭殇'为虚妄，乃出于修神仙、求长寿之妄念虚想，以真贪痴而讥伪清净。识见不'高'，正复在此。韩驹病其未能旷怀忘忧，尚浅乎言之矣。"

五

写作历史文化散文，使我养成一个"读史通心"的习惯。所谓"通心"，就是设身处地，把历史人物放在当时历史情境中去考察勘核，"遥体人情，悬想时事，设身局中，潜心腔内，忖之度之，以揣以摩"（钱锺书语）。在我看来，鉴于羲之人生观之驳杂、丛脞，前述诋斥庄子种种，除了思想信仰的分歧，也可能与其人生际遇、现实感受有直接关联。

羲之身当乱世，命途多舛，且又遭逢"户异议，人殊论，论无定检，事无定价"，思想多元化之变局。六岁那年，其父作战失败，不知所终，在"母兄鞠育"中长大；贤惠的嫂子待他极好，竟不幸病死，使他痛彻心肝；自己又体弱多病，中年丧子，特别是姨母辞世，他更是悲恸难抑。这在反映其日常生活的《杂帖》中得到充分展示，诸如："丧乱之极，先墓再离（罹）荼毒，追惟酷甚，号慕摧绝，痛贯心肝，痛当奈何，奈何！""顷遭姨母哀，哀痛摧剥，情不自胜。奈何，奈何！""频有哀祸，悲摧切割，不能自胜，奈何，奈何！"有学者检索《全晋文》，发现他的《杂帖》中，"忧"字凡一百零六次见，"痛""哀""伤"字分别出现五十八次、三十五次、三十次，"叹""恨""慨"字分别出现五十一次、三十次、二十一次。在这饱受痛苦熬煎与精神刺激的情况下，适值丝竹觞咏、百感中来之际，对于"一死生""齐彭殇"的刺耳之言展示抵触意识、反感心态，应是情势使然，未必完全基于思想信仰。

为了进一步拓展思路、深化认识，我想引述肖鹰教授《兰亭序与庄子生命观》中的有关论点。文中指出，王羲之既好"服食养性"，并且崇奉张道陵的天师道；又对庄子哲学怀抱着特别的信仰。羲之初任会稽内史，名僧支道林意欲与之结识，在遭到拒绝后，通过讲解《庄子·逍遥游》，获得了羲之的青睐，"王遂披襟解带，留连不能已"。（事见《世说新语》）肖文中还谈道，传世的《兰亭集》中，载有王羲之诗作两首，均以庄子哲学立意，足见其服膺庄子的思想取向。

与此直接相关，肖鹰先生截断众流，独抒创见，断言："一死生""齐彭殇"绝非庄子之论，而是后世晋代清谈家对庄子哲学的虚化偏议。"一死生"，首见西晋郭象《庄子注》；而"齐彭殇"则是《兰亭序》中首提，当是对魏晋清谈家的言论转述。在庄子的话语体系中，从无"一死生"之说，只有"知死生存亡之一体"（《大宗师》）。但二者不能简单划一。庄子说的是，有生必有死和生死循环相续，即《德充符》中"以死生为一条"，《知北游》中"死生为徒"。"死生一体"，是指生命在世界运动的时间序列中的连续性和循环性。在庄子哲学中，死生不仅不是同一的，相反，人生的真谛就是要免于社会与自然的刑害，而"保身、全生、养亲、尽年"。至于"莫寿于殇子，而彭祖为夭"，是说人的寿命长短，相对于无限的天地都是短暂的。意在促使人们突破局限于现象的常识去体认人生的真义，即作为存在者与天地万物的根本统一性。肖文指出，庄子的生命观是顺应自然中的任性率真；王羲之感怀伤世，痛惜无常的生命，而发出"固知一死生为虚诞，齐彭殇为妄作"的真率之言，正是庄子"喜怒通四时"的生命精神之"真"的通达发扬。

闲话东坡

病榻谈资

苏东坡骨朽形销已经九百多年了。可是，直到今天，他仍然活在人们的心中。关于他，可以说有言说不尽的话题。他的诗词、文赋、书画，境界超拔，横绝千古，泽流百世；而其人格魅力、精神境界，亦为世人所广泛传颂。老子曰："死而不亡者寿。"尽管他只活了六十四岁，其艺术生命、伟大心灵却丰碑高矗，永世长存。

这里，我忆起一件细微的往事——

1993年8月中旬，做过肿瘤切除手术之后，我在医院卧床静养，寂寞无聊中唯以读书遣怀，但由于考虑治疗效果，医生坚嘱禁止读书、写作，带去的几本书，全部被收走。我曾连续两次以暗递纸条方式，让家人借探望之机偷送书籍，都被护士发现"缴械"了。

这天晚饭后，护士长带队前来查房，见我闷声不语，她们为调节气氛，便请我讲个有趣的故事。我便问：你们知道苏东坡吗？她们齐声回答：那个大文豪无人不晓。我说，这天，苏东坡拿过一方砚台，请宰相王安石欣赏，说是花了很多银子买到手的，言下流露出炫耀之意。王安石生性古怪，喜欢抬杠，当下问他：这个砚台有什么特异之处？苏东坡说，呵上一口气，不用注水就可以磨墨。王安石说：这有什么出奇的？你就是呵出一桶水来，又值几文钱！怕是你一连呵上五十年，也挣不回本钱来。苏东坡被噎得只有苦笑的份儿，心说：这个"拗相公"，真是拿他没办法。

王安石虽然执拗，但才气纵横，而且，观察事物非常细致。说到这里，我先问她们：你们说，菊花枯萎了，花瓣是依然留在上面，还是纷纷飘落下来？她们异口同声地回答：花瓣不落，并举出本楼前面花畦中的实物为证。我说，王安石的诗句是："黄昏风雨打园林，残菊飘零满地金。"苏东坡的看法和各位是一样的，马上续诗加以批驳："秋花不比春花落，为报诗人仔细吟。"一般地说，菊花确实是这样，但事物是复杂的，常常存在着特殊与例外。古代的诗人屈原早就吟过："夕餐秋菊之落英。"后来，苏东坡在黄州，也亲眼看到了落瓣的残菊，从而认识到自己的孤陋寡闻。

接着我又问：你们吃过"东坡肉"没有？一个小护士说她外祖父是厨师，一宗拿手菜就是"东坡肘子"。我说，这是苏东坡发明的，他还写过一首著名的《猪肉颂》："净洗锅，少着水，柴头罨烟焰不起。待他自熟莫催他，火候足时他自美。黄州好猪肉，价贱如泥土。贵人不肯吃，贫人不解煮。早晨起来打两碗，饱得自家君莫管。"这里传授了"东坡肉"的制作秘诀。小护士笑说，啥都入诗，苏东坡真有趣。

我说，就是因为他每到一处总喜欢作诗，就像我喜欢看书一样，无论如何也抑制不住。可是，他竟忘记了身旁经常有人往上打"小报告"。结果，招来种种麻烦，惹下了无穷的后患，弄得颠沛流离，四处流放。他到杭州去做官，知心好友文与可苦苦劝他："北客若来休问事，西湖虽好莫吟诗。"但他还是吟了。结果，七年后被人抓了辫子，说他那首咏桧柏的诗"根到九泉无曲处，世间唯有蛰龙知"，是诅咒皇帝的。幸亏皇帝宽宥他，方得免去一死，最后贬到了黄州。后来几经辗转，又流放到了惠州，住了一段时间，他感到很舒适，人也胖了，脸也泛出红光，便情不自禁地写诗抒怀，其中有两句："报道先生春睡美，道人轻打五更钟。"谁知又被人打了"小报告"，说他在这里享了清福，朝廷便又把他流放到更为荒远的海南岛。

听到这里，小护士说，那些打"小报告"的人真可恨。我说，是呀！古往今来，这种人名声都不好，咱们可要以此为戒呀，以后我再看书，你们可不要向护士长"告密"了。大家哗的一声笑了起来，说："我们进了圈套，原来，你绕着弯子来表示抗议。"

书院题联

过了一年，1994年4月，海南省举办艺术节，我应邀前往。会议一项议程是访问儋州。这里地处海南岛的西北部，宋代称为昌化军，治所在靠近北部湾的中和镇。九百年前，大文豪苏东坡曾在此地谪居三年，从此便声闻四海，成了历代骚人迁客、显宦名流觞咏流连、抒怀寄兴的所在。此间留存了很多东坡遗迹。东坡书院为国家级重点文物保护单位，享有"天南名胜"之盛誉。不过，当时还比较简陋，只是一所厅堂，为东坡居士讲学会友、诗酒谈欢之地。

书院后殿里有一座《东坡讲学》的组塑。但见他，手把书卷，正襟危坐，目光炯炯，慰诲循循。先生在幼子苏过陪侍下，正与"贫而好学"的当地友生黎子云细论诗文。塑像形神毕现，丰姿潇洒，显现出文人之雅、直臣之鲠、智士之慧的综合气质。

据《儋县志》记述：一天，东坡过访黎子云，归来途中遇雨，便从路旁一农夫家借了一顶竹笠戴在头上，又按照农夫的指点，脱下了布鞋，换上一双当地的木屐。由于不太习惯，又兼泥泞路滑，走起来晃晃摇摇，跌跌撞撞。路旁的妇女、儿童看见老先生的这副装扮，纷纷围观嬉笑，篱笆里的群犬也跟着凑热闹，汪汪地吠叫不止。而东坡先生并不在意，一边走，一边自言自语："人所笑也，犬所吠也，笑亦怪也。"

在中和镇，东坡结交了许多黎族朋友，切实做到了他诗中所表述的"华夷两樽合，醉笑一杯同"，入乡随俗，完全与诸黎百姓打成一片。他常常戴上一顶黎家的藤织裹头白帽，穿上佩戴花缦衣饰的民族服装，带上那条海南种的大狗"乌嘴"，打着赤脚，信步闲游；或者头戴椰子冠，手挂桄榔杖，脚蹬木屐，口嚼槟榔，背上一壶自酿的天门冬酒，一副地地道道的黎家老人形象。

走在路上，他不时地同一些文朋诗友打招呼；或者径入田间、野甸，和锄地的农夫、拦羊的牧竖嬉笑倾谈。找一棵枝分叶布的大树，就着浓荫席地而坐，天南海北地唠起来没完。他平素好开玩笑，有时难免语重伤人，在朝时，家人、师友经常提醒他出言谨慎，多加检点。现在，和这些乡间的读书人、庄稼汉在一起，尽可自由谈吐，不再设防，完全以本色示人。有时谈着谈着，不觉日已西沉，朋友们知道他回去也没有备饭，便拉他到家里去共进晚餐，自然又要喝上几杯老酒，结果弄得醉意朦胧，连自家的草庵也找不到了。正像他在诗中所写的："半醒半醉问诸黎，竹刺藤梢步步迷。但寻牛矢（屎）觅归路，家在牛栏西复西。"

《儋县志》还记载了这样一件逸闻：这天，东坡负着大瓢，口中吟唱着《哨遍》词，漫游在中和镇的田间，遇到一位家住城东、正往田头送饭的七十多岁的老媪，两人就地闲唠起来。

东坡问道："老人家，你看于今世事怎么样啊？"

老媪不假思索地回答说："世事不过像一场春梦罢了。"

东坡又问："怎见得是这样呢？"

老媪直截了当地讲："先生当年身在朝廷，官至翰林学士，也可以说是历尽了荣华富贵；今天回过头看，不就像一场春梦吗？"

东坡听了，点头称是，若有所悟，于是自言自语道："这就是'春梦婆'呀！"

对于东坡先生来说，这番警钟式的箴言，不啻醍醐灌顶，甚至是当头棒喝。

在同民众融洽无间的接触中，东坡的逍遥悟世思想益发强化起来。与黎族人民结下的深情厚谊，那种完全脱开功利目的的纯情交往，使他在思想感情上发生了深刻变化，获得了精神上的鼓舞、心灵上的慰藉，以及战胜生活困苦、摆脱精神压力的生命源泉；挣脱了世俗的桎梏，实现了随遇而安、无往而不自如的超越境界。

他在此间虽然只住了三年。但他留给当地人的美好印象，却如刀刻斧削一般，历久不磨。人们缅怀先生的遗泽，传颂着许多动人的佳话。

为了纪念他，当地不仅留下了东坡村、东坡田、东坡路、东坡桥、东坡小学、东坡公园，甚至还把本地说的一种官话称为"东坡话"，戴的斗笠叫作"东坡笠"，吃的蚕豆名为"东坡豆"。村里有一口"东坡井"，父老们口耳相传：先生当日舍舟登陆后，发现村民饮用的竟是潦洼积水，污浊不堪，以致经常患病，便带领群众踏勘地脉，就地挖井汲泉。数百年来，井泉源源不竭，水质甘甜，群众饮用至今。20世纪60年代初，郭沫若前来视察，还曾舀上一勺，亲口尝过。

东坡书院的一副楹联，形象地概括了他贬谪儋州之后敷扬文化、亲仁善邻的生活场景：

　　图成石壁奇观，戴雨笠，披烟蓑，在当年缓步田间，只行吾素；
　　塑出庐山真面，偕佳儿，对良友，至今日端拱座上，弥系人思。

联语中"图成石壁奇观"云云，指的是镶嵌在书院载酒堂石壁上南宋周紫芝的《东坡笠屐图》。书院所存楹联特多，粗粗算了一下，多达四十副左右。这在东坡行踪所至的一些名城胜邑也是不多见的。参观结束时，应主人要求，仓促中我援笔题写了一副对联：

　　文华熠耀三千界；

宦迹蹉磨十二州。

东坡先生亦官亦文，是著名的"文章太守"。上联说他的诗文成就辉煌；下联概括他的饱经磨难的仕宦生涯。他入仕后，先是因为反对"新法"，被贬为杭州通判，时年三十四岁；后来流离转徙，陆续到了密州、徐州、湖州；直到"乌台诗案"发生，被捕入狱；一番折磨过后，又被贬谪到黄州，先后到过汝州、常州、登州、颍州、扬州；五十八岁那年，又横遭贬谪，到了岭南的惠州，三年后再度遭贬，谪居荒远的儋州。

"想当然耳"

1994年2月2日，接散文作家康启昌女士来函，询问苏东坡"想当然耳"一语的来龙去脉。我简复如下：

苏东坡二十一岁那年，应进士试，试题为《刑赏忠厚之至论》，东坡的答卷仅有五百五十三字，却成了千古名文。由于清代文人把它选进了《古文观止》，结果家弦户诵，众口流传。且说，当年阅卷人梅圣俞看过后，以为有"孟轲之风"，便把它推荐给主考官欧阳修。博学多识的欧阳修看了也非常欣赏，但对于文中所举帝尧与皋陶对刑法的互相制约的例证，不知出自何处。于是，当苏东坡前来拜见时，便问他出自何书。东坡笑道："想当然耳。"

东坡原文是这样的："当尧之时，皋陶为士。将杀人，皋陶曰'杀之'三；尧曰'宥之'三。故天下畏皋陶执法之坚，而乐尧用刑之宽。"用现代口语来表述：尧当政时，皋陶是掌管刑法的官。要处死一个人，皋陶说当杀，有三条理由；帝尧却说应当赦免，同样有三条理由。所以，天下人都害怕皋陶执法之坚决，而赞美帝尧用刑之宽大。

前面东坡所言"想当然耳"也有故典可循。《后汉书·郑孔荀列传》中讲，曹操攻下邺城，纵兵屠城。曹丕没经禀报曹操，就私纳了袁绍的儿媳妇、袁熙的老婆甄氏。孔融大约是为了替曹丕打圆场吧，写信给曹操说：武王伐纣，曾把纣王的妃子妲己赐给周公。曹操明白孔融这话的言外之意，也就认可了曹丕的做法。后来曹操见到孔融，问他信上写的"武王伐纣，以妲己赐周公"出自哪部典籍，孔融说他是"以今度之，想当然耳"。

东坡诗人气质，个性疏略，写作诗文，使事用典，有时较为随意，以致出现了讹误。还有一个显著的事例：西汉时疏广、疏受叔侄同朝为太子太傅、太子少傅，每次上朝叔侄前后齐上，备极荣耀。五年后，疏广对疏受说："吾闻'知足不辱，知止不殆''功遂身退，天之道'也。今仕至二千石，宦成名立，如此不去，惧有后悔。"疏受深表赞同。于是，叔侄一起称病，提出辞官归里的请求。皇上考虑到他们年迈，就答应了。他们的主动去职修为，深得世人称赞。东坡先生亦曾为此作《二疏图赞》。

南宋洪迈《容斋随笔》中指出，作议论性的文章，必须考证所引事实确实没有差错，才可以使之传信于后世。东坡先生所作《二疏图赞》中说，西汉孝宣帝重振汉朝，以法治国驭人。先后杀掉了盖宽饶、韩延寿和杨恽，这三位都是忠臣。疏广、疏受二先生很怜悯他们，以致为此而振袂脱屣（意为挂冠归里）。东坡先生著文立意，可称超迈卓异；但是，根据当时的实际情况考察，宣帝元康三年，疏广、疏受二人已经去职，此后二年盖宽饶被杀，又过了三年，韩延寿被杀，又过了三年杨恽被杀。在疏广、疏受去职时，三人都还安然无恙。大概是东坡先生文势如江河倾泻，不再像普通作者那样认真考据究索了。

类似的事例，在东坡诗词中也曾出现，比如《念奴娇·赤壁怀古》词中，时空就发生了错置。赤壁之战发生在湖北蒲圻，而东坡咏的是黄州，这里只有一个"赤鼻矶"，音同而已。好在东坡先生说个"活话"："人道是，三国周郎赤壁。"如果这还说得过去，那么，后面的

"遥想公瑾当年，小乔初嫁了，雄姿英发，羽扇纶巾，谈笑间，樯橹灰飞烟灭"，就不太好讲了。据本传记载，周瑜于汉献帝建安三年（198）迎娶小乔，时年二十四；而赤壁之战发生在建安十三年冬，当时周瑜三十四岁。这中间，整整错后了十年。

这些"白圭之玷"，当然无损于天才诗人、盖世文豪的伟大；但从研究学问、著书立说角度看，洪迈所言"作议论文字，须考引事实无差忒，乃可传信后世"，还是确凿无疑的不刊之论。"东坡文如倾河，不复效常人寻阅质究也"，终究属于特例，著书治学，应须严谨、准确，不宜率尔操觚。

此心自在悠然

一

东晋后期出现了一位了不起的大诗人,他就是陶潜。

陶潜,字渊明,号五柳先生,出身于官宦世家,祖父与父亲都曾做过太守;他出生后,家道中落。由于幼年深受儒学濡染,所以,青年时代,在仕途中也曾怀抱"猛志逸四海,骞翮思远翥"的雄心,但很快就发现官场政治黑暗,完全与本性乖异,于是辞职隐居;后经叔父推介,出任彭泽县令。到职八十一天,赶上浔阳郡督邮下来巡察,下属提醒他应该穿上官服,"束带迎之",他极端反感地说:"我岂能为五斗米向乡里小儿折腰!"当即赋《归去来兮辞》,挂冠而去。

他从二十九岁步入仕途,到四十一岁辞官,《归田园居》诗(五首之一)中写道:

少无适俗韵,性本爱丘山。
误落尘网中,一去三十年。
羁鸟恋旧林,池鱼思故渊。
开荒南野际,守拙归园田。
方宅十余亩,草屋八九间。
榆柳荫后檐,桃李罗堂前。
暧暧远人村,依依墟里烟。
狗吠深巷中,鸡鸣桑树颠。

户庭无尘杂，虚室有余闲。
久在樊笼里，复得返自然。

《晋书》本传中，将他归入"隐逸"一类，当是考虑到尽管前前后后在仕隐之间，徘徊、踯躅了十几年，但真正做官的时间很短，中间还丁忧（遭逢父母的丧事）两年，实际不过四年；尔后的二十余年，他一直在家乡隐居，过着"半耕半读"的悠然自在的生活。

从《归田园居》诗中的"误落尘网中"和《归去来兮辞》中的"实迷途其未远，觉今是而昨非"，看得出他对于此前一段仕宦生涯是满怀着追悔之情的。那么，他在脱离仕途之后的心理感受，则是"久在樊笼里，复得返自然"了，从而真正解脱了"心为形役"的困境，回归田园，重返丘山，开始了自由自在的生活。

陶潜的后期生活经历，特别是在追求精神的绝对自由，使灵魂逍遥在没有空间与时间之限的自然中这方面，和庄子极端相似。庄子说过：水泽里的野雉走十步才能啄到一口食，走百步才能饮到一口水，可是，也决不祈求被豢养在樊笼里。而陶潜则是跳出樊笼，重返自然。

著名学者陈寅恪先生认为，魏晋时期，人们对庄子自然之道的理解，陶潜胜出一筹。确是如此。法天贵真，张扬个性，陶潜对于大自然有着极其深厚的感情。在他现存的一百二十余首诗歌和十几篇散文、辞赋里，欣赏自然、颂赞自然、享受自然的内容，占了相当大的比重，成了他的诗文的骨架与灵魂中枢。在大自然中劳作，在大自然中饮酒，在大自然中会友，在大自然中啸傲，他从大自然那里汲取了无穷的乐趣，心无一累，万象俱空。诸如，"衡门之下，有琴有书。载弹载咏，爰得我娱。岂无他好？乐是幽居。朝为灌园，夕偃蓬庐""欢来苦夕短，已复至天旭""众鸟欣有托，吾亦爱吾庐""怡然有余乐，于何劳智慧""悦亲戚之情话，乐琴书以消忧""登东皋以舒啸，临清流而赋诗；聊乘化以归尽，乐夫天命复奚疑"的句子，随处可见。

不过，同欢娱、开朗的心境形成鲜明的对比，陶潜的物质生活却是困难与凄苦的。从他的诗文中，我们不难发现，与这样一个孤高倨傲的生命个体相依相伴的，竟然是令人心灵震颤的悲情与苦况。他自辞官归里到告别人世，二十二年间，绝大部分都是挣扎在饥寒贫困的边缘。遇到丰收年景，可以"酌春酒，摘园蔬"，聊免饥寒之累；而当灾荒年月，则"夏日抱长饥，寒夜列被眠"；尝作《五柳先生传》以自况，有句云："环堵萧然，不蔽风日，短褐穿结，箪瓢屡空，晏如也。"

这种困顿生涯，在诗中有细致的反映：

> 弱年逢家乏，老至更长饥。
> 菽麦实所羡，孰敢慕甘肥！
> 惄如亚九饭，当暑厌寒衣。
> 岁月将欲暮，如何辛苦悲。

诗的前面有个小序，略云："旬日以来，始念饥乏。岁云夕矣，慨然永怀。今我不述，后生何闻哉！"诗中五六两句，较为生僻，稍做解释："惄如"，饥饿难熬的样子。"九饭"，一个月只吃九顿饭。典出《说苑》："子思居卫，贫甚，三旬而九食。"下句说，盛暑时还穿着讨厌的冬装。

另有一首诗，标题就叫《乞食》，开头四句是："饥来驱我去，不知竟何之。行行至斯里，叩门拙言辞。"此情此景，竟然发生在一个世界级的大诗人身上。确实如作者所言："今我不述，后生何闻哉！"

《南史》本传记载，陶潜"躬耕自食"，"偃卧瘠馁有日矣"，江州刺史檀道济亲自前往探问，劝他出仕，不要"自苦如此"；而他却以"志不及也"作答。临走时，檀道济馈以粱肉，也被他挥手谢绝了。看得出来，陶潜的归隐，既出于向往自然的本性，更有逃逸人世、明哲保身的考虑。他的饥寒交迫的困境和远离官场、避之唯恐不及的心态，在历代诗人、文士中,也是十分典型的。

二

现代著名诗人梁宗岱说过,哲学诗最难成功,这是"因为智慧的节奏,不容易捉住,一不留神便流为干燥无味的教训诗了。所以成功的哲学诗人不独在中国难得,即在西洋也极少见"。他认为,陶渊明也许是中国唯一十全成功的哲学诗人。苏东坡的评价就更高了,他说:"渊明作诗不多,然其诗质而实绮,癯而实腴,自曹、刘、鲍、谢、李、杜诸人,皆莫及也。"

由于对陶渊明的诗喜欢得要命,很久以来,我就想写一篇关于这位超级诗人的评论。可是,当我读到朱光潜先生《诗论》中第十三章《陶渊明》之后,就再也没有勇气动笔了,那种心理状态,正是"眼前有景道不得,崔颢题诗在上头"。朱先生的文章写得实在漂亮,它使我领悟到:状写诗人、文学家,应该富有鲜活生命的质感,"鸢飞鱼跃"、灵心迸发的天趣,"素以为绚兮"的隽美。有这样的范文在前面引路,那么,跟随在后面,"小狗"也还是叫吧。

归隐以后,陶渊明更加深入地接触了社会的底层,"世上疮痍,民间疾苦",引发他发出更多的感慨,遂托酒寄言,直抒胸臆。《饮酒》组诗序云:"余闲居寡欢,兼比(加上近来)夜已长,偶有名酒,无夕不饮","既醉之后,辄题数句自娱"。这首五言诗就是这么写出来的。

> 结庐在人境,而无车马喧。
> 问君何能尔?心远地自偏。
> 采菊东篱下,悠然见南山。
> 山气日夕佳,飞鸟相与还。
> 此中有真意,欲辨已忘言。

诗人在这里展示了向往归复自然，追求悠然自在、不同流俗的完满的生命形态的内心世界，刻画了运用魏晋玄学"得意忘象"之说，领悟"真意"的思维过程，富含哲思理趣。我想通过解剖这首最能反映其思想、胸襟、情趣，也最为脍炙人口的五言代表作，以收取"鼎尝一脔"之效。

全诗十句，可做三层解读：前四句为一层，诗人状写其摆脱尘俗烦扰后的感受，表现了鄙弃官场，不与统治者同流合污的思想感情。宋代名儒朱熹说："晋宋人物，虽曰尚清高，然个个要官职，这边一面清谈，那边一面招权纳货。陶渊明真个能不要，此所以高于晋宋人物。"诗人愤世嫉俗，心志高洁，但他并没有逃避现实，与世隔绝，而是"结庐在人境"，过着同普通人一样的生活。不同之处在于，能够做到无车马之喧嚣，保持沉寂虚静。

那么，请问这是怎么做到的呢？答曰：不过是寄情高旷，"心远地自偏"罢了。这里固然也有生活层面上的因素，对这熙熙攘攘的社会现实，特别是争名逐利的官场，采取疏远、隔绝的态度，自然门庭冷落、车马绝迹；但诗人的着眼点还是精神层面上的，内心对于人为物役、心为形役的社会生活轨道的脱离，对世俗价值观的否定，放弃权力、地位、财富、荣誉的世俗追求。境静源于心静，源于一种心灵之隐，也就是诗人所标举的"心远"。这个"远"，既是指空间距离，也是指时间距离，"凝心天海之外，用思元气之前"。心若能"远"，即使身居闹市，亦不会为车马之喧哗、人事之纷扰所牵役，从而实现人的生命与自然的统一和谐。这番道理，如果直接写出来，诗就变成论文了，诗人却是把哲理寄寓在形象之中，如盐在水，不着痕迹；平淡自然，浑然一体。难怪一向以"造语峻峭"著称的王安石，也慨然赞叹："自有诗人以来，无此四句！"

中间四句为第二层，诗人状写其从田园生活与自然景色中所获得的诗性体悟，实际上是"心远地自偏"这种超然物外的精神境界的形象化表现与自然延伸。有了超迈常俗的精神境界，才会悠闲地在篱下采菊，抬头见山，一俯一仰，怡然自得。"悠然"二字用得很妙，说明诗人所见所感，非有意寻求，而是不期而遇。东坡居士有言："渊明诗初看若散缓，熟看有奇句"；"采菊之次，偶然见山，初不用意，而境与意会，故可喜也"。在这里，诗人，秋菊，南山，飞鸟，各得其乐，又融为一体，充满了天然自得之趣。情境合一，物我合一，人与自然合一，诗人好像完全融化在自然之中了，生命在那一刻达到了物我两忘的超然境界。

说到境界，我想到一位中学老师在讲解冯友兰先生《人生的境界》时的一段话。他举例说，有些坊间俗本把陶渊明的"悠然见南山"印成"悠然望南山"，失去了诗人的原意。"望"是有意识的，而"见"是无意识的，自然地映入眼帘。用一个"望"字，人与自然之间成了欣赏与被欣赏的关系，人仿佛在自然之外，自然成了人观照的对象；而用一个"见"字，人与自然不是欣赏与被欣赏的关系，人在自然之中，与自然一体，我见南山悠然，料南山见我亦如此。与自然一体，也就与天地一体，与宇宙一体，是天地境界或者近于天地境界。一个"见"字，写出了人与自然，乃至于宇宙之间的一种和谐。联系到陶渊明的另外两句诗"久在樊笼里，复得返自然"，这种"返"，觉解程度是很高的，是那些真正的无觉解或者很少觉解的乡民所无法达到的。而这个"樊笼"，可能是指功利境界以至道德境界，陶潜已经越过了这个境界。

这位老师从遣词造句、细节刻画方面，对陶诗进行了细致的解析，看了很受启发。

就本诗的意蕴来说，尤见精微、深邃。当代学者王先霈指出："陶渊明直接描写的是面对秋景的愉悦，而其实是表达自己对于'道'的体悟，用诗的方式说出自己某一次体道的过程和心得。他所说的'心远'，相当于《淮南子》讲的'气志虚静''五藏定宁'，相当于《老子》说的'守静笃'，是'体'的心理上的前提。至于采菊、见南山、见飞鸟，那并不是观察，而是感应，从大自然的动和静中产生心灵感应。"

最后两句为第三层，是全诗的总结，讲诗人从中悟出的自然与人生的真谛。而这"真意"究竟是什么，是对大自然的返璞归真？是万物各得其所的自然法则？是对远古理想社会的追慕与向往？是人生的真正价值和怡然自得的生活意趣？诗人并不挑明，留给读者去思考，在他，则"欲辨已忘言"了。实际的意思是说，这一种真谛乃是生命的活泼泼的感受，逻辑的语言不足以体现它的微妙处与整体性。这样，又把读者的思路引回到形象、意象上。寄兴深长，托意高远，蕴理隽永，耐人咀嚼。

"心远"与"真意"，为全诗的眼目、灵魂与意旨所在，堪称全诗精神、意境、情调、理蕴的点睛之笔。清初诗评家吴淇在《六朝选诗定论》中指出："'心远'为一篇之骨，'真意'为一篇之髓。"确是不刊之论。

三

归乡隐居之后，陶渊明虽然生计日蹙，但日常生活还是过得十分滋润、丰富多趣的。

他特别喜欢读书，旁搜博览，视野非常开阔，他说，"少年罕人事，游好在六经""得知千载上，正赖古人书"；而且方法有点特别："好读书，不求甚解，每有会意，便欣然忘食"，迹近于兴趣主义。他对时间抓得很紧，诗云："盛年不重来，一日难再晨。及时当勉励，岁月不待人"。他不仅自己如此，也教育他人这样来做。一天，家里来了位少年，向他请教读书诀窍。陶渊明拉着他到一块稻田边，指着一尺来高的禾苗,问:"你仔细地瞧一瞧,看禾苗是不是在长高?"少年注目细看,说:"没见它怎么长。"陶渊明又把少年带到溪边的大磨石前,问他:"你看看这块石头,中间磨损得像马鞍一样,这是哪一天磨成的?"少年想了想,说:"不会是一两天。"陶渊明启发诱导说:"学问、知识的增长,来自平时的点滴积累,只要持之以恒,终究可以见成效的。"少年豁然开悟,回家后,日夜苦读,从不间断,终于学有所成。

陶渊明喜欢鼓琴。《晋书》本传记载,他"畜素琴一张,弦徽不具,每朋酒之会,则抚而和之,曰:'但识琴中趣,何劳弦上声!'"看来,他是深受老庄的思想影响,赞同"有生于无""大音希声""无声之中,独闻和焉"的哲学观念,认为"言不尽意",应该"得意而忘言"。《庄子·齐物论》中说:"有成与亏,故昭氏之鼓琴也;无成与亏,故昭氏之不鼓琴也。"昭氏名文,善于鼓琴。这段话按冯友兰先生的解释,是说:"无论多么大的管弦乐队,总不能一下子就把所有的声音全奏出来,总有些声音被遗漏了。就奏出来的声音说,这是有所成;就被遗漏的声音说,这是有所亏。所以,一鼓琴就有成有亏,不鼓琴就无成无亏。作乐是要实现声音,可是,因为要实现声音,所以有些声音被遗漏了,不实现声音,声音倒是能全。"说到此处,冯先生就举出陶渊明屋里挂着无弦琴,以为例证。

不过,他的最大嗜好,还是饮酒,可以说,嗜酒如命,贪杯成性。据徐志摩在《结算陶渊明的一笔酒账》一文中统计,陶诗中有酒的句子多达四十六处,酒字占三十二个,其他觞、醉、斟、壶、饮、酌、杯、酣、酤等字不下四十个,加上酒字,共七十多个。诗中有酒的句子,约占全部句子的三分之一。甚至还写到,死后也没有忘记饮酒,《拟挽歌辞》之二云:

  在昔无酒饮,今但湛空觞。
  春醪生浮蚁,何时更能尝?

肴案盈我前，亲旧哭我傍。
欲语口无音，欲视眼无光。
昔在高堂寝，今宿荒草乡。
一朝出门去，归来夜未央。

说，从前没有酒喝，现在酒菜摆在面前，但是，已经喝不到嘴里了。

关于他的思想，朱光潜先生在《陶渊明》一文中，有过精彩的分析：他"是一个绝顶聪明的人，却不是一个拘守系统的思想家或宗教信徒。他读各家的书，和各种人物接触，在于无形中受他们的影响，像蜂儿采花酿蜜，把所吸收来的不同的东西融会成他的整个心灵"。不过，朱先生说，"假如说他有意要做哪一家，我相信他的儒家的倾向比较大"。对此论断，我却不敢苟同，倒是觉得他的同宗先贤晦庵先生（朱熹）所说的"靖节（陶渊明）见趣多是老子""旨出于老庄"，或者陈寅恪先生所言"渊明之为人，实外儒而内道，舍释迦则宗天师也"，可能更切合实际。陶渊明比庄子整整晚生了六百年，应该说，他的思想观念、价值取向、人生道路抉择，都是远承了这位诗人哲学家。

论者认为，陶诗改变了为道德教化、为王朝兴替、为人生功利、为个体不朽而创作的传统诗歌观念，一变而为超功利的、审美的、畅怀适意、怡情悦性、纯任自然的创作追求。

他既不追逐立不世之功、成千秋伟业的浮世高名，也不贪恋世俗的声色禄位等一般物欲满足，而是以精神自由自适自得为旨归，从而创造出一种内在精神丰富、真朴清远、淡泊自如的艺术审美境界。

或问：既然渊明先生"是一个绝顶聪明的人"，那他怎么就不知道珍惜自己的健康，更多地留下一些作品，而是顾自拼命地喝酒呢？言下不无憾怨之意。

是呀，这位大诗人早年就疾病缠身，又兼嗜酒成性，长期身体衰弱，直到六十三岁死去（现代有的著名学者考证，享年五十一二岁）。

看来，他并没有把生命与身后声名怎么放在心上，他说："人生似幻化，终当归空无。"他所秉持的生死观是，"有生必有死，早终非命促。昨暮同为人，今旦在鬼录。魂气散何之，枯形寄空木""得失不复知，是非安能觉？千秋万岁后，谁知荣与辱"。死了就是死了，没有什么好说的。这种"一死生、齐彭殇"的观念，如果认祖归宗的话，与其说是"儒家的倾向"，毋宁说是《庄子》中的话语的形象注解："生也死之徒，死也生之始，孰知其纪！人之生者，气之聚也。聚则为生，散则为死。若死生之徒，吾又何患！"

去世前，他写了《拟挽歌辞》三首，从入殓、出殡写到下葬，表现出精神上的旷达与超脱，其中的第三首尤具代表性，诗情与哲理结合，表现出一种达观的情怀和安详的心态，读来亲切感人。

荒草何茫茫，白杨亦萧萧。
严霜九月中，送我出远郊。
四面无人居，高坟正嶕峣。
马为仰天鸣，风为自萧条。
幽室一已闭，千年不复朝。
千年不复朝，贤达无奈何。
向来相送人，各自还其家。
亲戚或余悲，他人亦已歌。
死去何所道，托体同山阿。

他还有这样几句诗："纵浪大化中，不喜亦不惧。应尽便须尽，无复独多虑。"说的是人归化于自然，无须在天国中求得永恒，但求能够自我超越与解脱，过着"情随万化遗"、委运任化、随遇而安的生活也就满足了。

此生自在悠然，此心自在悠然。

听 书

一

这已经是半个世纪之前的往事了。

1965年8月底，报社接到市委通知，抽调我到营口县大石桥镇（今营口市大石桥市）东窑村参加农村社会主义教育运动（通称"四清"）。听说，这里是市委书记陈一光的联系点。

入村之后，我惊喜地发现，袁阔成先生也在我们这个工作组。原来，陈书记不仅特别关心袁阔成的政治进步——两个月前，他光荣地成了一位共产党员，而且，对于他的评书艺术备极欣赏，多次鼓励他多说新书，说好新书，为全市文艺队伍树立一个榜样。在工作组全体成员见面会上，组长老李介绍过袁先生之后，又向我交代：在开展"四清"工作中，接受实际锻炼，提高思想政治觉悟（前此，我曾几次提出入党申请）；同时，帮助袁阔成收集、整理一些农村素材，充实、丰富其评书艺术资源。说，这是陈书记的意见。

尽管我也从事文学创作，但离曲艺专业很远，怎么竟荷蒙市委主要领导"钦点"，分派这样一项任务呢？会后，袁先生告诉我，那次向市委汇报赴矿山、海防演出时，他谈了下一步说新书的打算：要投身农业第一线，进一步深入群众，体验生活；同时，抓紧阅读一些新出版的优秀长篇（记得"四清"期间，他的床头曾放有一部解放军出版社印行的《欧阳海之歌》）。陈书记表示支持，还说要找个文人帮助整理素材、研索思路。啊！原来如此。

工作队下分六个组，我们这组五个人，包括袁阔成和我。两人同睡一铺炕，同吃农家"派饭"，一同下地干活；除了参加生产劳动，就是串门入户，访贫问苦，向社员了解村里情况。工作队纪律十分严明，突出强调队员必须和社员同吃同住同劳动，绝对不许搞特殊化。当时农家饭菜，多是大白菜、小豆腐、高粱米粥；稍微有点差异的，是经领导特批，农家大嫂专门给袁阔成随锅烙上一块玉米面饼，为的是增加一点热量，饭后好给大家说书。怎么称呼呢？他是市曲艺团团长，"四清"规定一律不叫官衔；叫"老袁"吧？他还没到"不惑"之年，并不老；直呼其名，又显得不太尊重。于是，社员们便叫他"老阔"，亲切、得体，老少咸宜，应该说是很妙的。

到后的第三天，午饭轮到了一户铁路工人家庭，房间较为宽敞。撂下了饭碗，就发现窗前、门外挤满了人，有的老头、妇女还上了炕。地面留出空场来，供"老阔"摆架势。房东大嫂依据看到的说书场景，事先摆上个木桌，后面放上一把椅子，倒了一杯茶水，还找出一把折扇，只待说书人咔嚓一声打开扇子，便会开讲。可是，"老阔"全是另一套架势，他亲自动手，把桌椅连同茶杯、扇子挪开，随口说道：咱们庄户院，一切简办。其实，即便是在城市剧场，他早已革除了这一套。听说，他在演艺界创造了"三个第一"：第一个让评书走出小茶馆，进入社会大舞台；第一个脱掉传统的长袍大褂，换上中山装；第一个撤掉场桌、折扇、醒木，改坐着说为空手站着说。

这天说的是《肖飞买药》，故事改编自《烈火金钢》二十一、二十二两回。"五一"反"扫荡"，隐蔽在小李庄的八路军一批伤病员，急需消毒、疗伤药品，可是，要买药就得进城，日本鬼子监守着城中据点，怎么办？上级经过审慎研究，决定派遣县大队侦察员肖飞前往执行任务。一路上，他先后制伏了特务队长何志武和几个小特务，最后又智斗日本宪兵头子川岛一郎，巧夺脚踏车、摩托车，胜利地闯关越卡，终于把我军急需的药品弄到手中。通过"老阔"的精彩表演，肖飞这一勇敢机智的八路军侦察员英雄形象活灵活现。

在尔后的六七个月，总得超过上百次吧，"老阔"都像这样，午饭后或晚上，随地打场，即兴演出；有时还到瘫痪、孤寡老人家里去献艺。演出的绝大部分都是新书，而《肖飞买药》《江姐上船》《许云峰赴宴》《舌战小炉匠》等最受欢迎，可说是百听不厌。一位见过世面的退休工人说，故事还在其次，就是爱看"老阔"扮演的英雄形象，一身正气，大义凛然。那天，"老阔"刚刚说完《江姐上船》，老奶奶就合掌念佛，说：江姐、许云峰、杨子荣、肖飞是救苦救难的"四大菩萨"现身的。还有一次，我和"老阔"一道，扛着锄头进菜园子铲菜，发现小记工员正在那里模仿着他，说肖飞把烟头摔在狗特务的脸上，吱啦一下就烫出一个泡来，狗特务一哆嗦，烟头又顺着脖梗子往下滑，滚到胸脯上，疼得直打激灵。小记工员又学着"老阔"的腔调，问道："没想到吧，何志武？"对方唔拉了一句，心想："我想这干啥？碰上你肖飞，这不倒霉吗？"一举手，一投足，做派、声调，活脱脱的一个小袁阔成。逗得大家笑个前仰后合。一位老大嫂说："师傅到了，快快跪下，叩头！"

二

"古有柳敬亭，今有袁阔成"之誉，在我国评书界传播已久。关于柳敬亭，明末清初著名学者黄宗羲在其本传中记载：当日柳敬亭拜莫后光为师，师傅告诉他，说书应能勾画出故事中人物的性格、情态。于是，敬亭退而凝神定气，简练揣摩，经过一个月的刻苦磨炼，前来拜见，师傅说："你说的书，能够使人欢娱喜悦，大笑不止了。"又过了一个月，师傅听过，说："你说的书，能够令人感慨悲叹，痛哭流涕了。"再回去，又苦练了一个月，师傅赞叹："这回行了，已经达到还没有开口，哀乐之情就先表现出来，使听众不能自已的精妙程度。"这里讲了评书表演的三个层次、三重境界。

如何能够撄攫人心，使人喜，使人悲，使人听了无法控制自己的感情？其间，固然需要生动曲折的故事情节，但历史存在，向来都是依人不依事，人是一切的出发点与落脚点，功夫应该下在人物的塑造上，也就是莫后光所说的，"应能勾画出故事中人物的性格、情态"。

我曾反复地琢磨过，村里民众对于袁阔成的一些评书段子，之所以听了还想听，要说是缘于故事情节，那早已谙熟于心了，而且，有的也并非特别曲折、复杂。那么，吸引力究竟何在呢？结合我的切身体验，我觉得核心在于他刻画的英雄人物智勇双全，充满了人格魅力。记得金圣叹说过，《水浒传》"只是看不厌，无非为他一百八个人性格都写了出来""一样人，便还他一样说法"，所谓"各有派头，各有光景，各有家数，各有身份"。

熟悉情况的人都知道，袁阔成不仅表演上出神入化，同时还是出色的作手。可以说，每个精彩的书段中，都饱含着他深邃的思考和独到的匠心。他善于借鉴、吸收长篇小说的成功经验，一改受中国戏曲影响的传统评书主要是交代故事情节的做法，高度重视细节刻画和心理描写，既细致入微，又合情入理。评书《许云峰赴宴》中，为了刻画这位英雄人物的沉着镇定、处变不惊的气质和心态——当然也是表现他正在精心思考应敌之策，评书中摹写了他的眼中所见："休息室布置得很别致，地下铺着地毯，周围摆着几张沙发，对面有一架老鹰牌的大座钟，一人多高，钟砣嘎噔嘎噔地来回摆动，东西两侧有二米见方的两个水晶鱼缸，里边是清泠泠的水，绿莹莹的草，百十条热带鱼，在里面游来荡去。……他坐在一只沙发上，若无其事地抬起左腿搭在右腿上面，伸出双手，扯平了长衫的衣襟儿，轻轻地往膝盖上一搭，双手自然地放在胸前，两只眼睛悠闲自得地看着缸里的游鱼。"与此形成鲜明对照的，是写肖飞登上川岛一郎的跨斗摩托车，"头闸拱，二闸拽，三闸没有四闸快"；咕嘟嘟，离开药房，冲出东门，再一次经过日军岗哨时,鬼子一瞧肖飞来了,心说:你看怎么样,我就知道是自己人嘛,有急事,把自行车扔在家里,骑摩托来了。肖飞到了眼前,鬼子大喊一声:"乔子开!"(日语,意为立正)肖飞一听,什么?饺子给?燕窝席也没工夫吃了。二者一静一动,一庄一谐,弛张有致。前者写的是激烈交锋的前奏,"万木无声待雨来",使听众产生悬念与期待;后者属于闲笔,信手拈来,触处生春,令人忍俊不禁。

一次,我和"老阔"坐着大板车往镁矿职工食堂送菜。路上,我们唠起小说写作有全知视角与限知视角之别,如果是第一人称,当你不在场时,叙述视角就会受到限制。他说,评书的好处,都是全知视角,但在内容方面,有交代故事情节的叙述和描摹故事中人的言行、心理的表述之分。我问:这一叙一表,二者哪个更难?他说,相对地看,表述的要求更高、更全面。难在人物的声口话语、做派行为与心理活动,都必须充分体现个性化。

我说:"你说的评书段子,人物林林总总,八路军将士、知识分子、扛大活的、摆小摊的、大特务、狗腿子、恶霸地主、管账先生……即便同属革命队伍,团政委,大队长,小战士,也是'人之不同,其异如面'。到了你的嘴里,个个特征鲜明,绝不雷同。为了体现个性化,你在表演中像相声大师侯宝林那样,描情拟态,绘声绘色,惟妙惟肖,不仅模仿人的各种动作,令人拍案叫绝;就连开汽车,哪怕是一个挂挡的微小动作也不放过,一听就能分辨出是大型客车、载重货车还是小轿车,简直是'绝了'。"

袁先生说的人物、事件,高度形似中又略带夸张,但能掌握分寸。既真实可信,又突显特点,画龙点睛。对于古代经典小说,学习、借鉴中,他有所扬弃、取舍。比如,《水浒》《三国》中都有过度夸张、渲染以致脱离常态的情况,像鲁智深倒拔垂杨柳、武松空拳打虎、周瑜因气致死,等等,袁先生都尽量加以避免。

借用前面"全知""限知"的说法,我对袁先生评书艺术的研判,应该属于"限知"范畴，局限性很大。就时间而言，我只是在20世纪60年代中叶、先生青年时期，有过一段接触，而对中老年时段的大量代表性作品涉猎不多；就书目讲，这一阶段他主要是说新书，加上限于当时条件，说的多为小段（当然大都是被称为极品的小段），这样，我所亲炙的大部头传统书目就很少了。

三

除了袁先生高超的演艺，我觉得最值得看重，或者说最能反映先生本质特征的，还是他的高风亮节，艺品艺德。闲谈中，他给我讲了说新书和撤掉场面桌的往事。

1948年，他刚满十九岁，在山海关茶社说《雍正剑侠图》。正赶上解放大军入关，他也参加演出接待。当时，军管会一位负责人在同他谈话中，肯定了他的热情、才干，鼓励他再上层楼，并建议他读些新时代的小说，尝试着说新书。这样，他就说起了赵树理的《小二黑结婚》，开创了评书说现实题材的先河。1950年3月，评书《小二黑结婚》在中央人民广播电台播出，此后便一发而不可收，《灵泉洞》《吕梁英雄传》《新儿女英雄传》《红旗谱》《烈火金钢》《敌后武工队》《创业史》《艳阳天》等几十部，相继播出。

1958年他在营口市曲艺团，以《舌战小炉匠》荣获全国曲艺优秀奖。演出归来，他便走出市区，深入工矿、农村、部队。一天，他在海防前线慰问守岛战士，行走在崎岖不平的石路上，看到小战士吃力地背着表演用的桌椅，汗流浃背，不由得感到心疼；当他走进会场，面对战士们一双双充满渴望与期待的眼睛，恨不能置身其间，把自己的全部评书家当和盘托出。可是，眼前却被一台木桌隔离开了，而且还要安然坐下。于是，毅然决定，撤掉桌椅，自己要站在战士中间，面对面地表演。这样，一下子就消除了同战士的距离，从而取得了从艺以来最佳的演出效果。也正是从此开始，他断然革新了评书几百年传承下来的"以坐相示人、高台教化的半身艺术"，转而为"手、眼、身、法、步全部亮开的全身艺术"。

　　这里，说的是撤掉场面桌的过程，而我心领神会的却是一位青年艺术家与工农兵心贴心的动人心曲。在我们相处的二百多天中，可以说，每天我都感受到他对农民父老兄弟的灼灼爱意、脉脉深情，以及一种天然的亲和力。作为一名共产党员，他宛如鼓足了前进动力的风帆，浑身注满了政治热情与生命活力，决心要倾尽一己之所长，为人民大众说书献艺。由于从心眼里喜欢，庄户院的诸姑伯叔，常常不依不饶，说上一段，还得再说，有的还喊起口号："好不好？""好！""再来一个，要不要？""要！"立刻腾起响震屋瓦的掌声。这时候，他感到最为开心。他特别看重听众的反映，经常和我讨论，如何抓住听众，特别是抓住年轻人的耳朵，让他们听得进，受感染。而对自己，则谦卑自抑，处处从严要求。其时，他在评书界的首席地位已经确立，可说是誉满神州，但他从不以"权威"自居。当听到有人赞颂时，他总是那句话："不要瞎吹乱捧啊！吹捧不好。"

　　他是"艺以化人""寓教于乐"的忠实维护者，十分反感"听书只图个热闹，只是乐和乐和"的说法。我曾听他愤激地指斥（这种情况很少见）："图个热闹——怎么可以这么讲呢？我们不能忘了艺术的价值。"他一贯主张评书是严肃的艺术，提倡高雅，反对粗俗。他尤其重视艺风、艺德，强调"人有人格，艺有艺格"。我注意到，他每次登场，都很重视仪容。即便是在地里干活，休息时应社员请求临时打场，自然来不及换装，但也总要从衣袋里掏出小梳子，拢一拢头发，迅速进入"端乎其形，肃乎其容"状态。这里反映出，他对于祖国的传统艺术，人民的文艺事业，秉承一种敬畏的心理。

　　这种内化于心的追求、志趣，支配着、激励着他刻苦钻研、奋力学习。诚然，他的卓越成就的取得，确同"袁氏三杰"的家学渊源、祖传技艺有直接关系，但根本之点还在于他自身的努力。在农村这段时间，他的体力、精力都处在最佳状态。除了像一般工作队员那样干活、开会、同干部社员谈心，还要拿出很多时间说书表演，付出几倍于他人的汗水与心血，但他从不抱怨，而且多次谈到直接同农民交朋友的收获；当然，他也为读书完全放弃了感到遗憾。一次，刚脱衣睡下，他就和我谈起开卷受益、读书有得的体会。他说，京戏《打渔杀家》是一出"水浒戏"，萧恩就是阮小五嘛！我说，不过，《水浒传》里可没有记载。他说，类似情况不少，比如《黄鹤楼》和《单刀赴会》，内容大体相同，都是"三国戏"。二者都取材于元人杂剧，但是，罗贯中只选用了后者，所以，《黄鹤楼》不见于《三国演义》。

袁先生擅长往传统书段里加事添彩。比如，曹操杀孔融，是由御史大夫郗虑（他和孔融有仇口）告密引起的，这在《三国演义》第四十回里有记载，但很简单——郗虑所告发的秘事，无非是孔融背后发泄不满，说曹公坏话。过去，袁先生也是这么照着说的，但总觉得未能击中要害；于是，就考虑往里加些内容。加什么呢？加了郗虑对曹操说："您还记得您在破袁绍的时候，公子曹丕收了袁绍儿子袁熙的夫人甄氏，孔融曾经给您写过一封信，信上说到了武王伐纣把纣王的宠妃妲己赐给了自己的弟弟周公旦吗？"可别看轻这句话，其中可暗藏机锋。孔融的真实用意，是说，武王把妲己赐给了周公，其实是他自己看上了妲己。但是，由于妲己毁掉了纣王江山，被目为"不祥之物"，如果武王自己纳了妲己，传出去影响不好，所以，便在名义上把妲己赐给了周公，其实是暗地里留给自己。因为只要把妲己收进自己家里，那人家家里什么事，外人就过问不得了。一言以蔽之，孔融是说：现在您破了袁绍，把甄氏赐给了公子曹丕，其实是您自己把甄氏纳了。这可就扎到曹操心窝上了，坚定其除孔的决心。

四

不知不觉间，六个多月就过去了。工作队总结座谈中，我说，最大的收获是接受实际教育，获得政治思想上的进步。1965年12月18日，我在这里光荣地加入了共产党。其间，听遍了袁先生说的《红岩》《烈火金钢》《林海雪原》《暴风骤雨》《赤胆忠心》《敌后武工队》《野火春风斗古城》等新书中的著名段子，既饱饫了精神滋养、艺术享受，更充分接受了革命传统教育，也从他那高尚的情操、品格、艺德中，认知了一位艺术家所应遵循的正确道路。这对于一个志在献身文学的青年，是至为珍贵的偏得。如果说有遗憾，就是"帮助整理素材、研索思路"这项使命落空了。主要是我缺乏应有的主动性；而他也实在太紧张忙累了，几乎所有业余时间都用来说段子，很难找到倾谈机会。其实，即便时间允许，要给一位艺术臻于至境的名家以"帮助"，又谈何容易！当时我曾表示，回去后想法加以弥补，比如，认真写几篇报道，大力彰扬袁阔成同群众打成一片，充满政治热情，说新书，讲艺德，以及刻苦钻研、精益求精的事迹。没有料到的是，回到市里，我就调离了新闻单位，进入市委机关；不久，"文化大革命"就开始了，更失去了这个机会。粉碎"四人帮"后，他进京供职于中央人民广播电台，我也离开营口，调入省委机关，两地睽隔，再没有见过面。

日前，新闻中突然传来袁阔成先生仙逝的噩耗，不禁惊心泪目，怅憾久之。痛惜我国曲艺界摧折一位大师级巨擘，也为自己失去一位相知相重的老朋友感到无尽哀伤。怀着深长的怅惋和久铭心版的崇敬之情，谨成七律三首，以告慰于先生的在天之灵。

惊闻噩耗倍伤情，忆昔倾谈鬓尚青。
缘结营川碑在口，名标华夏璨如星。

新书魅力迷庄院，妙艺高风赛敬亭。
目注辽原怀旧雨，悲歌薤露奠英灵。

联床岁月久萦怀，听遍新书亦快哉。
俄顷干戈成玉帛，蓦然平地起楼台。
人惊绝艺千般巧，我羡高华八斗才。
舌灿莲花长已矣，书场折柱剧生哀。

荏苒光阴五十年，故交强半化尘烟。
盈虚若彼苏谈月，逝者如斯孔阅川。
实至名归仁者寿，功成身退智哉禅！
挽歌我效桓伊唱，昔梦追怀一黯然。

一席难忘

一

德高望重、深受广大读者爱戴的漫画大家华君武先生离开我们已经十几年了,可是,他端乎其形、肃乎其容、蔼然其情的音容笑貌,却时时留存在我的记忆里。

20世纪90年代初,他到沈阳来,我陪同他在体育馆观看了两场足球赛。渐渐熟识了之后,在餐桌上,大家怀着浓厚的兴趣,同这位大名人唠起了漫画。

与华老相识四十余年的一位老同志做开场白。他说,随着解放战争的节节胜利,蒋介石一面抛出"和平方案"以迷惑人民,一面积极备战。君武同志以简洁生动的画面,深刻揭示了这一复杂的政治课题。《磨好刀再杀》漫画上,蒋介石脚穿美国大兵皮靴,头上罩着美式船形帽,眼里射出凶光,太阳穴上贴着一块黑色膏药,既突出其混迹于旧上海的经历,又暗示他天天打败仗,无时无刻不在头痛。漫画发表在《东北日报》上,人们争相传看。国民党当局十分恼火。当时破获了一个国民党的地下特务组织,发现一份暗杀名单,其中就有华君武的名字,罪名是"侮辱领袖"。

华老听着,面带微笑,仿佛又回到了当年岁月。他操着略带余杭韵味的乡音,深情地说:"我很怀念哈尔滨那段生活,总是留恋秋林的里道斯香肠,还有风味可口的大列巴、鱼子酱、红菜汤。像年轻人的初恋一样,旧影依稀,永生难忘。"这么一说,气氛立刻活跃起来。

体育局的一位女干部，说她看过华老画的《误人青春——送给离题万里的发言》，很有警示意义。另一位是报社记者，说，华老生活漫画中最有趣的，是讽刺80年代有些商店卖东西要搭配。一个老头手里拎着蔬菜，背上还驮着个人，嘴里叨咕着："嘻！俺老伴儿病了，想吃点儿青菜，可店里非搭配一个经理不可。"还有《曹雪芹提抗议》："你研究我有几根白头发干什么？"

我坐在华老身旁，发现他兴致勃勃地听大家讲述，没顾上喝酒、夹菜，便用公筷送给他两块鳕鱼，请他喝杯酒，解解乏。他说，年轻时确实喜欢喝酒，喝多了还曾行为失控，出过洋相。"在延安时，有一次，冼星海要到城里去指挥一个音乐会，可我喝过量了，硬是拉住他不放，说什么也不让他走，还把他怀里揣的指挥棒拽出来，挥舞着，指挥冼星海唱歌。弄得影响很不好。从那以后，我牢牢记取了醉酒的教训，喝酒格外节制。"

华老风度翩翩，高高的身材，花白的头发，显得挺拔、干练；虽已年近八十，但精神矍铄。我告诉他，记得是1961年春节过后，我在《人民日报》副刊上看到一幅漫画《公牛挤奶》。讽刺有些人不谙世事，不做调查研究，想当然地以为随便一头牛都能产奶，结果闹出了笑话。因为印象深刻，也就记住了"华君武"这位画家的名字。作为"铁杆粉丝"，此后每见必看，能收尽收，不肯漏掉。

他笑着问，最喜欢哪一类的？我说，您有一幅漫画，一个人站在马路上，抬头看一座大楼顶上，接着，又来了两个人，也停下来好奇地往上望，结果，马路上所有的人纷纷奔走相告，一起抬头望着那个地方，仿佛那里发生了什么大事。可到后来，最早往上看的那个人若无其事地走开了，大伙儿谁也说不清楚究竟为什么都这么看。这种集体无意识、群体性的盲目心态，至今仍然存在。作品具有哲学思维，又带典型性。

这时有人插言，说有一幅讽刺戒烟的，一个人把烟斗从楼上扔下去，立刻就后悔了，飞快地跑到楼下，伸出手去把烟斗接住了。构思太巧妙了，怎么想得出来呢？华老笑说，这是依据延安时期的一个真人实事，那个同志把烟斗扔到了山下，画的时候，为了增强效果，把山下改成了楼下。他说："其实我自己就是一个烟民，从前多次尝试戒烟，都因为下不了决心，宣告失败。"

三十年前，手机尚未流行，人们有读书看报习惯。好的文艺作品，像华老的漫画，一纸风行，便流传广远。这天，华老分外兴奋，他喜欢这种七嘴八舌的议论，握别时，还对我说："一席难忘。"

二

2006年秋，我到北京开会，在京西宾馆遇见了文友王毅人先生，他正在为撰写《华君武传》在京搜集素材。由他带路，我们前往三里河南沙沟拜访华老。

华老记忆力很好，一见面就说："我只知你是宣传部部长，原来还是位作家。"

我告诉华老，正在跟他学习创作经验。他听了一愣。我说，过去我总认为，细心观察人情物事，是小说家的事，写散文的用不着；至于漫画家，凭借意之所之，即可触笔成妙。现在认识到，这是一个很大的误区。华老说过：一个漫画家上街，和普通人不一样。普通人逛街，或者漫不经心，或者"直奔主题"——所需日用品买到手，就算完成任务。漫画家要用"漫画的眼睛"去观察、体验、分析人和事，处处做有心人。开会时，坐在那里总要端详着与会者的神态；在火车上，也要从旅客的服饰、举止、谈吐猜测其职业、身份和个性。我现在也学习华老，用"文学的眼睛"去观察、体验、分析人和事，所见有感，随时记下，获益匪浅。华老漫画最大的魅力，是撄撄人心，能打动人。这给了我多方面的启示：文章要能打动人，就必须有感而作；

需要用形象说话，磨炼"成象功夫"；要富有情趣，增强可读性，我把这同金圣叹评《水浒》时所说的"闲笔"联系起来……

这时，发现屋门开了个缝儿，华老说是司机催促他上车。原来，他准备参加一个会。这样，也就匆匆告别了。

路上，我和毅人先生议论，2002年，华老画过一幅讽刺画《皇帝美容院》。一个戴眼镜的美容师，正在给凶神恶煞般的皇帝化妆，说："我保险把你化妆得比革命党人更帅更靓更酷毙啦！"针对性很强，近年电视节目中，封建帝王题材数量过大，而且有的颂扬失当，不该肯定的也大肆吹捧。漫画是一种批评的艺术，运用讽刺手法，对于假恶丑和旧的思想、作风、习俗予以揭露，可以起到正本清源、激浊扬清作用。而讽刺与幽默是连体婴儿，没有幽默就没有漫画。在这方面，华老做出了特殊的贡献。他以自己独特的艺术创造，丰富了幽默美学，发展了幽默文化，赋予幽默艺术以社会人生的深度，提高了幽默艺术的品位。

毅人讲，华老有一种幽默天性。"文革"中下放到农场养猪。他苦中作乐，为了给猪挠痒痒，特意做了个小挠耙，天天使用。那些猪一见他过来了，立刻自动排成一排，等着他给挠痒。到了耄耋之年，他仍不失风趣。一次，到陕西某工厂参加艺术活动，晚间赶上停电，走廊里临时用几只空酒瓶插上蜡烛照亮，陪同的厂长表示歉意，华老却笑着说："蛮好的，有点儿过圣诞节的样子。"还有一次，他在院中散步，不小心跌进没盖好盖的沙井，挫伤了腿。友人电话慰问，说："听说你掉井里啦？"华老马上回了一句："你不落井下石就好。"引起了周围人的一阵哄笑。

我补充说，首都学者包立民编著《百美图——当代文艺家自画像》，华老应邀画了一幅《捂脸图》，旁题四句短诗："画兽难画狗，画人难画手。脸比手更难，一捂遮百丑。"虽然像主用双手捂住了脸部的眼睛，但"传神阿堵"却是欲盖弥彰，脸面高度逼真，熟识华老的人一眼就能认出这位艺术大家，惊叹他的高超画技。

三

古人有言："有白头如新，倾盖如故。何则？知与不知也。"说的是，有的人相处到老，还是陌生的；有的道行相遇，驻车交谈，便一见如故。什么原因呢？关键在于是否相知。我于华老，自认是相知的。从青年时代，我就迷恋他的漫画，进而研究他的画风，以人民性、战斗性、审美性概之，看他的漫画，总有一种涌荡心扉的欣喜感觉，是一种高雅的艺术享受。而对于华老，自始就有一种亲切感，感到他离我们很近，近到可以走进彼此心里。待到实际接谈，亲炙他的教泽，这种认知，就进一步形象化、典型化了。

作为新中国美术界的一位领军人物，华老毕生站在时代潮流的前面，引领广大漫画家沿着"大众化、民族化"的艺术道路健康地发展；以其优秀的品德、高尚的人格、强烈的社会责任感，为文艺界树立了榜样。这方面艺术界朋友讲得够多了，我这里无须"辞费"，只讲两方面常人难以做到，令我心灵震撼的"小事"。

华老在杭州举办漫画创作六十周年回顾展，开幕式上，美术界泰斗、著名画家叶浅予先生，代表全国美协发表了热情洋溢的讲话，以"漫画大师"许之。记者要把这番话报道出去，华老却说："叶老过奖了。我不太同意'大师'的提法。时下大师成风，阿猫、阿狗都可算大师。我看不如用'漫画大家'更恰当。"他的职衔很多，曾经获得过许多全国艺术、美术机构最高规格的奖项，但他在自传、文章、简历中从不提及，名片上只有"华君武"三个字。

华老在生命后期，除了画画，经常做的事是反复道歉。"文革"中他遭受过残酷的批斗，而在"左"风盛炽的年月，他也曾以漫画形式伤害过一些同志和朋友，像胡风、丁玲、艾青、萧乾等。"文革"结束后，他最早在公开场合，一一赔礼道歉，有人统计，不下三十次。对于文化名人是如此，涉及普通民众也不例外。那年，他到山东参加一个画展，会后执意要去曲阜陈庄。原来，当年他曾在那里搞过"四清"。一位生产大队长因为多喝了一碗片儿汤，被定性为"多吃多占"，受到了批判、撤职。这件事他始终记在心上，坚持要找到本人当面道歉。大家加以劝阻，说，这个大队长年龄比您还大，估计早已不在人世了。华老却说，即便本人不在了，也要向他的后人道歉，否则于心难安。最后，还是冒着大雨来到陈庄，幸好这位九十多岁的老人还健在。当人们看到八十五高龄的大画家真诚地向老农民赔礼道歉的情景，无不为之感动。

华老仙逝，我深感悲痛，当时曾就王毅人先生《华君武传》，写了一篇评论文章，刊发于《光明日报》；现又以未尽的哀思成此追忆之文，以告慰于华老在天之灵。

我所思兮水一方

在水一方

此文的构思，肇始于一场梦境。惝恍迷离中，我来到了挚友颜翔林教授紧邻太湖的新居。几年未见了，自是一番缠绵悱恻的重温旧事、畅叙别情。不知怎么引起的，他忽然泚笔铺笺，央我为新居题写门联。许是所谓"梦是心头想"吧，我随口吟出下联"我所思兮水一方"，上联却没有着落，一着急我就醒了。睁眼见曙色横窗，因想：何不以"文之华也光千丈"对之？

翔林先生与我为忘年交，还在他修博士业于湖湘期间，我们就相知了。鸿书锦字，千里心期，带来无边的欣慰。那年春暮，正值草长莺飞时节，我们于玄武湖边首次见面，流连于南京师范大学院内的随园故址，花前林下，纵谈经籍，漫话美学，共同忆述20世纪40年代初和60年代末，彼此分别在塞外闾山脚下、江南洪泽湖畔的童年读书生活，不觉日之已夕，同怀相见恨晚之憾。尔后的二三十年间，我们又于南方和北方先后会面十来次。这样，苏、皖、浙的敬亭山、太白楼、韩侯钓台、明祖陵、烂柯山、曹娥庙、陈朝井、池上楼等千年胜迹和山海关外的"一宫三陵"、九门口长城、高句丽山城等世界文化遗产，以及辽河口的红海滩、蒹葭掩映中的旧游地，便都留下了我们的身影，回荡着两人不着边际、随机尽兴的笑语欢声。

我们出外游观，不论是车行、闲步，一路上，总是随着视界景物的变换，不断地转接话题。记得那是一个风花迷醉的春晚，我们在湖州街头观赏着唐代诗人的雕塑群像,我提起前次来这里参观孟郊祠的情景,不禁慨叹韶华似水,瞬息经年。翔林说,时间依空间而存在,如果失去了空间这个参照物,时间也就无从显示了。正是由于有了空间,再有人,这样便有了时间。人以自己的智慧创造了时间概念,设置了时间刻度,可是,在赋予时间永恒循环的活力的同时,也为自己提供了一把衡量人生有限性的铁尺,一面映射出生命短暂的冰冷无情的镜子。我说,面对时间飞逝,古人那些"吾生也有涯,而知也无涯""人生寄一世,奄忽若飚尘""浮生若梦,为欢几何""哀吾生之须臾,羡长江之无穷"的叹息,便都由此而产生。时间量化的结果竟是嗒然若丧,"原本要驰向草原,最后却闯入了马厩",这也许就是悖论吧?于是,他又阐释了康德关于时间的"二律背反"的论说。

他那敏锐的目光,易感的心灵,丰厚的腹笥,再加上强烈的理性意识与辩证思维,使其能在我们所涉足的任一富含历史与美学意蕴的场合,随时捕捉美的踪迹,阐发个中意趣。半截漫漶的残碑,一道悠缓的溪流,几只翩飞的蝴蝶,满湖荡漾的月光,都能激起他的诗兴与激情。他是一个对于美极度敏感的人,而一当发现了美,便喜形于色,活泼得像一个天真的孩子。

2009年清明节前,细雨微风中,我们车行皖南,告别了宣城谢朓楼,便直奔泾县桃花潭。突然,路旁一个书有"琴溪"二字的标牌,连同一条南北流向的溪流,闯入了我们的视野。翔林眉飞色舞,兴奋地说:"这个名字太美了!"说着,我们便在溟蒙雨色中下车登桥,猜想着"琴溪"名字的由来。我说,像这样充满诗意和逸趣的名字,肯定出自古人。顺着这个话头,翔林便发表了一通见解:命名是精神本体对理解活动的确认,是知识积累的必要手段。表面看去,不过是区别事物的符号,实则是知识与科学建立的基础。命名的学问大着呢!古人受惠于神话与宗教意识,凭借着诗性智慧和神奇的想象力,出于审美的需要,命名典雅、庄重,有诗性,耐咀嚼,饱含情趣;今人则不然，追求实证与实用，直出径入，或者追逐时髦，粗俗不堪。他就是这样，每出议论，都是从具体问题切入，触类而发，因遇寄感，紧贴实际。

皖南大地，人文景观异彩纷呈，关于邂逅琴溪这件事，逐渐也就淡出了我的记忆。没想到，他却一直结记在心头，握别后对于琴溪又细加考证，发现了它与李白诗歌、琴高仙话的渊源，当即以电话告知。这样，我们又着实兴奋了一阵子。

作为文学博士、哲学博士、美学教授，他尤其擅长典型刻画与直觉把握，大量感想、认知，均以意境、形象、情感出之，通过意象的选择、提炼、组合，凸显其独特的内心感受。我们在游观渤海湾、洪泽湖，面对"寒波澹澹起，白鸟悠悠下"这令人悄然动容的清幽景色时，都曾写下诗文；他特别善于通过主观情意与外在物象的融合，营造出自己的意中之象。在他那观察细腻的眼波中，"灰鹤是沉默的哲学家。除了偶尔低头觅食之外，整天都处于沉思状态。悠然闲步或者一动不动地，仰望着云水之间的空无和幻象，好像在追问存在与虚无、生存与毁灭、爱与美等形而上的问题。它的最大特点是沉默不言，神情宁静，独往独来，像是古希腊时期的怀疑论者。偶尔一声长啸，伸展开如帆的长翅，在平静的水面上留下一串串涟漪"。而"沼泽里的鹭鸶，则是气质优雅的诗人。脑后披着一条少女发辫样的细长美丽的翎毛，连同一袭洁白的羽衣，金黄色的喙和修长的腿，顾盼生姿地伫立于浅水之中，孤独地守望着自己的水中倒影，而不与其他水鸟为伍。它总是保持其娴静从容的淡定气度，临水沉思与遐想，似乎在寻觅着诗的灵感"。

作者在关注自然风物的同时，总不忘洞察人事，俯仰千秋。他对我讲，在香溪昭君故里浏览众多石刻时，有感于这位绝代佳姝之被涂饰、被曲解，遂遵循人性逻辑，借用女性视角，解构她的悲剧人生，就命运抉择做了七个方面的假设：如果没有"沉鱼落雁"之美貌；如果入宫后依照"潜规则"贿赂画师；如果不主动请行和亲；如果，如果……那她的结局又会如何？当然，这不过是善意的徒劳，即令设置再多温馨的假设，在铁面的历史老仙翁那里，也只能给出一个根本无法改变的悲凉结局。文中还讲述了一个当地民间传说：出塞之前，王昭君特意从京都长安返乡省亲。时值暮春，灼灼其华的绯桃，花飞片片。昭君在与亲人依依惜别时，涕泗涟涟，泪珠沾染飘飞的花瓣，落入香溪，化作美丽的桃花鱼。作者就此发了议论："其实，就美丽而言，鱼比人更为优越。几乎所有的鱼都拥有同等的美丽，可是，对人而言，美丽却成了奢侈品；一条鱼可以拥有终生的美丽，而于人，美却成了晨风露珠。"当然，也可以变换一个角度：处于人世，"美丽是女人最锐利的武器，也是男人永远的图腾和致命的毒药"，它"构成了历史的动力、政治的筹码、权力的杠杆、命运的陷阱。男人可以征服世界，但最终还会被美貌的女人所征服，匍匐在石榴裙下"。而鱼，却没有这份魔力，有谁听说过这类神话？

诗意存在

翔林先生是一位诗人哲学家，这是我强烈而突出的印象。无论就其精神气质，就其本体诗化，通过直觉、体验、想象、启示等诗的途径与本体沟通，还是从作品的个性色彩和诗意风格等方面讲，他都称得上是道地的诗人。我在2011年11月13日，有这样一则日记：

近日读了翔林许多思乡怀土的诗作，真是情思绵邈，凄美动人。这位富有独创精神的著名美学教授，本能化地选择诗歌方式传达自我所体验的山水情怀，将对生命存在的瞬间所领悟到的山水之美，定型、凝固在艺术文本里。里面不仅饱蕴着楚骚、宋词、六朝文赋等中国传统诗文的精髓，而且流溢着西方美学、诗学中的格调与性灵。这在当代诗坛中是不多见的。当然，这与他的中国古代庄禅美学和西方后形而上学美学的深湛修养有着直接关系。

《头枕淮水》一诗的本事,是我们于去年5月中旬,晚宿诗人儿时的旧游地老子山。望着汇入洪泽湖的滔滔淮水,诗人向我追忆了在这里与外祖母相依为命的凄清岁月。现在诵读那柔情脉脉、浸透着感伤悒郁、如泣如诉情调的诗章,我的心神又复飞回到那诗意氤氲的夜晚。

西方的诗我读得不多,但雪莱眷恋旷野对他的呼唤,让心灵与大自然撞出凄婉而绚丽的火花;湖畔诗人华兹华斯"把阴暗的树枝留给夜莺,那光辉的清静空间属于云雀"的佳作;还有夏多布里昂的哀怨情歌,都从青年时代起就活在我的记忆之中。现在读了颜君这些淮畔清吟,竟有复经少壮,昔梦重温之感。

最高的哲学是诗意化的哲学,而最高的诗也应该是哲学化的诗。诗与哲学一体化,在中华和域外,都有着源远流长的传统。诚然,诗与哲学是人类不同的精神存在形式,思辨力与想象力,就个体存在来说,表现为不同的心理机能;然而,在更深层次与本源意义上,哲学与诗又属于本质上同一性的精神形式。因为最精深的思辨,绝对离不开想象力、超越性和心灵领悟能力这些诗的功能、属性;而具有至上品位的精神果实——独创性鲜明的诗的营造,无不富有最深刻的理性义蕴。闻一多先生对此有深切的体验,他说,"向来一切伟大的文学和伟大的哲学是不分彼此的""文学是要和哲学不分彼此,才庄严,才伟大。哲学的起点便是文学的核心"。

与此紧相联结,印象深刻的是他怀有浓重的乡愁与感伤意识。人的本能是喜欢追忆,并擅长追忆,翔林自然也不例外。梦魂常绕故园驰。这是对于久违的童心的痴情呼唤,是忆念逝水年华的一种心灵履约和斜阳系缆。"旧游无处不堪寻。无寻处,唯有少年心。"(宋章良能词)追忆,难免令人感伤、惆怅,但它又像磁场一样,强力吸引着人们沉酣地投入。毕竟,乡园中沉埋了太多的往事,还有无边的畅想与期求。这样,就会在不经意间,隔着时间的帷幕,透过缥缈的云烟,邂逅幢幢幻影，谛听到厚土层下面亲故、知交的唏嘘、私语和感叹。这也就是所谓乡愁吧？

　　作为人类最深沉的文化情结之一，乡愁以其无意识的冲动势能，构成个体存在的重要情感因素；而在诗人笔下，这种乡愁总能绽放出深邃而凄美的"伤花"；对于哲学家，则是命定地与乡愁结下了不解之缘。德国哲学家诺瓦尼斯有言：哲学是怀着乡愁的冲动寻找精神的家园。那么，对于哲学家而兼诗人的翔林来说，拥有浩荡的乡愁，就是正常不过的了。

　　过去我曾诧异于翔林对辽河口湿地的芦苇荡和丹顶鹤、海鸥，何以如此痴情浓重，百睹不厌。读了他的散文《沼泽里的水鸟》，得知他的童年和少年是在洪泽湖西部一个半岛上度过的，"那里广袤的沼泽上飞翔着无数的水鸟，给我苦涩的岁月带来了无限的乐趣和审美直觉"。原来如此！这使我记起了宋代诗人姜夔的那首七绝："荷叶披披一浦凉，青芦奕奕夜吟商。平生最识江湖味，听得秋声忆故乡。"不过，转移到经常处于匆促仓皇、心情浮躁、诗性流失、审美趣味匮乏状态的现代人身上，恐怕就大异其趣了。也许不久的将来，乡愁就会成为精神博物馆的古物陈列品了。

　　至于说到感伤意识，那恐怕比乡愁更要复杂得多。翔林是一位精神生活、灵魂世界异常丰富的学者。他以哲学家深广的视野和敏锐的眼光，注意到伴随着生产力的发展和市场化的推进，人类的伦理意识、审美精神、诗意情怀与艺术创造力在逐渐衰退；人与自然日益疏离与对立；而人类自身制造的危机更是到处弥漫，难以克服——这一切都使他以半百之年怀千岁之忧。而美学研究本身，更是命定地会产生悲凉与忧伤。他说，美是彼岸世界可望而不可即的那片桃花源。美学是黄昏中最后一丝空灵缥缈的余光，它赋予心灵以无名的惆怅。

　　探流溯源，我发现翔林先生有着一副真性情，时时以本色示人，保有一颗童心。心境澄明，情感细腻，柔情似水。鲁迅研究专家林辰先生说过:"对人物的研究,有些人往往只从他的学问、道德、事业等大处着眼,而轻轻放过了他的较为隐晦、较为细微的许多地方,这显然是不正确的方法。一篇峨冠博带的文章,有时会不及几行书信、半页日记的重要;慷慨悲歌,也许反不如灯前絮语,更足以显示一个人的真面目、真精神。"职是之故,我十分看重翔林的一些生活细节。

一次,他说到笼养一只画眉鸟,这个纯粹而唯美的歌唱家,给他的生活平添了乐趣,使他忘却了世俗的烦恼。但是,当他看到小鸟在笼中片刻不停地跳跃,又心生恻隐,不由得涌起一股愧疚之情——喜爱一个对象就是将它垄断;而受关闭、进牢笼则是被喜爱者所支付的代价。思索的结果,是毅然决然将画眉鸟放飞,让它重返自由天地。可是,出乎意料的是,小鸟竟然连续多日在屋宇前后的树丛中飞来飞去,不知道它是留恋着曾经的主人,还是未能忘怀曾经的囚笼,也许是踌躇于未来的去向使然。不过,几天之后它的身影终于消失了。这使他在颇感欣慰之余,却又增添了层层挂念:如果因为陌生于久违的自由而丧失了独立生存的能力,如果……你看这位美学教授,就是这样多情善感!

而最令我铭感于衷的,是他对于外祖母的深情灼灼,念念不忘。他说,老人家"对我的爱,没有轮廓和边际。她是我的第一位导师,她给了我生命的直觉经验,让我学会热恋大自然的一花一叶,给了我对爱恨情愁的体验与判断。她把仁义礼智信和温良恭俭让的儒家哲学,化解为一个个真实、感性的事件或故事,点点滴滴,融化到我的无知、顽皮的心田"。说到这里,他忆起在县城读初中时,一天正在上课,"忽然听到有人呼唤我的名字,原来,年迈的外祖母和幼小的妹妹,正怯生生地站在门口,老人乡音浓重的淮阴农村土话和佝偻、矮小的身材引起满屋学生的哄笑。我红着脸快步走出教室,向'丢了我的面子'的老人家发了脾气。几十年来,眼前经常浮现出当时一老一小不知所措的尴尬无奈的神情,这成了我的一块心病。为此而抱愧终生,我无数次地忏悔和懊恨自己，不知道该怎样向老人家道歉，赎回自己的过错"。

接触中随时都能感到，他富有一种自觉而强烈的感恩与回报意识，视此为健康人格、社会责任。他崇敬先祖、笃于亲情、尊重师长、看重友情，被业内同侪目为"平和中正，具有传统士大夫精神气质的蔼然君子"。以其所研究、探索的后形而上学美学、怀疑论美学、死亡美学来说，可说是跻身于国内外学术前沿，许多思想、观念、见解都是超前的；但他对于中华优秀传统文化，对于古圣先贤的仁爱、良知、"四端"（恻隐、羞恶、辞让、是非之心）之教，一直满怀景仰与敬畏之情。他赞同康德、席勒关于"美是道德性的象征""道德感在哪里得到满足，在那里美感也不会减少"的论断，认为美学与伦理学都眷注于主体存在对完美境界的追求，审美情感与道德情感存有内在的统一性，而缺乏道德修养的主体是难以形成与呈现审美境界的，因而大声疾呼："美学必须寻觅审美与良知的和谐途径。"

文之华也

文如其人，言为心声。作为知名美学家，翔林君文之华也，熠耀生辉，不仅有《怀疑论美学》《死亡美学》《后形而上学美学》《庄子怀疑论美学》《当代神话》《审美范畴》《楚辞美论》《当代美学教程》等十余部学术专著；另有美学随笔集《夕阳落叶》和诗集《湖畔》等文学作品，作者谦称其为"美学的碎片"，是"木匠打出的铁器"。实际上，它们绝非一般的随机而发、叙事遣怀之作，这些文本都从美学视野对现象界予以叙述与阐释、提问与回答、质疑与批判、反讽与反思，力求寄寓审美批判和诗意想象力。它们穿梭于哲学和美学、历史与文学、诗学与伦理学等精神河流的两岸，对所涉及的现象给出自我的感受与体验。应该说，这是作者多部美学专著的文学版，是其精美的直觉化与形象化。

作为特色独具、迥异寻常的典型文学文本，它们与作者的多部学术专著，呈现鲜明的"异构同质"现象。所谓"异构"，是指二者之间有不同的结构形式；"同质"，则是指二者具有相同的质素。这在当代学者与作家"跨界双栖"的队列中，料不多见。其特色是诗性浓郁，情文共生，中西互证，古今同契，言为心声，关切当下。

看得出来，翔林的学术渊源和精神气脉，是深湛而多元的。他不仅借鉴西方古典的怀疑论、当代的现象学和后现代主义的某些观念，而且创造性地接纳中国古代庄子与屈原的诗性情怀，汲取佛禅的"般若"思想机锋，儒家的审美理性、道德精神，在新的历史语境和文化背景下，对审美活动进行新颖独到的诠释，恢复美学应有的生命直觉和人文品格，以期实现心性的开启和诗意的萌发，获得审美体验的诗性解悟。无疑，这些文学作品同样贯穿着这一精神红线。

他注重审美过程中主观性的心理体验与直觉智慧；强调理解并阐释审美活动中的感知和心灵隐秘，以哲学家的深邃和诗人的敏感，捕捉瞬间不可重复的心灵体验；建立具有审美感受力和美感性的话语体系，汲取先秦典籍中的诗性言说方式，运用灵动洒脱、富有思维弹性、洋溢着诗意激情的语言；化抽象理论为诗意美文，使枯燥的理性论述变得优美迷人。作者时时告诫自己：不能"永远沉思在形而上的荆棘小道，忘却了宽广的生活之路"。只要看看随笔集中《心底寒梅》《月色永恒》《天籁》《最后的江南》《鸟儿问答》《鱼之图腾》《洞穴之问》《青山沉默》《语言镜像》等纯散文篇章，即可知笔者"异构同质"之言不虚也。

早在两千三百年前，庄子在其散文著作中，即创造性地运用寓言、对话形式，"伪立客主，假相酬答""寓真于诞，寓实于玄"。而稍早于他的古希腊柏拉图，作为"西方文学传统上最耀眼的作家"之一，更是以《对话录》名世。翔林先生远承上古这一文学传统，常常以对话形式展示他的哲思美蕴。对话者分为人物与人物（如子虚与求实）、生物与生物（如鱼和虾）、非生物与非生物（木偶甲乙）、生物与非生物（如松树与岩石）四种类型。杨柳桥先生在评论《庄子》时指出，凡是出自虚构、别有寄托的语言，无论是禽言兽语、离奇故事，还是素不相及的历史人物海阔天空的对话，都属于寓言之类。显然，翔林的这些对话、遐想与意识流，都应视为寓言类的想象与虚构。

那么，现在就要研索：他何以要采用这一叙述策略，"把虚拟的寓言作为文本的主要意趣""把想象力奉为文本书写之主宰"？康德有一段谈艺术创作的话，或能帮助我们释疑解惑："想象力并非被联想律约束住而只能照样复制的，它能够创造和自己活动，首创出各种可能的感象，赋予以随心所欲的模样""想象力是一个创造性的认识功能，它有本领，能从真正的自然界所呈供的素材里创造出另一个相像的自然界"；而"诗人又超越经验的限制，运用想象力使它们具有圆满完善的、自然界里无可比拟的形象"。就是说，在诗人哲学家那里，想象是对于现实生活的怀疑与超越，是在精神方面渴慕美和爱，追求无限可能性的可贵努力。

一般地说，愈是进入审美境界的主体，往往愈是不满足于现实生活而渴望超越之。比如，面对当今世界范围内的时代危机、社会弊端、人类困境，特别是物质与精神的失衡，权力、金钱、享乐、感官刺激的膨胀所引发的"人为物役""心为形役"的人性异化现象，作为徜徉于审美境界的创作主体，自不能无动于衷，总是试图通过种种超越性的虚构与想象，给予苦闷的心灵以"替代性的满足"。尽管这种"满足"不过是一种"缓解或者麻醉"（弗洛伊德语），但总还是"慰情聊胜无"吧。

诗与思的创造性融合，在中国古代散文传统中有着丰厚的渊源。最为翔林所心仪的《庄子》，以其"俯仰自得，游心太玄"的浪漫情怀和"吐峥嵘之高论，开浩荡之奇言"的雄辩滔滔，形成了意大利历史哲学家维柯所标举的"诗性智慧",作为一种本原性的存在,绽放出"汪洋辟阖,仪态万方"的艺苑奇葩。翔林君深得此中三昧,理性的张力和诗意的魅力,使其散文随笔生面别开,独张胜帜。以诗性的妙悟和智慧的沉潜,设思奇诡,纵横恣肆,即便未遑精细雕琢,但皆别具特色,粲然可观。

遒劲的思辨性与澄明的诗性,作为两根支柱,撑持着文本艺术生命的大厦。如果说,作家从诗性那里找到了美质的渊薮、灵感的源头、激情的火花,体现了艺术本源性的存在;那么,哲学、美学所孕育的思辨力,则使他获得了超越的情怀与悟解的梯航。二者交融互渗所形成的人文心理结构,使得翔林具有豁达超然的生命智慧与幽默;而这种智慧与幽默,沛然融汇于美学专著与散文随笔之中。

最后,摘录《面对青山》中的一段,以楬橥这类散文的诗文同契、理象交合的独特风貌,并为本文作结——

跋涉生命中苦涩而审美的路径,凝视青山,茂密的绿色犹如一场白日梦幻,令心灵沉醉其间,直觉地感悟到稼轩"我见青山多妩媚,料青山见我应如是"的诗趣,朦胧中将自我融入里面。青山无言,那是令人仰慕的最高和最虚无的美学状态,象征着空灵与飘逸的生命之般若,它是先哲孔圣所言的"仁"的至境。然而,沉醉于语言乌托邦的生灵,无法逃逸于"言说"的悲剧,面对沉默的青山,瞬间滋生出自我有如微尘的感觉,从而渴慕成为一片透明芳香的叶片,摈弃语言,倾听天籁。

中堂十像

关于"中堂大人"李鸿章,我已经琢磨多少年了。起始还停留在一些概念上,形象影影绰绰,模模糊糊;后来,逐渐地变得鲜亮,清晰了,一个活生生的"大人物",亮相在我的眼前,概括为"中堂十像"。

首先,他是一个"不倒翁"。一生中,他始终处于各种矛盾的中心,经常在夹缝里讨生活。每当大清国外事方面遇到了麻烦、面临着危机,慈禧太后总是"着李鸿章为特命全权大臣",于是,这个年齿日增的不倒翁,便会抖擞精神,披挂上阵,出来收拾残局,做一些"人情所最难堪"之事,成了名副其实的签订卖国条约的"专业户"。仅在他生命的最后十五年间,就连续签订了《中法新约》《中日马关条约》《中俄同盟密约》《辛丑和约》等四个屈辱条约,从而遭到国人轮番的痛骂。可是,"笑骂由人笑骂,好官我自为之",最后以七十八岁的衰迈之躯,死在任上。

在中国历史上,李鸿章无疑是一个悲剧人物,一个彻头彻尾、彻里彻外的失败者。梁启超对此做了精确的评判,说他"知有兵事而不知有民政,知有外交而不知有内政,知有朝廷而不知有国民。曰责人昧于大局,而己于大局先自不明。曰责人畛域难化,故习难除,而己之畛域固习,以视彼等,犹不过五十步笑百步也"。但就是这样一个久历官场的悲剧人物,竟能"千重浪里平安过,百尺竿头稳下来",端赖于他的宦术高明,手腕圆活,应付裕如。

第二种形象,是出色的"太极拳师"。他周旋于皇帝与太后之间,各国洋鬼子之间,满汉大员、朝臣与督抚之间,纵横捭阖,从容应对。他生来就是一个"做官"的材料,在弄权术、耍手腕方面,具有绝顶的聪明、超常的智慧;又兼平生所经历的宦途险恶,境遇复杂,人事纠葛纷繁,更使他增长了阅历,练达了人生。因而其宦术之圆熟、精湛,可谓炉火纯青,集三千年中国仕宦"圆机活法"之大成。

醇亲王奕𫍽是不好对付的,他仗着慈禧太后的妹夫、光绪皇帝的生父这一特殊身份,一贯作威作福,眼里从来放不下人。在他取代了恭亲王,接手总理北洋事务之后,马上就找办洋务的李鸿章,要他拿出一笔经费,支持修建颐和园,说整修昆明湖,兴办海军学堂,是关系国家兴亡的大事。当时,国库空虚,捉襟见肘,为人所共知,而醇亲王却又凭恃强权,势在必得。这个难题该如何破解?人们都为李鸿章捏一把汗。只见他不慌不忙、笑容可掬地应对道:亲王大人,您的高尚情怀,宏伟抱负,赤诚为国,苦心孤诣,实在令我由衷景仰,一定竭尽全力照办。接着,立刻就把难题推还给了对方:王爷,我正好有事要向您禀报哩。增加海军军饷,现在找借无门;四艘军舰即将从欧洲驶回,本国人经验不足,须雇请外国员弁管理;还要出钱备置燃料,日常费用也须一体安排——这些款项,恳请亲王鼎力支持!醇亲王一听,脑袋立刻就大了。这个只知酒色征逐的"阔大爷",哪里懂得什么筹措资金!可嘴里又不便说出,只好唯唯否否,掉头而去。

第三种形象,是顺风转动的"风向标"。他奉行实用主义哲学,顺势而为,见风转舵;千方百计讨得"老佛爷"的喜欢。他有一句名言:"世上的事,没有比当官更容易的了。"其中奥秘在于讨得上司的信任与满意,至于修为、政绩无关紧要。他去俄国访问,一次庆典会上,由于组织不善,出现踩死踩伤大量人员事故。他问同在观礼台上的俄国财政大臣维特:"是否准备将此事详情禀报皇上?"维特做了肯定回答。他说:"你们这些大臣没有经验。我任直隶总督时,那里发生了鼠疫,死人数万。然而,我们一直都说太平无事,民众安居乐业。干吗要用这些烦恼惊动圣上，惹他不高兴？"

他洞明世事，善于投合、趋避；既忠于职守，又徇私舞弊；口说务实，却并不特别较真。他考虑得最多的，不是是非曲直，而是切身利害。他论势不论理，只讲有用，只讲好处，急功近利，不择手段，不看重道德，不讲求原则。梁启超评论他是"有阅历而无血性之人""弥缝苟安，而无立百年大计以遗后人之志"，这是很准确的。

第四种形象，是个遍体鳞伤的"伤病员"。他这一辈子，表面上看，活得有头有脸儿，风光无限，生荣死哀，名闻四海；实际上，却是受够了苦，遭足了罪，活得憋憋屈屈，窝窝囊囊，像一个饱遭老拳的伤号，浑身上下，青一块紫一块的。

甲午战争中，他的声名尤为狼藉。民怨沸腾之下，清廷不得不给他"褫去黄马褂"的处分。一天，江苏昆曲名丑杨三演出《白蛇传》，在演到"水斗"一场时，故意把台词做些改动，说："娘娘有旨，攻打金山寺，如有退缩，定将黄马褂剥去。"观众心领神会，哄堂大笑。李鸿章的鹰犬也都在场，恨得牙痒痒的，却又不便当众发作，但事后到底把杨三弄得求生无路，惨痛而死。悲愤中，有人撰联嘲骂："杨三已死无苏丑，李二先生是汉奸。"李鸿章的长兄不忍心看着弟弟遭罪受辱，劝他早日离开官场，一起告老退休，他却坚决不肯。《中日马关条约》签订之后，"杀李以谢天下"的呼声响遍朝野。而李鸿章则"晏如也"，坦然以对，毫无退避之念。他故作镇定，撰联悬于书斋："受尽天下百官气，养就胸中一段春。"

第五种形象，是个周到而又耐心的"裱糊匠"。他把晚清王朝比作"一间百孔千疮的破纸屋"，整天地到处补窟窿，哪里出了事，慈禧太后都要"着李鸿章承办"。他所扮演的就正是那种"裱糊匠"的角色。

俗话说，伴君如伴虎。可以想见，李鸿章在西太后身边，日子是不会好过的。相传，德国铁血宰相俾斯麦与李鸿章交谈时，曾暗讽他只会打内战，没干成别的事。他听了喟然长叹道："与妇人孺子共事，亦不得已也。"老李当然无法与老俾相比。威廉一世和老俾君臣合契，是一对理想的搭档。据载，威廉皇帝回到后宫，经常愤怒地摔砸器皿。皇后知道这是因为受了老俾的气，便问："你为什么这么宠着他？"皇帝说："他是首相，下面许多人的气他都要受，受了气往哪儿出？只好往我身上出啊！我又往哪儿出呢？就只有摔茶杯了。"老李受的气，绝不会比老俾的少，但他敢找"老佛爷"出气吗？气要受，窟窿要堵，裱糊匠要当，那就只好"打牙往肚里咽"，暗气暗憋了。

第六种形象，是"缀网劳蛛"。看上去，他很像一只终日忙忙碌碌的结网蜘蛛，在风雨如晦、动荡飘摇中，竭尽全力编织一张早已破烂不堪的丝网。

现代作家许地山的小说《缀网劳蛛》中，女主人公尚洁说过一句令人心伤气噎的话："我像蜘蛛，命运就是我的网，人不能完全掌握自己的命运，反而会受到偶然的外力的影响。……所有的网都是自己组织得来，或完或缺，只能听其自然罢了。"其间反映一种充满佛教思想的人生哲学，彰显了人在苦难面前的无奈和安分随时，安于命运的人生态度。李鸿章自然有别于尚洁。尽管他也是置身于无奈的情势之中，但他所秉持的却并非佛禅思想，而是儒家所奉行的"知其不可为而为之""鞠躬尽瘁，身而后已"的人生态度。他拼着老命编织晚清那张百孔千疮的破网，力挽狂澜，却又终归无能为力。

第七种形象，是"撞钟的和尚"。他曾说："我能活几年？当一日和尚撞一日钟，钟不鸣了，和尚亦死了。"话是这么说，实际上他所起的作用，却是他人无法代替的。

李鸿章对内应付裕如，在外国人面前却少了招法。长期以来，慑于列强的强大威势，使他觉得处处无法赶上人家，从而滋生一种百不如人的自卑心理。当时，在晚清朝廷中存在着两个认识上的极端：不了解西方实际的人，往往盲目地妄自尊大，完全无视列强环伺的险情；而对外部世界有较多了解，对照本国朝政腐朽、主奴庸懦的现状，又常常把敌我力量对比绝对化，觉得事事皆无可为，从而一味主张避战求和，患上了致命的软骨症。李鸿章属于后者的代表，只能"当一天和尚撞一天钟"。

第八种形象，是"避雷针"。他是晚清朝廷和慈禧太后名副其实的"替罪羊"与"避雷针"，他把割地赔款、丧权辱国所激起的强大的公愤"电流"，统统吸引到自己身上，从而缓和了人们对最高统治者的不满。

李鸿章死后，有人给他编了个"五子登科"的俏皮嗑儿，叫作：巴结主子；搞小圈子；耍手腕子；吓破胆子；死要面子。说他死心塌地地做奴才，使尽浑身解数，以讨取主子欢心；为结党自固，织成一个密密实实的关系网；在官场中耍尽权术，机关算尽；却被洋人吓破了胆子，一意屈从，奴颜婢膝；日常生活中，他死要面子，端足架子，俨然不可一世。

第九种形象，是"仓中老鼠"。《史记·李斯列传》讲，李斯为郡中小吏时，发现厕所里的老鼠吃污秽的东西，一见到人或狗走近，就惊慌逃遁；而粮仓里的老鼠，吃的是积存的粮谷，安闲自在，无忧无虑，诀窍在于它有强大的靠山。于是发出感慨：人的贤不肖，有没有作为，全看处在什么样的环境了。李鸿章深得此中奥秘。他要像仓鼠那样找到有力的靠山——既唯"老佛爷"之命是从，又须"挟洋以自重"。

李鸿章的为官诀窍，照他自己的说法，是"士人以身许国，事业、经济皆非得君不可"。何谓"得君"？具体地说，就是能讨得慈禧太后的喜欢。而要讨得喜欢，获取信任，首先必须摸准主子的脾气，透彻地掌握其用人的标准。在这方面，李鸿章的功夫是很到家的。他知道，清王朝择臣的准则是，只要你肯于死心塌地当奴才，忠心耿耿地为朝廷卖命，就照用不误，为贤为愚、是贪是廉，都无关大体。

为了守官固宠，李鸿章在这方面打了内外"双保险"。由于经他手签订了那么多丧权辱国的条约，在洋人心目中，他是有身份、有地位、说了算的，是朝廷离不开的大人物；而慈禧太后已经被列强吓破了胆，人家咳嗽一声，在她听来，不啻五雷轰顶。有那些外国主子在后面撑腰，"李二先生"自然不愁老太婆施威发狠了。

第十种形象，是象棋中的"过河卒子"。热心仕进，渴望功名，原是旧时代大多数中国读书士子的共同追求，但像李鸿章那样执着，那样迷恋，却是古今少见的。一般人是"达则兼济天下，穷则独善其身"；而李鸿章则是不分顺境逆境，总是"过河卒子"有进无退。他把功名利禄看作命根子，入仕之后一天也没有离开过官场，真是生命不息，做官不止。他是一个道道地地的"官迷"。曾国藩说过，他的两个弟子，"荫甫（俞樾）拼命著书，少荃（李鸿章）拼命做官"。以高度的自觉、狂热的劲头、强烈的欲望，追逐功名仕进，这是李鸿章的典型性格。

作为一种文化现象，李鸿章的出现不是偶然的。他是腐朽没落、外强中干、色厉内荏的晚清王朝的社会时代产物，是中国官僚体制下的一个集大成者，是近代官场的一个标本。

惠施九辩

写作《庄子传》过程中，我曾下力研究了《庄子·天下》篇中惠施所代表的名家学派的辩证思维，遍阅历代学人的有关论述，收获颇丰，写下了近两万字的读书札记。后来发现，如果纳入传中，内容显得芜杂、枝蔓，便忍痛割舍了。这里载录的是其中惠施部分的梗概。

作为战国中后期两位出色的哲学家，庄周与惠施政治取向、学术观点判然有异，但他们是一对理想的学术搭档，称得上相生相发，双峰对峙。所以惠子去世后，庄子曾凄然慨叹："我再也没有够资格的对手了，再也没有能够交谈的对象了。"

惠施同时还是一位政治角色，经常四出游说，并曾一度担任相国职务。有趣的是，他的学术研究课题，却又毫不关乎家国大计、民生福祉，而属于纯理论和纯学术。那么，他是怎样处理从政与治学关系的呢？书上未见记载，也许是上朝之时过问国家大事，下朝回家了便把门一关，钻研起形而上的课题，投身到哲学王国中去。

《庄子·天下》篇里专有一段介绍以惠施为首的名家学派及其辩论的命题，并加以评判。哲学家徐复观有言："庄子常是把当时的辩者混淆在一起说。他对惠施的批评，几乎也可以用到公孙龙方面。"今天来看，惠施者流固然充斥着大量形而上学的诡辩，但有些命题都闪现着辩证法的光辉，揭示了关乎自然科学的深邃原理。可谓林林总总，蔚为大观。

——"天与地卑，山与泽平。"天比地高，山水不平，这种日常生活中，从空间观察的上下、高低现象，其实是相对的。《经典释文》引李颐云:"以地比天,则地卑于天,若宇宙之高,则天地皆卑;天地皆卑,则山与泽平矣。"说的是,若以宇宙之高,则天地皆卑、山泽皆平,可见并没有绝对的差异性。庄子云:"以差观之,因其所大而大之,则万物莫不大;因其所小而小之,则万物莫不小。知天地之为稊米也,知毫末之为丘山也,则差数睹矣。"依此,冯友兰先生有言:"因其所高而高之,则万物莫不高;因其所低而低之,则万物莫不低。故'天与地卑,山与泽平'也。"

胡适先生《中国哲学史大纲》中,同样有一段风趣盎然的话:"我曾用一个比喻来说庄子的哲学:譬如我说我比你高半寸,你说你比我高半寸。你我争论不休,庄子走过来排解道:'你们二位不用争了罢,我刚才在那爱拂尔铁塔(巴黎的标志之一,高三百米,现译埃菲尔铁塔——引者注)上看下来,觉得你们二位的高低实在没有什么分别。何必多争,不如算作一样高低罢。"庄子在谈到惠子学说时,说他"舛驳"(错乱)、"不中"(不中肯);其实,两人"彼此彼此",在辩证思维方面,未必存在根本性差异。

——在惠子看来,时间是绵延连续的,"日方中方睨(斜),物方生方死"。太阳刚到中天便已向西倾斜;万物刚一出生便开始走向死亡。这是从发展变化的辩证眼光来看待事物。胡适先生认为:"一切时间的分割,只是实际上应用的区别,并非实有。才见日中,已是日斜;刚是现在,已成过去。即有上寿的人,千年的树,比起那无穷的'久'与'方中方睨'的日光,有何分别?竟可说'方生方死'了。"其实,所谓正中,也只是一瞬,一眨眼间便不再正中了。同样,生命是一个持续的过程。或许有人会说:从生到死是一个很长的过程啊!这是把"生"当作出生来理解,在惠施的这句话中,"生"应当是活着的意思。当某物临死之时,生死只在一瞬间交接,死的前一刻是生,生的后一刻便是死,所以才说"物方生方死"。

——"今日适越而昔来"。今天到越国,而昨天已经来到。这是一个指明时间上的今昔相对性的命题，由于现实难以体察得到，所以较难理解。惠子在这里，当是要以时间的相对性来证明它与空间问题的相对性的必然联系。就计算时差言，东方早于西方。胡适先生说："'今日适越而昔来'，即是《周髀算经》所说'东方日中，西于夜半；西方日中，东于夜半'的道理。我今天晚上到越，在四川西部的人便要说我'昨天'到越了。"蒋锡昌说："真正之时间，永在流动，绝不可分割为'今日'之一段，使稍停留片刻。如吾人刚说'今日（上午十时十分）到越'，则此所谓'今日'者，已早成过去而为'昔来'矣。"

根据爱因斯坦的相对论，同一景观，对于从不同立足点上来观察它的人们，表现为不同的面貌。一个走路的人看是这样的，一个汽车上的乘客看是那样的，坐在飞机上的人看到的又是另外一个样子。空间、时间都是相对的。科学地说，从明天旅行到昨天，这和从上海旅行到北京一样合乎逻辑。一切时间，正和一切空间一样，都可以在一刹那间同时来到眼前。假设一个人能以比光速还快的速度运动（当然，人不可能做到这一点），他就可以追上他的过去，将他的出生时刻放在前面。他可以先看见果，后看见因，他可以在事情实际发生以前预先见到。给我们带来遥远的星球形象的光线，也许已经在空间旅行了几百万年，现在才到达地球。因此，我们今天所看到的一颗星，仅是那颗星一百万年前的形象。胡适先生有言："惠施说一切空间时间的分割区别都非实有，一切同异都非绝对，故下一断语道：'天地一错开也'。"

——"连环可解也。"连环可以解开，乃就事物"变动长流"观点而言。自其成为连环之日起，即无时不在解环之中，这与"物方生方死"同一寓意。冯友兰先生说："连环是不可解的，但是当它毁坏的时候，自然就解了。事物自身的同一都包含差别。连环存在的时候，也就是它开始毁坏的时候，也就是它开始解的时候。"其存在之日，即开始毁坏（解环）之时。《战国策》载：秦昭王送给齐国王后一串玉连环，并且说，齐国人很聪明，能够把这串连环解开吗？王后给大臣们看，大家都想不出解开连环的办法。王后拿起一把铁锤，哗啦一声把连环打破了，并告诉秦国的使臣说：连环解开了。宋代词人周邦彦、辛弃疾先后以《解连环》《汉宫春》词咏叹："纵妙手能解连环，似风散雨收""清愁不断，问何人会解连环？"

还有一种解释：没有什么东西能真正扣在一起，除非它本来就是一体。既然是连环，便已经是两个东西，所以终究可以解开（比如毁坏）。再者，连环是各自独立的，在空间上是可分的，而不是相连的，举例说明，人有连体婴儿，这就存在"解"的问题，如若是两个人手挽手，则不存在"解"的问题，为何？我为我，彼为彼，自身是独立，哪有什么要"解"。郭沫若先生还曾说："庄子所谓'得其环中以应无穷'，连环如各得环中以运，则彼此不相拘束，是不解而自解了。"（见《十批判书》）但在后来他所写的《惠施的性格与思想》中，又否认了这种提法。

——"我知天下之中央，燕之北、越之南是也。"由于空间属于无穷方位的相对存在，所以，南、北的方位概念只是相对的，中央点并没有可以确指的绝对位置。胡适先生说："燕在北，越在南。因为地是圆的，所以无论那一点，无论是北国之北，南国之南，都可说是中央。"

庄学研究专家方勇教授指出，看来，"当时有一些人已经认识到，宇宙空间在长、宽、高三个方向上都是无限的。惠施正是这样的一位'至大无外'论者，所以他能提出'燕之北''越之南'都可以作为'天下之中央'的见解，这无疑是对中原中心说的一次有意义的批判"。

庄子指出，惠子以为这类课题都是宏大而深邃的道理，因而以之显示于天下、晓示于辩者。这样一来，天下之辩者也便群起喜欢这类学说。于是，庄子便又列举一些实例。

——"轮不蹍地"。成玄英的解释是："夫车之运动，轮转不停，前迹已过，后途未至，除却前后，更无蹍时。是以轮虽运行，竟不蹍地。"车轮运行过程中，始终只有一点接触地面。对于全轮而言，并未辗于地也。这一命题说明，物体运动既在某一点上，又不在某一点，反映出运动在时间上、空间上连续性与中断性的对立统一。

——"指不至，至不绝。"这句话歧义甚多，很不好懂。连大学者胡适都说："最难解的是'指不至，至不绝'。"有代表性的意见，蒋锡昌云："谓吾人手指所指，直而伸之，其长无穷，故绝非人所能至；其所能至者，无论如何，总在该长度之内，故决不可绝。此即几何学上所谓'直线全体，其长无限'之理也。"刘文典认为，"指"应作"旨"。这样，指，可以理解为名称或者概念。说的是概念跟不上事物的实际，即使跟得上也不能穷尽。崔大华认为："句谓以手指取物，必假于物而指不至。然手指之取物，可自主不断也。"傅佩荣的解释是："名称不能达到物体，即使达到也不能穷尽。"

——"飞鸟之景（影），未尝动也。"说的是飞鸟在动，而它的影子未曾移动过。这一命题辩证地分析了动静相对的同异，又指明了影不自动的差别。这是用违反常识的悖论形式，来表达辩者对运动本质的理解。

——"一尺之捶，日取其半，万世不竭。"捶，杖也。说的是物质可以无限分割。杖长有限，但今天取其一半，明天取其一半的一半，后天再取其一半的一半的一半，总还有一半留下，所以"万世不竭"。许抗生说："这是一个富有辩证法思想的命题，它猜测到了有限的事物是可以无限分割，事物可以一分为二这样一个深刻的道理。一尺之棰是有限的东西，它却可以无限地分割，所以这一命题还涉及有限中包含无限这一辩证法的思想内容。在古代能提出如此深刻的命题，其理论思维的水平的确是很高的。"

"善戏谑兮"

一

《诗经·卫风·淇奥》中有"善戏谑兮,不为虐兮"之句。《毛诗序》解,本诗是称颂卫武公的,可见,谐谑、滑稽在我国有着悠久的传统;而且,在西周末期,纵令世风不是倡导,起码也没有贬斥的意味;直到西汉时期还十分盛行。《史记·滑稽列传》记载,善其事者,除去有名有姓的淳于髡、东方朔等,还有一些只明身份或姓氏,像优孟、优旃、郭舍人、东郭先生、王先生等人。

迨至北宋时期,谐谑、滑稽可以说达到了新的高潮。其所异于过去者,善其事的不再是优伶或者下层士子,而是上层官员、士大夫,许多为知名学者;谐谑对象由从前的君主、高官(意在讽谏),演变为富于谐趣的相互取笑、揶揄,属于讽谏性质的倒是比较少了;形式也由过去的隐喻性突出的讲故事、说寓言,变为出入经史,引据典故、成语、诗句,体现了文人、学者的特点。

北宋时期,此类人士最具代表性的有两位,一是文学家苏东坡,一是史学家刘贡父。他们不仅才思敏捷,腹笥丰厚,学富五车,而且都是地位很高的官员。以"口过"论,尤以刘贡父为甚,简直是谐谑成癖,口无遮拦,不分场合,不讲分寸,不论对象,不计后果。《宋史》本传中,说他"为人疏隽,不修威仪,喜谐谑,数用以招怨悔,终不能改"。

一次,苏东坡与刘贡父闲聊,说他当初与弟弟苏辙准备制科考试时，每天享用"三白"饭，觉得味道美极了，从此不相信世间还有什么别的山珍海味。贡父好奇地问："什么是三白饭？"东坡答说："一撮盐、一碟生萝卜、一碗白米饭，所谓三白也。"贡父听后哈哈大笑。过了很久，东坡突然接到贡父的请柬，邀他同吃"皛（xiǎo）饭"。东坡此时早已忘记过去的"三白饭"话题，以为"刘贡父读书多，这个皛饭必有出处"。待到进了贡父家门，发现饭桌上只有一碟盐、一碟生萝卜、一碗白米饭，这才恍然大悟，知道自己中了圈套。但他不动声色，安然将这顿"皛饭"吃了个一干二净；作别时，郑重其事地告诉贡父："明天咱们再聚会，我会准备毳（cuì）饭给你吃。"贡父明知东坡要跟他开玩笑，"报复"他，但出于好奇，依然如期前往。二人在客厅里高谈阔论，直到日已过午，主人也不提吃饭的事。贡父饥肠辘辘，只得开口问询："毳饭准备好了吗？"如此反复再三，东坡才将贡父引入餐厅，可是，饭桌上空空如也。东坡摊开手，笑着说："盐也毛（即冇，音mǎo，意谓"没有"），萝卜也毛，饭也毛，不必客气，请！"贡父听了，朗声大笑，说："早知道你要报一箭之仇，但万万没有想到是这一招！"这时候，仆人才送上早已备齐的美酒佳肴，两位好朋友痛痛快快地在谈笑声中大快朵颐。（见南宋朱弁《曲洧旧闻》）

二

这种文友间的谐谑，可说是"善戏谑兮，不为虐兮"；不过，刘贡父开起玩笑来，有时却失之过当。史载，沈括与贡父同为朝中内翰（翰林），一日，贡父与从官数人往访之。始下马，有人通报称：内翰正在洗浴。贡父语同行曰："存中（沈括字）死矣，我们走吧，等也没用。"大家惊问其故，答曰："孟子有言：'死矣，盆成括。'"从者闻言大笑。典出《孟子·尽心篇》："盆成括仕于齐，孟子曰：'死矣，盆成括！'"刘贡父借此开个大玩笑，把沈括在浴盆里洗浴，说成是谐音的

"盆盛括"。

孙觉、孙洙亦为翰林学士，贡父给两位同僚起个"大猢狲"与"小猢狲"的绰号。起因于孙洙向贡父求墨，而属吏却将墨错送给了孙觉。孙洙因求而未得，出言责怪，刘说：已经送过去了。原来，由于二人同姓，又同任馆职，属吏给弄混了。刘问："怎不看他们的胡子？"属吏答："他们都有胡子呀！"刘说："那就以胡子大小为别。"于是，馆人就称孙觉为大胡孙学士，孙洙为小胡孙学士。

同朝为官的还有王汾，患口吃（俗称结巴、磕巴），刘贡父又就此缺陷把他捉弄一番，说他"恐是昌家，又疑非类，不见雄名，惟闻艾气"。十六个字里，隐含着历史上四个出名的结巴：汉代的周昌、战国时的韩非、汉代的扬雄、三国时的邓艾。王汾不堪受辱，伺机报复。官员上朝时，内臣叫班（亦称唤班），按官衔品阶拾级而上，谓之"班班"。"班"与贡父的名字"攽"同音，王汾便对刘攽说："紫宸殿下频呼汝。"刘攽不假思索，应声答曰："寒食原头屡见君。"旧俗，寒食节这天，人们都会带上旨酒、香烛等物品，去祖先的坟头祭拜，"汾"与"坟"亦同音，所以说"屡见君"也。二语恰成妙对。

不仅逞口舌之便，为了快意当时，刘贡父有时也弄些恶作剧的小把戏。古代交际礼仪中，拜谒时投递一种帖子，称作名状、参状，即所谓名刺。北宋时期，通行一种称作"门状"的名片，内容稍为复杂，相当于一封问候、求谒的短信。贡父任翰林院馆职时，每逢节日，同馆中有的官员，差遣下属，用书筒装着门状，遍散于显达宅第。贡父知之，乃招呼所遣人员坐于别室，以酒菜款待，而取其书筒检视一番。凡与有一面之识者，都换成自己的门状。其人饮食既毕，再三致谢。遍走巷陌，实为贡父投刺，而主人之刺不达也。

古语说："戏人者人亦戏之，辱人者人亦辱之。"刘贡父晚年染上风疾，须眉脱落，鼻梁塌断。这天与苏东坡等在一起，大家各引古人一联以相戏，东坡随口吟曰："大风起兮眉飞扬，安得猛士兮守鼻梁？"

座间哄然大笑。还有一次,与贡父等相聚,东坡讲了一个故事:孔子出外闲游,颜渊、子路看到老师过来了,便想法避开,子路动作敏捷,爬上了树,颜渊动作迟缓,躲在石幢塔后面,后来,人们便称这个经幢为"避孔塔"(谐音为"鼻孔塌")。举座尽为绝倒。贡父恚愤不已。正所谓"射雁一生,最后却被雁啄瞎了眼睛"。

但是,玩笑归玩笑,文人还有相重、相惜的一面。哲宗初,贡父外放蔡州。给事中孙觉、中书舍人苏轼等进言,说他"博记,能文章""侔古循吏,身兼数器""宜优赐之,使留京师"。至蔡数月,即召回,拜中书舍人。

三

总体观察,贡父也并非一意轻狂恣放,作为著名学者,他精于汉史研究,曾协助司马光修撰《资治通鉴》;平日留心世务,关注朝中政事,有时像淳于髡、东方朔那样,以诙谐的形式,反映他对当时用人政策的怨怼情绪。贡父有一首著名的咏史诗:"自古边功缘底事?多因嬖幸欲封侯。不如直与黄金印,惜取沙场万髑髅。"劈头设问:自古以来,那些封建王朝为什么要去开疆辟土、建树边功呢?然后自答:大多是由于皇帝的嬖幸(幸臣、亲信)要封侯啊!由此,又引发出一通议论、一番感慨:既然如此,那真不如干脆就把黄金大印直接交给他们好了,那能免去千千万万的无辜生灵死于战火烽烟。

关于此诗立论的依据,也就是所谓"本事",南宋周密《齐东野语》中指出,"其意盖指当时王韶、李宪辈耳。而其说则出于温公(司马光)论李广利曰:'武帝欲侯宠姬李氏,而使广利将兵伐宛。其意以为非有功不侯,不欲负高帝之约。夫军旅大事,国之安危、民之生死系焉。苟为不择贤愚,欲侥倖咫尺之功,借以为名,而私其所爱,不若无功而侯之为愈也'"。大意是,汉武帝想要封宠姬李夫人的长兄李广利为侯，但考虑到当年高祖有"非有功不侯"之约法，便派他率师出征大宛。可是，战绩平庸，死伤战士无数，最后，还是封为海西侯了。司马光批评这一做法，说，"军旅大事，国之安危、民之生死系焉"，怎能"不择贤愚""私其所爱"呢？若是那样，真还不如干脆别立那个功，直接就封侯好了。贡父诗完全袭用这一说法，而以谐谑出之。

这里的谐谑，与一般滑稽不同，其中有愤激，有谴责，有血渍，有泪痕。黑格尔老人有言："真正的幽默，绝不是'开玩笑'和'显小聪明'，而是要有深刻而丰富的精神基础，于无足轻重的东西中，见出高度的、深刻的意义，要放出'精神的火花'。"

论者认为，刘贡父的咏史诗，重视立意，通过咏史来表达自己对史事的判断，或角度新颖，或见识高超，均贯穿了其作为一个史学家的思考。其咏秦汉史往往能联系前因后果，总结历史规律，体现出一种厚重的历史感，这与其精熟两汉史有关。写作中，诗人熔铸了史论的议论方式，除了艺术手法上借鉴了假设、对比和铺陈，内容上也时常作翻案文章，体现出"以议论为诗"的特点。再加上诗人强烈的史家意识和幽默善辩的语言技巧，几方面优化组合，无论是史论还是咏史诗，都有贯通古今、浑然磅礴、议论风生的气势，与同时代诗人相比，取得较大的成就。（王继敏语）

艺术的想象空间

一

无远弗届的现实空间再广阔，也是有限的存在，而艺术的想象空间却是无限的。人说，描绘现实是有中生有，艺术想象是无中生有，当然，"无"之花也需要植根于"有"之土。

中国传统绘画中有一种"留白"技法。为了给观赏者提供一个足够的想象空间，艺术家把"虚实相生""计白当黑""以无胜有"的艺术精神实质，灌注到艺术作品里去，使之在一种简约得几至于"无"的状态中，呈现出高远境界、空灵意象的"有"的意蕴。

当代西方有所谓"在场与不在场"的哲学阐述，凭借想象力的支撑，让不在场的东西，通过在场的东西显现于直观之中，二者相依互动，形成一种魅力无穷的召唤结构，从而充分调动、激发受众的想象力，使有限文本具备意义生成的无限可能性。

且以《米洛斯的维纳斯》的断臂雕像为例。

看了它在卢浮宫的展出，一些艺术家、历史学家、考古专家便筹划着为她复原双臂，恢复原有姿态，并给出了多种整修方案。可是，原有双臂的原型姿态又是怎样的？谁也没有见过。这样，就只能靠凭空想象，从而做出了种种设计、种种猜想——

一种是，原来的维纳斯，是左手拿着苹果，搭在台座上，右手挽住下滑的腰布；

另一种设想，维纳斯原本是两手托着胜利的花环；

还有一种推测，维纳斯右手擎着鸽子，左手拿着苹果，像是要把它放在台座上，让鸽子啄食；

有的设想更加离奇，认为维纳斯正要进入内室沐浴，由于不愿以裸体现身，右手紧紧抓住正在滑落的腰布，左手握着一束头发；

还有一种猜测，维纳斯的情人、战神马尔斯战胜征服者，载誉归来，两人并肩站着，维纳斯右手握着情人的右腕，左手轻轻地搁在他的肩上；

……

当然，最后的结局是：由于争议不休，哪一种方案也未获采纳；人们公认还是现有的断臂状态为最美。

应该说，那个美丽的断臂女神雕像，正是由于它的不完整性，或者说不确定性、模糊性，才留存下悬念、疑团，使得人们可以无限度地驰骋想象。

二

说到艺术想象，我想到了英国著名女作家伍尔夫的短篇小说《墙上的斑点》。她从墙上斑点这一独特的视角，瞬息间，阅遍了人间万象，像中国文论古籍《文心雕龙》中所说的："文之思也，其神远矣！故寂然凝虑，思接千载；悄焉动容，视通万里。"

小说中的叙述者"我"，第一次看到墙上的斑点，是在冬天，炉子里正燃烧着火红的炭块，于是，"我"由红红的火焰产生城头飘扬着红旗的幻觉，产生无数红色骑士跃马黑色山岩的联想。"我"还想到，斑点是一个钉子留下的痕迹，由此臆想前任房客挂肖像画的情景，他的艺术趣味保守，认为艺术品背后必然包含有某种思想，由此推及生命的神秘、人类的无知和人生的偶然性。

斑点，也可能是夏天残留下的一片玫瑰花瓣，由此联想到一座老房子地基上一株玫瑰所开的花，那多半是查理一世在位时栽种的，于是，又勾出关于查理一世的历史，是奥地利的？匈牙利的？还是那不勒斯和西西里的国王？想到希腊人和莎士比亚，想到维多利亚时代。这斑点，也可能是阳光下的圆形的突出物，于是联想到一座古冢，想到了考古学者——是巫婆抑或隐士的后代。斑点是不是一块木板的裂纹呢？由是想到树木的生命，它虽然被雷电击倒，却化为生命分散到世界各处。有的在卧室里，有的在船上，有的在人行道上，有的变成房间里的护墙板。

想象拓展开无限空间，可说是千奇百怪，万象纷呈，那么，墙上的斑点究竟是什么呢？最后认定，是只蜗牛。叙述者的意识还原到现实，与蜗牛的意象合而为一。

说到想象，还有一个显例——美国作家马克·吐温的微型小说《丈夫支出账单中的一页》。全文只有七行字：

  招聘女打字员的广告费……（支出金额）
  提前一星期预付给女打字员的薪水……（支出金额）
  购买送给女打字员的花束……（支出金额）
  同她共进的一次晚餐……（支出金额）
  给夫人买衣服……（一大笔开支）
  给岳母买大衣……（一大笔开支）
  招聘中年女打字员的广告费……（支出金额）

账单像巨大的冰山所露出水面的一小部分，故事的详情有待读者借助想象加以填补，进而组成完整的丈夫、妻子、年轻女打字员、岳母、即将招聘的中年女打字员等人物构成的意义世界。其间有着广阔无边的想象空间，留待读者去构建，去设想，去填充。

一种构想是：丈夫招聘到了年轻的女打字员，并向她献媚，提前预支薪水，送花，同她共进晚餐……结果被妻子发现了。于是，妻子又打又闹。丈夫迫不得已，给夫人买了衣服以缓和关系，还给岳母买了一件大衣，以便讨得妻子的欢心；最后达成和解，另招聘一个中年女打字员。可以推想，年轻女打字员已经被辞退了，一场风波归于平息。以广告费始，以广告费终。一笔、一大笔有区别，是付出的不同代价。

三

　　作品是作家与读者辅车相依、相生相发的统一体。正是通过阅读活动，读者的视域与作家的视域，当下的视域与历史的视域，实现了对接与融合；而就艺术的想象空间来说，尤其需要读者的参与和配合。也正是从这个意义上，英国作家王尔德说："作品一半是作者写的，一半是读者写的。"马克·吐温的小说《丈夫支出账单中的一页》，就是这方面的典型文本，

　　同样，戏剧与电影也不例外。挪威著名剧作家易卜生的代表作《玩偶之家》，是一部典型的社会问题剧，主要写女主人公娜拉摆脱玩偶地位的自我觉醒过程——从全身心地关爱丈夫、无保留地信赖丈夫，到认识并坚持了自己生命的选择，最后决心与丈夫决裂，离家出走。自从1879年首演，便掀起层层波浪，随着"楼下砰的一响传来关大门的声音"，整个欧洲，包括五四运动后的中国知识界都被震动了。而广大读者与社会学家所共同关注与探讨的，是娜拉走后的命运怎样。应该说，易卜生当日创作此剧的目的，并未着意于提供答案，只是要启迪人们思考，引起心灵的震撼。鲁迅先生在谈到《玩偶之家》时，也曾说过：娜拉"走了以后怎样？伊孛生（易卜生）并无解答；而且他已经死了。即使不死，他也不负解答的责任。因为伊孛生是在做诗，不是为社会提出问题来而且代为解答"。

　　这就有赖于读者的想象了。核心的问题是妇女的解放。恩格斯在《家庭、私有制和国家的起源》中指出："妇女解放的第一个先决条件就是一切女性重新回到公共的事业中去。"鲁迅先生也曾指出："在家

应该先获得男女平均的分配。"娜拉只有首先在经济上取得独立，才能争取独立的人格。然而，在素来把妇女当作玩偶的社会里，娜拉的独立解放只能沦于空想。于是，又想象出第二条、第三条路子，鲁迅先生也提到了："从事理上推想起来，娜拉或者也实在只有两条路：不是堕落，就是回来。"娜拉的未来之路究竟怎么走下去，给后世的读者留下了广阔的艺术想象空间。

事有凑巧，整整过了一百年，在美国，罗伯特·本顿导演、改编的社会伦理电影《克莱默夫妇》，于1979年在美国上映，同样在欧美各国引起了热烈的反响，并获得了当年奥斯卡最佳影片等五项大奖。影片反映了美国社会中一个相当普遍的家庭婚姻问题。个人的理想、事业与家庭生活之间的矛盾导致了家庭冲突和夫妇离异的悲剧，同样涉及妇女解放问题。一开始就是矛盾激化，克莱默夫人离家出走，断然离婚；而后是女方对儿子的思念，爸爸带着小儿子生活遇到种种困难，夫妻为争夺爱子越吵越凶，情感联结点在争夺中越来越鲜明。最后，通过在法庭上互相揭露，彼此进一步加深了相互了解；结尾则是乔安娜回来，放弃了领走儿子的要求，在丈夫的目送下，拭去眼泪，走进电梯。

欲知后事如何，下回没有分解，只能由观众去猜想。这样一个开放式的结局，为观众的揣测提供了充分的想象空间。有些人认为，影片已经暗示了感情和爱子把夫妻二人牢牢地捆绑在一起，将会破镜重圆；但马上就遭到另一些人的反驳：由于现实中的矛盾一个也没有解决，和好了就等于电影从头再演一遍——妻子要获得精神平衡就必须外出工作，而外出工作又会带来新的不平衡，走来走去都是自我否定，和好如初也就是矛盾如初。

显然，聪明的编导不想给出（实际上也难以找出）一个固定的答案，与其做出某种选择，从而封闭了其他一切选择的通路，倒莫如把这个难以破解的苦涩问题交给广大观众，任由他们在品啜、玩味、思考中，去叩问生命、体验人性、解读人生，给出种种个性化的答案。

烛光中关闭的窗

一

含蓄为诗文之至境。每当读到那类"言有尽而意无穷""句中有余味，篇中有余意"的诗词，我总会想到法国诗人波德莱尔的散文诗《窗户》中的名句："从一个开着的窗户外面看进去的人，决不如看一个关着的窗户的见的事情多。再没有东西更深邃，更神秘，更丰富，更隐晦，胜于一支蜡烛所照的窗户了。"此言为日本作家厨川白村所激赏，他说："烛光照着的关闭的窗是作品。"（引自鲁迅译厨川白村《苦闷的象征》）

道理在于，敞开的窗户一览无余；而在摇曳的烛光映照下，关闭的窗户若隐若现，若明若暗，若即若离，若实若虚，诱发人们深入窥视、探察的欲望，猜度和想象着窗户里面隐藏着的"更深邃，更神秘，更丰富，更隐晦"的情境。这种模糊、虚幻、空灵、缥缈的朦胧之美，乃是创造性的产物，亦即"作品"，属于艺术家审美过程中的一种视角体验和心灵感受。

在中华文学艺术传统中，历代诗家一致认同这种朦胧之美，力主含蓄蕴藏，有余不尽，欣赏那种"雾失楼台，月迷津渡"，"曲终人不见，江上数峰青"，"二十四桥仍在，波心荡，冷月无声"的空灵意境和"句中无其词而句外有其意"的表现手法。南宋诗人杨万里有《小雨》七绝："雨来细细复疏疏，纵不能多不肯无。似妒诗人山入眼，千峰故隔一帘珠。"描绘了山峰在雨的珠帘笼罩下的虚幻、迷蒙、曼妙、神奇的状态。清代诗人蒋士铨的《题王石谷画册》七绝："不写晴山写雨山，似呵明镜照烟鬟。人间万象模糊好，风马云车便往还。"晴山一览无余，没有多少施展笔墨的空间；而雨山，如烟似雾，亦实亦虚，看也看不透，写也写不真。这时的景色更具幽思妙蕴。"人间万象模糊好"，这是艺术创造中普遍适用的一条经验，概括了艺术创造、审美感受的一种规律性认识。南朝文学家鲍照《舞鹤赋》中有"烟交雾凝，若无毛质"之句，展现在我们眼前的，是舞鹤的似有若无、"返虚入浑"的唯美境界。

而关于空灵意境、朦胧之美在理论上的论述，就更是层出不穷。南宋诗人姜夔在《白石诗说》中强调："语贵含蓄。东坡云：'言有尽而意无穷者，天下之至言也。'""句中有余味，篇中有余意，善之善者也。"像是为这番话做注解，比他稍晚的严羽在《沧浪诗话》中讲，诗有四忌："语忌直，意忌浅，脉忌露，味忌短。"含蓄的诗文辞赋，往往不止于所写的一端，而另具言外的别旨与风神，正所谓"三分下语，十分用意""不着一字，尽得风流"。这里说的"不着一字"，并非什么都不说，而是主张表现上要富于暗示性，意在言外，以少总多，从无见有；要蕴义深藏，含而不露，耐人寻味，以期拓展诗文的内在含量，为读者提供更多的思考空间、想象余地。

二

下面，联系一些具体实例加以阐释。

且看《诗经·蒹葭》："蒹葭苍苍，白露为霜。所谓伊人，在水一方。溯洄从之，道阻且长；溯游从之，宛在水中央。"诗中并未描写主人公思慕意中人的心理活动，也没有调遣"求之不得，寤寐思服。悠哉悠哉，辗转反侧"之类的用语，只写他"溯洄""溯游"的行动，略过了直接的意向表达，但是，那种如痴如醉的苦苦追求情态，却隐约跳荡于字里行间。依赖于含蓄的功力，使"伊人"及"在水一方"两种意象，引人思慕无穷，永怀遐想。

《蒹葭》中所企慕、追求、等待的是一种美好的愿景。诗中悬置着一种意象，供普天下人执着地追寻。我们不妨把"伊人"看作是一种美好事物的象征，比如，深埋心底的一番刻骨铭心的爱恋之情，一直苦苦追求却无法实现的美好愿望，一场甜蜜无比却瞬息消逝的梦境，一方终生企慕但遥不可及的彼岸，一段代表着价值和意义的完美的过程，甚至是一座灯塔，一束星光，一种信仰，一个理想。

再如唐人张仲素的《春闺思》："袅袅城边柳，青青陌上桑。提笼忘采叶，昨夜梦渔阳。"诗的景象、情境构成了一幅清丽的村女采桑图。景色宛然如画，却又不是一般的写景诗。前两句是铺垫，重心在后面，采桑女子对树出神，凝然不动，手里提着个空筐，却忘记了采摘桑叶，一副心不在焉的样子。那么，她在想什么呢？诗人留下了一个不定项，一个空白点。但最后还是露出一条线索——"昨夜梦渔阳"。"渔阳"为唐时征戍之地，采桑少妇所怀之人——从军的丈夫就在这里。

这类诗在古代是大量的。唐孟启《本事诗》记载：唐明皇之兄宁王李宪，贪恋美色，将一卖饼人妻子据为己有，宠惜逾常。因问女子："你还想念饼师不？"女子默然不应。宁王召饼师使见之。其妻注视，双泪垂颊，若不胜情。时在座者有十余人，皆当时文士，无不凄异。宁王让大家赋诗，右丞王维最先成诗："莫以今时宠，难忘旧日恩。看花满眼泪，不共楚王言。"题为《息夫人》。春秋时，楚王灭掉息国，将息国君主的妻子掠入宫中。息夫人与楚王生了两个孩子，却始终默默无言，不发一语。诗人借用这个身受屈辱，但在沉默中蓄意反抗的妇女形象，对不忘前情、怀念贫贱之夫的饼师妻子表达了深切同情。最后，宁王李宪将其归还饼师，"使终其志"。这首咏史诗中，暗含着两个凄怆动人的故事，看似叙事，实际上并非叙事诗，可说是句句含情，泪血交迸，却又委婉含蓄，言尽而意不尽，极富感人的冲击力。

在中华传统艺术中，诗词之外，表现含蓄之美最突出、活动天地最广阔的就是绘画了。清代画家戴熙有"画令人惊，不若令人喜；令人喜，不若令人思"之说，盖由于惊、喜都是感情外溢，有时而尽的，而思则是此意绵绵，可望持久。沈宗骞《芥舟学画编·人物琐论》说："或露其要处而隐其全，或借以点明而藏其迹，如写帘于林端，则知其有酒家；作僧于路口，则识其有禅舍。"画家的艺术实践表明，"景愈显，境界愈小；景愈藏，境界愈大"。画家们在光色气雾、时空幻化中，在似与不似之间，在静与动、明与暗、虚与实、近与远的叠合、对比中，施其所长，尽其能事。今人徐悲鸿名画《漓江烟雨》，极朦胧之妙。他如郑板桥画竹，似似非似；齐白石画虾，似真非真；黄胄画驴，似形非形。在他们的笔下，太阳是变形的，花草是奇异的，线条是扭曲的，意境是朦胧的。

三

与中华艺苑含蓄、朦胧之美桴鼓相应的，是现代西方美学家关于"不定项""空白点""召唤结构"的论说。

波兰美学家英伽登指出："作品是一个布满了未定点和空白的图式化纲要结构。作品的现实化需要读者在阅读中对未定点的确定和对空白的填充，这种填充（或称具体化）需要读者的想象来完成。"他认为，任何艺术创作都应有空白点和不定项。这才称得上好的作品。对于欣赏者来说，对艺术作品的空白做出填补，就叫艺术欣赏。

德国接受美学家伊瑟尔受到英伽登的影响，提出文本的"召唤结构"说。所谓"召唤结构"，是指艺术作品因布满空白点和未定项，呈现为一种开放性的结构，这种结构本身随时都在召唤接受者能动地参与进来，通过再创造将其充实、厘定，使之实现重构性的具体化。

伊瑟尔认为，文学作品是一种交流形式，由艺术和审美两极构成。艺术一极是作者的文本，审美一极则需通过读者的阅读来实现。他用"文本的召唤结构"和"文本的隐在读者"这两个术语来探讨这一课题，强调"空白"是文本召唤读者阅读的结构机制。文本唤起读者的视野期待——打破既有的，获得新的视野。他说："写出的部分给我们知识，只有没有写出的部分才给我们想见事物的机会；的确，没有未定成分，没有本文中的空白，我们就不可能发挥想象。""作品的意义不确定性和意义空白，促使读者去寻找作品的意义，从而赋予他参与作品意义构成的权利。"这种由意义不定项与空白点构成的"召唤结构"，作为一种动力因素，召唤、激发、促使读者去想象和填充作品潜在的审美价值。

这使我们想到美国小说家海明威所说的"冰山原则"，他说："冰山在海里移动，很是威严壮观，这是因为它只有八分之一露出水面。"德国剧作家莱辛也说，艺术作品"不是让人一看了事，还要让人玩索，而且长期反复玩索"。

实际上，无论是诗性、诗艺的本质属性，还是艺术鉴赏的再创造要求，它们同艺术作品的"召唤结构"，原都存在着密切的联系。正因为艺术作品中包含着许多有待于鉴赏者去补充、厘定的空白点、未定项，它才可能引发鉴赏者的想象力，并去进行艺术再创造。倘若一部艺术品通篇浅显，一目了然，毫无内在意蕴可供发掘，那就必然缺乏咀嚼、回味的余地，也就谈不上什么再创造了。

"不读古书"议

一

师大放暑假了，文学院的两位教授过来闲谈。因为我年轻时当过中学教师，所以，说着说着话题就转到中小学的课程改革上了。

他们说，全国中小学语文教材，现已统一使用部编课本。新版教材一个明显的趋向，是更加注重培育学生的传统文化素养，大幅增加古代诗文篇目。小学一至六年级增幅达80%；初中三个学年，古诗文占课文的52%。其实，早就该这么做了。优秀传统文化是中华民族的根和魂，是我们应须世代传承的精神命脉、文化基因。而作为其重要载体，那些经典古籍、传世诗文，汇聚了前贤往哲思想、智慧的结晶。在青少年心田里，如能播下一粒粒传统文化的种子，将会终生受用——五千年文明史的光辉熠耀，无数英杰的高风正气润泽灵魂，极有利于塑造优秀品质、健全人格，开拓思维、视野，增强民族自豪感、文化认同感，弘扬爱国主义精神。这在中小学阶段尤为重要，对于人生观、价值观、审美观的树立，对于知识基础的构成，会起到"前见"作用。

听到这里，陪同前来的校刊编辑提出一个问题：百年世事翻覆，古书的命运从"扔进茅坑去"到课堂上大幅增加，真是判若云泥。那么，究竟应该怎么看"五四"前后关于"不读古书"与"反对白话文"的争议呢？

教授说，这个问题很复杂，三言两语说不清楚。他随即讲了一则趣话：著名学者章士钊反对白话文，在报上撰文说，文言文"二桃杀三士"，何其简洁，用白话文只能说成"两个桃子杀了三个读书人"。鲁迅先生就禁不住发出笑声，说，"三士"是三个武士，而不是读书人；继而讽刺说："旧文化也实在太难解，古典也诚然太难记，而那两个旧桃子也未免太作怪：不但那时使三个读书人因此送命，到现在还使一个读书人因此出丑"。结论是：古书，好则好矣，不过也实在难于掌握。

二

送走了客人，就所议问题，我做了进一步思考。

白话文取代文言文，这是历史潮流、大势所趋；但一些"五四"精英，为了矫枉，不惜过正，就此否定文言文的历史作用，进而完全否定古书，就不无偏颇了。统计显示，中华传世古籍有五千余万册（件），二十多万种。这些传统典籍中，精华与糟粕并存，正确的态度应该是批判地继承、发展，取其精华，弃其糟粕。

鲁迅先生等当年对古书采取鄙视态度，有其时代背景与现实的针对性。我们知道，北洋政府统治时代，社会上复古空气很浓厚，埋头到故纸堆里，就会被复古派所利用，有害无益。鲁迅先生反对读古书，乃是出于对复古思潮的反制，并非一概反对接受中华传统文化。他在《论"旧形式的采用"》《拿来主义》等文章中，阐明其批判继承文化遗产的正确态度与方法。他把旧的文化遗产区分为三个部分：一是有益无害的（"鱼翅"），要"拿来""使用"，使之有益于人民的身体健康；一部分既有毒素又有用处（"鸦片"），要正确地吸取、使用有用的方面，而清除其有害的毒素；还有一部分是人民根本不需要的（"烟枪""烟灯"和"姨太太"），原则上要加以"毁灭"，有些则酌留少许，送进博物馆，以发挥其对人民的认识和教育作用。他特别强调，要批判地继承传统文化，不能因为倒洗澡水，把孩子也一起倒掉。

其实，说"要把古书扔到茅厕坑里去"的"五四"精英，都是中华传统文化熏陶出来的，即便扔掉了古书也无所谓；而且，多是一边这么说，一边仍致力于古籍研究。胡适先生算得上最激进的了，他对于中国传统文化采取严苛而过激的批判态度，把骈文、律诗同小脚、太监、姨太太、贞节牌坊等混在一起，都说成是我们祖宗造的罪孽，这是典型的把孩子和脏水一起泼掉的行为。而他本人，不仅幼年熟读经史；青年留洋后，还在照片上题写"异乡书满架，中有旧传经"的诗句；获哥伦比亚大学博士学位，毕业论文竟是《先秦名家研究》；《京报副刊》向海内外名流征询"青年必读书十部"，他开列的五部中文书为《老子》《墨子》《论语》《论衡》《崔东壁遗书》，都是中国古代典籍。据蔡元培先生记述："我尝见胡适之先生有一个时期出门常常携一两本线装书，在舟车上或其他忙里偷闲时翻阅，见到有用的材料，就折角或以铅笔做记号。我想他回家后或者尚有摘抄的手续。"鲁迅先生为许寿裳的儿子开列十二种书，全是古书，包括《世说新语》《全上古三代秦汉六朝文》《全汉三国晋南北朝诗》等。他悉心于中国古代小说史的构建，做《嵇康集》注释；收藏中文线装古书达九百四十多种，到晚年也还买古书、读古书。

其间还有一个现象："五四"之后，许多留学西方的学者，回国后竟然沉浸到中国传统文化中去。许是通过对比西洋文化，终于感到中华优秀传统文化有其独特的魅力，因而始终放不下这颗拳拳之心。闻一多先生多年从事西学研究，并有六载的白话诗创作实践，回过头来写了这样一首七绝："六载观摩傍九夷，吟成缺舌总猜疑。唐贤读破三千纸，勒马回缰作旧诗。"

三

这是老一辈文化名家，所谓"老根底，新眼光"；那么，新一代学人又怎样认识呢？当代知名学者刘梦溪先生指出，今天之所以强调读中国古代经典，"我想主要是为了文化传承的需要。如果你不想完全抛弃自己的民族文化传统，那么阅读代表自己文化传统的典范性文本，是承继传统的一种必要的方式。就个人的修养而言，阅读经典文本是使阅读者经历一番文化濡化的过程，它可以改变人的气质。古人、古贤、古书，都是传统文化积淀的代称，接触多了，势必使一个人的气质发生潜移默化的变化。很多人都发生气质的变化，一个时代的社会风气就会随之发生变化""现在仍有很多人把现代化和'西化'完全等同起来，以为自己的文化传统无法和现代性相衔接，这是一种过时的看法，不应让这种看法成为我们的文化导向。我们正在进行的现代化进程，同时有一个提高全民族文化素质的任务，我可以肯定地说，要完成这个任务，必须营造全民族的阅读风气，而首当其冲的，是营造阅读本民族文化经典的风气"。

北京大学陈平原教授语重心长地说："在我看来，年青一代学者的主要缺陷，不在于可能出现复古倾向，而在于学术上'无根'造成的漂泊感。等到进了大学，念文学专业的研究生，灌了满脑子西式的哲学理论和文学概论，才开始认真阅读中国古书，不觉得'隔'那才怪。"就是说，已有的理论预设，使得他们很难真正进入中国文化。

复旦大学中文系骆玉明教授指出，我们读经典，不是在复旧，不是为了回到过去，而是为了走向未来。读经典，尤其是古典诗词，能更好地建立我们跟民族文化的血脉关联，理解中国人的情感表达方式。"所谓'我是中国人'的判断依据不是血统，而是文化关联。"真正的中国人，是生活在民族文化系统中的。中国的古典诗词就有很多思想对人起着潜移默化的作用。

前辈与时贤所述，都涉及一个正确认识古代经典以至中华传统文化的中外古今关系的问题。要前进必从一个基点出发，而一个民族的文化积淀、精神资源即其前进出发的基点，以此为依凭，借鉴"他山之石",方能培养其启运新机之能力。一个缺根少魂的民族,自无发展前进之可言!可是,从清末到"五四"乃至后来,一些人却错误地将现代化等同于"西方化",声称"要与传统彻底决裂",而不是站在自身国情、自身历史和自身文化基础之上,以致造成中国固有文化传统严重流失的后果。

与中西互鉴相对应,还有个今古会通的问题。"传统的功能是保持文化的连续性,为社会带来秩序和意义";中华优秀传统文化在"心灵的滋养、情感的慰藉、精神的提升、道德的指引方面,为当代市场经济社会中的中国人提供了主要的精神资源,在引导心灵稳定、精神向上、行为向善、社会和谐等方面发挥了重要的积极作用"(陈来先生语)。看得出来,中华优秀传统文化具有一种超越时空的普适价值,它的精华内蕴很容易与现代社会的发展契合。

文化源流一脉承。片面地将它割裂、对立起来,是违背历史规律的。南宋思想家朱熹在《鹅湖寺和陆子寿》七律中,有"旧学商量加邃密,新知培养转深沉。却愁说到无言处,不信人间有古今"之句。说的是,旧学与新知,在砥砺切磋中,会变得更加精深缜密;而当研索到难以用语言表达的精微之处,古今限界、阻隔也就泯除了。"却愁"二字,语含讥诮,针对陆诗中"欲知自下升高处,真伪先须辨古今"的说法,朱夫子幽默地说,令人"发愁"的是,随着探索的深入,勘破了古今限隔,"真伪先须辨古今"可就落空了。

制　怒

一

作为"七情"之一，怒是人的情绪的一种骤然变化。当人们对于某种事物、某种现象心怀怨忿、强烈不满时，愤怒往往成为最为常见的一种应激反应，诸如愠怒、恼怒、震怒、暴怒，怒形于色、怒目横眉、怒不可遏、怒火万丈、怒气冲天等。既然属于本能性的心理状态，那么，发怒也就属于习常惯见的现象，其中有正当的，有乖戾的，有积极的，有消极的，有的是伸张正义，有的属于发泄私愤，所产生的结果也因其性质、动机而各有差异。

前贤往哲对于发怒采取分析态度。宋代哲学家朱熹所言"血气之怒不可有，义理之怒不可无"（《朱子语类》）是颇具代表性的。这里提出一个衡量的尺度，即唯义是从，属于正义行为应予肯定。比如古代典籍把失败了的英雄共工怒触不周山纳入著名的四大神话。《史记》本传载：为了捍卫国家尊严，"（蔺）相如因持璧却立倚柱，怒发上冲冠"。宋代文学家苏洵有言："夫唯义可以怒士，士以义怒，可与百战。"《庄子》中的大鹏形象："怒而飞，其翼若垂天之云"（《逍遥游》）；"草木怒生"（《外物》），言草木乘阳气奋出而不可遏止。

不过，现实中所常见的是发怒往往带来不良的后果，即使是出于良好愿望的正当行为，古人也提倡"事到临头，三思为妙；怒从心起，暂忍为高"。朱子在讲到"义理之怒不可无"时，接着又补缀一句："如勇决刚果，虽不可无，然用之有处所。"因为怒气一旦发作，往往如强弩之发，当事者会陷入思维混乱状态，感情冲动难以控制，所谓"怒从心上起，恶向胆边生"，这就必然带来种种不理智的失范行为，甚至产生极端恶果。古书上说，"天子一怒，伏尸百万，匹夫一怒，血溅三尺"，后患不堪设想。所以，孔老夫子语重心长地说："一朝之忿，忘其身，以及其亲，非惑与？"（《论语·颜渊》）一些人凭意气用事，逞匹夫之勇，为了一点儿小事，就不顾身家性命，从而铸成大错，殃及父母、妻儿，这不是太不明智了吗？西哲亦曰："冲动是魔鬼，发怒是祸水""发怒，是用人家的错误来惩罚自己""愤怒总是以愚蠢开始，以悔恨告终"。

近读清人笔记《壶天录》，见到这样一段记载：宁波城内一个开席店的，叫张鸿盛，这天接待一个郑姓的客户，买了一领席，交款后，还差四文钱，店主一定要他补足，于是又交了三文，店主还是不依不饶。其实，通常情况下，这一文钱随手扔掉也不足惜；可是，由于两人别扭起来，一个坚持索要，一个坚决不给，谁也不肯让步。先是大吵大闹，继而拳脚相向。郑某以寡不敌众，遭到毒打，到家后便卧床不起，几天过去，痛叫一声含恨死去。这样，他的妻子就带领子侄辈一干人，身穿孝服，找张偿命，趁势把店中所有家具器皿全部捣毁，众伙计见人命关天，都纷纷逃散。争执中，如果有一方能够清醒地掌控情绪，何至最后闹到人财两空地步！

说到清醒地掌控情绪，我记起了这样一个故事：一位收藏家得到一把精工巧制的紫砂壶，备极喜爱，连睡觉都要放在床头，一以随手把玩，一以防止被盗。一次，他梦里翻身，失手将壶盖打翻在地，猛然惊醒，既心疼又气恼，心想：壶盖摔碎了，那我还留着这个茶壶干什么？于是，拎起床头的茶壶，就从楼上掷出窗外，心情沮丧地又睡去了。次日清晨起床，他发现，那只原以为摔碎了的壶盖，竟然完好无损地落在床边的鞋上。这时，他悔恨至极，想起昨夜紫砂壶已碎身楼下，独留一个壶盖还有什么意思？气得一脚把壶盖踩得粉碎。吃过早饭，怏怏地出外办事，步出楼外，一抬眼，发现那把没盖的紫砂壶，正好挂在绿荫覆盖的松树枝上……

这就是恼怒所产生的后果。倘若他能够稍微冷静一点儿，也不致一次再次地错过挽回过失的机会，出现如此尴尬的结局。

二

看得出来，事无分大小，要想成功，总须理智清醒，止气制怒；否则就会感情用事，因小失大，甚至跌进罪祸的深渊。古往今来，无数人事功败垂成，问题往往出在未能"忍得一时忿"上，所谓"小不忍则乱大谋"。佛典中把嗔怒视为人生"三毒"之一，有"一念嗔心起，百万祸门开""怒火烧了功德林"之说。中医理论认为，怒由气生，气、怒为孪生兄弟，怒气发，血气耗，肝火旺，怒伤肝，无论从养生还是养心上讲，都是有害无益的。

关于止气制怒，前人流传下来大量格言警语，诸如"每临大事有静气""忍一时风平浪静，退一步海阔天空""天下有大勇者，猝然临之而不惊，无故加之而不怒，此其所挟持者甚大，而其志甚远也"，等等，不一而足。也有一些较为系统的论述，其中最具代表性的，是被奉为心学的源头、北宋理学家程颢的名篇《定性书》中所言："夫人之情，易发而难制者，唯怒为甚。第能于怒时遽忘其怒，而观理之是非，亦可见外诱之不足恶，而于道亦思过半矣。"大意是，人的情绪多端，其中最容易爆发而难以控制的是怒。但若能够在发怒时就迅即忘却它，而去体会本心之廓然大公，观照理的是非，也就可以见到这种外诱是无足介怀的。果能如是，那么，于圣人之道也就领悟大半了。

禅宗还有一则趣闻——

古时有一老妇，经常为一些细微之事生气，小则气恼终日，大则歇斯底里，活得非常痛苦。这天，她去寺庙求教，高僧听完她的自述，就把她领到一间黑屋子里，落锁而去。老妇气得破口大骂，骂毕而后哀求，高僧不予理会。

待老妇骂累之后，高僧现身门外，问："你还生气吗？"

老妇说："我只气我自己，怎么会来到这个鬼地方，受这份罪？！"

"连自己都不肯原谅的人，怎能心如止水？怎能不生气呢？"高僧说罢，拂袖而去。老妇听之有理，静心思过。过了一个时辰，高僧又来到门外，问："你还生气吗？"

老妇朗声作答："不生气了！"

问："为什么不生气了？"

答："气又有什么用呢！"

高僧这才把门打开。老妇问道："大师，什么是气？"

高僧将手中的茶水倾洒于地，一言不发。妇人视之良久，顿悟，叩谢而去。

原来，高僧手中那杯茶水，泼在地上，转瞬间就渗入泥土，迅速被蒸发风干。所谓的"气"，不就像那杯茶水一样瞬息即逝吗？

由此看来，动辄为日常生活中的芝麻小事发烟冒火，让自己心跳加快、呼吸提速、血压升高，的确是大可不必了。

三

落实在行动中，历代都有许多磨炼意志、息气制怒的逸闻佳话。诸如——

战国时的政治家西门豹，脾气暴躁，性急易怒。为了制怒，他身上佩带一条柔软的熟牛皮，每当要发火时，便用手慢慢地轻抚着柔革，直到怒气消解为止。

西汉名将韩信，年轻时受过"胯下之辱"；后来辅佐汉高祖定天下，立下汗马功劳，获封楚王。众人都以为，他会为当年受辱报仇雪恨，可是，韩信不但没有衔恨报复，反而依据那人的能力，赐给一个中尉官职。他说："我不但现在能够置他于死地，当年也可以杀掉他。可是，那样我就要获罪，还怎么建功立业呢？"

清代民族英雄林则徐，堪称制怒的典范。他在年轻时，性情急躁，遇事不称心就要发怒。父亲屡屡劝告，还给他讲了这样一件事：有个县令，素以孝闻。这天，两壮汉押解一个嘴里塞着东西的年轻人来见官，说他忤逆不孝，骂娘打娘，把他捆住后仍不停地骂，所以把他的嘴巴堵起来。县官一听，火冒三丈，立即吩咐重打五十大板，直至皮开肉绽。这时，一个老婆婆拄着拐杖进来，哭着诉说："刚才两个强盗来抢我家的牛，我儿子一个人打不过他们两个，被捆绑起来，请求老爷施恩。"县官这才明白，一时性急，竟然判错了案。再去提审那两个"恶人先告状"的强盗，已经逃之夭夭。于是，后悔不迭，赔礼道歉。林则徐听了，深受教育，遂遵照父亲嘱咐，当场写下"制怒"两字横幅，作为座右铭随身携带，时刻警诫自己，终身受益。后人据此总结出两句格言："闻恶不可遽怒，恐为谗人泄愤；闻善不可就亲，恐引奸人进身。"

如果说，发怒使气属于常人的本能，那么，制怒止气则是智者的本事，需要有远大的抱负、开阔的视野，高度的自觉、坚忍的意志，需要具备准确判断问题、善于调控情绪、增强心理承受能力的智能。现代心理学把它概括为"情商"。情商，由自我意识、控制情绪、自我激励、认知他人情绪和处理相互关系五种内涵组成。论者认为，现今，人们面对的是快节奏的生活、高负荷的工作、复杂的人际关系，如果没有较高的情商，可说是举步维艰，事业更难以获得成功。情商高者，能够清醒地掌控自己的情绪动向，敏锐感受并有效反馈他人的情绪变化，从而充分、完善地发挥自身所拥有的各种能力。

有一种说法：情商高者，遇有急事由理智主宰，让血液进入大脑，冷静地思考问题；而情商低者，让血液进入四肢，大脑空虚，狂乱冲动，这样就会做蠢事，惹祸端。生理科学实验证明，一般人在心理压力下、过度紧张时，肾上腺素分泌激增，心率快至每分钟一百次以上，血液的确会离开大脑皮层，进而失去理智，鲁莽行事，变成"好斗的公鸡"。常见的控制情绪方法，是深呼吸，直至冷静下来，再慢慢地深度吸气，使情绪逐渐稳定、平复。

因此，我们提倡要做自己的情绪管理师，这里有三个要点：一、古训云："辱人以不堪，必反辱；伤人以已甚（过分），必反伤。"前面引述的《壶天录》中的张郑之争，就是明证。二、盛怒之下，理智不清，感情冲动，不要仓促决策；哪怕静下来二十分钟、半个小时，再做处理也好。三、伤一颗心一分一秒，冰释前嫌经年累月；"良言一句三冬暖，恶语伤人六月寒"。因而，一定要忍住、咽下那类最能伤害对方的"解气、解恨"的话。

"见小曰明"

作为经典,《老子》五千言博大精深的文化内涵,高度浓缩的智慧蕴藏与学术含量,深远的影响,恒久的价值,不仅在中国,而且为世界所公认、所推崇。黑格尔有言:《老子》一书"有如一道洪流,离开它的源头愈远,它就膨胀得愈大"。爱因斯坦对《老子》同样情有独钟。美籍华裔数学大师陈省身先生,1943年在美国普林斯顿大学做研究期间,结识了爱因斯坦,并曾到家中做客。他说:"爱因斯坦书架上的书并不太多,但有一本书很吸引我,是老子的《道德经》德文译本。西方有思想的科学家,大多喜欢老庄哲学,崇尚道法自然。"

佛经有"弱水三千,只取一瓢饮"之说。那么,当我研索宛如"一道洪流""三千弱水"的《老子》中的哲学智慧时,觉得选取五十二章中"见小曰明"一语作为"一瓢饮",倒是颇为得当的。

解读经典,首要的也是最关键的是弄清其本义。两千多年来,自庄子、韩非启其端,中经河上公、王弼诸人赓续,直至近现代,《老子》研究已成显学。走捷径的做法,是按照本文,找出解《老》、注《老》典籍,随手翻开,即可释疑解惑。无奈"五千言"不同于圆周率,找不出一个"3.14159"那样简单而恒定的结论;前人留下的问题甚或多于答案,无所适从以至"歧路亡羊",均属常见现象。因而,我一般都是首先进行独立思考,在整体把握全书的基础之上,通过以《老》解《老》,上下文贯通解读,做出分析判断,然后再去对照往哲时贤的种种解析、抉择、吸纳、借鉴。这样常会收取"如汤沃雪"、茅塞顿开之效。

在我看来,这里的"见小"应做察微见细理解,而"见小"的意义或曰目的，在于小中见大，阅微知著，这样才能称得上"明"。对照一些有代表性的评注本，自认这样解读是符合本义的。《韩非子·喻老》篇："箕子见象箸以知天下之祸，故曰'见小曰明'。"唐代后期政治思想家王真《道德经论兵要义述》："能见其微细之萌而防杜之，乃可曰明"。

《喻老》篇载：从前，商纣王制作了象牙筷子，（他的叔父）箕子为此而担忧恐惧，认为象牙筷子一定不会在陶制器皿里使用，必然要配上犀（牛角）玉之杯；象箸、玉杯一定不会用于菽藿（豆苗菜蔬）之羹，而要去吃旄（牦牛）、象、豹胎；吃着旄、象、豹胎，就一定不会穿着粗布短衣、食于茅屋之下，而要身着九重锦衣，住上广室高台。箕子说："吾畏其卒（后果），故怖其始。"五年间，纣王摆设肉林，设置炮烙之刑，登糟丘，临酒池，最后丧身亡国。

作为富有四海的一国之君，制作一副象牙筷子，确是一桩至微至小之事；然而智者箕子却从中看出了纣王一步步滑向腐败堕落的征兆。韩非以此为话题，阐发了"明"乃识祸患于微细之萌的道理。其实，老子在本章里已经讲到了："塞其兑，闭其门，终身不勤。开其兑，济其事，终身不救。"（按照陈鼓应教授解释：塞住嗜欲的孔窍，闭起嗜欲的门径，终身都没有劳扰的事。打开嗜欲的孔窍，增添纷杂的事件，终身都不可救治。）紧接着就讲"见小曰明"。二者桴鼓相应，恰合榫卯。

钱锺书先生在《管锥编·老子王弼注》中指出：

《韩非子·喻老》说"大必起于小，族（众多、聚集）必起于少"，而举塞穴涂隙（堵塞蚁穴，抹好烟囱缝隙）以免水火为患，曰："此皆慎易以避难，敬细以远大（谨慎地对待容易的事，就可以避免危难；慎重地处理细小的事，就可以远离大灾）者也。"谓及事之尚易而作之，则不至于难为，及事之尚细而作之，则无须乎大举……韩（非）盖恐涓涓者将为江河而早窒（堵塞）焉，患绵绵者将寻斧柯而先抓焉……

《后汉书·丁鸿传》上封事云："夫坏崖破岩之水，源自涓涓，干云蔽日之木，起于葱青；禁微则易，救末（发展到最后再去救治）者难"；均韩非此节之旨也。……（北齐）刘昼《新论·防欲》云："将收情欲，必在危微（轻微）"，又云："塞先于未形，禁欲于危微"（事情未暴露之前就加以制止，欲念尚轻微的时候就实行禁绝），亦韩非意。

旁征博引，反复论证。经过这样一番贯通、比较，便觉杂花生树，新意迭出。

我在解读"见小曰明"过程中，也学习钱先生的做法，在弄清本义的同时，对于它的引申义、衍生义予以深入研究。应用的方法主要是广泛联想。

首先，韩非关于"纣为象箸"的故实，使我联想到属于人类心理病态的"欲壑难填"。

清代乾隆年间，坊间刊刻一部《解人颐》的通俗读物，里面有这样一首俚诗，惟妙惟肖地描绘了这种情态："终日奔波只为饥，方才一饱便思衣。衣食两般皆具足，又想娇容美貌妻。娶得美妻生下子，恨无田地少根基。买到田园多广阔，出入无船少马骑。槽头拴了骡和马，叹无官职被人欺。县丞主簿还嫌小，又要朝中挂紫衣。作了皇帝求仙术，更想登天跨鹤飞。若要世人心里足，除是南柯一梦西。"

网上看到一篇文章，说是有位经济学家设一比喻：如果给你一个鸟笼，并挂在你的房中，你大概就会买一只鸟。因为别人走进来时很可能问："笼子里怎么没鸟？什么时候死的？"如果主人回答："我从未有过一只鸟。"对方很可能马上会问："那你要一只空鸟笼子干吗？"主人会因此被弄得有些不安，似乎不买一只鸟就是有些不稳妥。为了让自己安心，也为了防止别人不停地询问，干脆买了一只鸟装进鸟笼里。经济学家认为，即使没有人来问，或者无须解释，"狄德罗效应"也会造成人的一种心理上的压力，使其主动去买来一只鸟与笼子相配套。这都反映了人们内心永远不能填满的欲望黑洞。

何谓"狄德罗效应"？18世纪法国哲学家丹尼斯·狄德罗，这天收到朋友赠送的一袭质地精良、做工考究的睡袍，甚为喜欢。可当穿上华贵的睡袍在书房里往复行走时，却又觉得一应家具、设施与崭新的睡袍不相匹配，不是破旧不堪，就是风格很不谐调，于是，便次第加以更新。这倒畅饱了眼福，但也破坏了一向安适的心境。为此，狄德罗写了一篇《与旧睡袍别离之后的烦恼》的文章。后来，美国一位经济学家，便以"狄德罗效应"（亦称"配套效应"）来概括这种文化消费现象与心理反应。

其次，是因果关系。从韩非说的"吾畏其卒，故怖其始"，联想到佛经"菩萨畏因，众生畏果"之语。智者见始知终，懂得种下什么样的因就会生出什么样的果，所以，从源头上惕厉、约束自己，绝不酿造孽因；而凡夫往往忽视种因，只有当恶果摆在眼前，方知怖惧、悔恨。与其畏果，不如怖因；早知今日，何必当初！

《汉书·霍光传》，记载了一个"曲突徙薪"的故事：

> 客有过主人者，见其灶直突（烟囱是直的），傍有积薪，客谓主人："更（改）为曲突，远徙（搬走）其薪，不者（否则）且有火患。"主人嘿（默）然不应。俄而家果失火，邻里共救之，幸而得息（将火扑灭）。于是杀牛置酒，谢其邻人，灼烂者在于上行（上座），余各以功次坐（依次就座）；而不录言（没有请建议）曲突者。人谓主人曰："乡使（原先如果）听客之言，不费牛酒，终亡（无）火患；今论功而请宾，曲突徙薪亡（无）恩泽，焦头烂额为上客耶？"主人乃寤（醒悟）而请之。

直突、近薪，为致灾之因；失火、救火，乃弭患之果。重果而轻因，贱本而贵末，原属人情之常，其识也浅。

关于因果关系，莎士比亚在剧作《亨利四世》中，曾借助华列克伯爵之口说："各人的生命中都有一段历史，观察他以往的行为的性质，便可以用近似的猜测，预断他此后的变化，那变化的萌芽虽然尚未显露，却已经潜伏在它的胚胎之中。"只是，人们经常忽略事物的肇因，忘记"种瓜得瓜，种豆得豆"的常识，缺乏应有的警觉与清醒，不能识机在先，见微知著。

其三，由此联想到"履霜之渐"。《周易·坤卦·初六》爻辞，有"履霜，坚冰至"之语。著名学者高亨解释："履霜，秋日之象也，坚冰，冬日之象也，'履霜坚冰至'者，谓人方履霜，而坚冰将至，喻事之有渐也。"对于"事之有渐"，《易传·文言》解释得至为深刻："臣弑其君，子弑其父，非一朝一夕之故。其所由来者渐矣，由辩之不早辩也。"渐不可长，积小成大，因而辨之须早。通过防微杜渐，可以避免大的祸殃发生。

其四，由因果关系和"履霜之渐"，又联想到物理学术语"连锁反应"：某一事物一旦发生变化，就会引起相关事物的一连串变化。这种"连锁反应"最为典型的，该是美国气象学家洛仑兹所提出的"蝴蝶效应"——美国得克萨斯州的一场龙卷风，竟然和南美洲亚马孙河流域热带雨林中的一只蝴蝶偶尔扇动几下翅膀存在关联。原因在于蝴蝶扇动翅膀的运动，导致其身边的空气系统发生变化，并产生微弱的气流，而微弱的气流的产生又会引起四周空气或其他系统产生相应的变化。西谚云："丢失一个小钉，坏了一只蹄铁；坏了一只蹄铁，折了一匹战马；折了一匹战马，伤了一位骑士；伤了一位骑士，输了一场战斗；输了一场战斗，亡了一个帝国。"与此同一机杼。

由一句古代经典词语的研索，引发了林林总总的一大堆话题，这也可以说是连锁反应吧。

闲　笔

一

"闲笔"这个概念在我头脑里扎根，始于二十六年前的一次交谈。当时在京参加中国作协第五次代表大会，拜会了散文名家郭风先生，感谢他为拙作《清风白水》撰写序言，并面聆先生关于散文写作的清诲。

郭老说："我国自古就有崇简抑繁的文学传统，由于条件限制，古籍的书写无不极为精要，因而在我们这些年长的文人脑子里，装得最多的是'随事立体，贵乎精要'（《文心雕龙》），'简为文章尽境'（清刘大櫆），'言以简为贵'（宋杨时）的章法，牢记着'篇中不可有冗章，章中不可有冗句，句中不可有冗字'（明吴讷）的训诫。你虽然比较年轻，但因就读私塾多年，从小接受传统教育，整天诵读文言，受其影响，至今运笔行文还留有鲜明的简约印迹。简约，绝不能说是毛病；许多作者的文字拖沓、繁复，倒是真正的缺陷。这里只是说如何把握'度'的问题。应该因人制宜，像古人性急，'佩韦'自戒，而性缓则'佩弦'一样，有针对性地加以调节。以你而言，文笔精练，章法谨严，但结构略嫌紧束，文势有些迫促，可以再从容、舒缓一些。叙事学中讲究'闲笔'，加进非情节因素，调整叙事节奏，丰富审美情趣，原是颇具民族特色的艺术手法。"

我说，郭老分析得非常准确，前两年，文友孙昌武教授也曾提到这一点，建议我行文更放得开些，意之所至，信笔抒写，不要过分拘谨。为文宜曲，不妨闪转腾挪，宕开一笔。

郭老听了，颔首微笑，接着引述了近代学者夏曾佑的一番话："史文简素，万难详尽，得靠读者设身处地去揣想。《水浒》武大郎一传，叙西门庆、潘金莲等事，并没有什么奇事新理，不过就寻常日用琐屑叙来，却与人人心中情理相印合，所以自来推为绝作。若以此传纳入《唐书》《宋史》列传中叙之，恐怕只有'妻通于西门庆，同谋杀夫'几个字。读者喜欢哪个，不问可知。"这里显现出施耐庵的高明，他的绝招就是娴熟地运用闲笔。

二

听了郭风先生的指教，多年来，我结合自身创作实际，着意探究、思考了闲笔与文章繁简等相关课题，反思中我认识到，除了自幼养成尚简习惯，也还有个认识问题，所谓"蔽于一偏"。其实，古人早已讲得清楚，做得明白。明末清初著名学者顾炎武《日知录》中指出："子曰：'辞达而已矣。'辞主乎达，不论其繁与简也。繁简之论兴，而文亡矣。《史记》之繁处必胜于《汉书》之简处。《新唐书》之简也，不简于事而简于文，其所以病也。"他还以《孟子》中一段文字为例："有馈生鱼于郑子产，子产使校人（管理池塘的小吏）畜（养）之池。校人烹之，反命（回来汇报）曰：'始舍（刚投放）之，圉圉焉（呆呆的），少（稍过一会儿）则洋洋焉，悠然而逝。'子产曰：'得其所哉！得其所哉！'校人出，曰：'孰谓子产智？予既烹而食之，曰'得其所哉！得其所哉！'"粗粗看去，可能觉得校人的话，琐碎、重叠、啰唆；但是，如果他不这样地描形拟态，就无法表达其有意作伪的情事，也未必能得到子产的确信。着眼于实际效果，顾氏予以充分肯定："此孟子文章之妙""是故辞主乎达，不主乎简"。

"孟子文章之妙"，妙在何处？就是运用闲笔。在这方面，《左传》

早已"优为之矣"。叙事中，它常于宏大处、紧急处夹用闲笔，以看似琐屑的细腻描写，展现恢宏的政治纷争，从而收取小中见大、巨细映衬、弛张有致的美学效果。鲁宣公四年，楚人献大鼋于郑灵公。郑国公子宋与公子家准备进宫朝见，子宋的食指忽然自己动起来，预言此日"必尝异味"。及入宫，果见厨人宰杀大鼋，两人相视而笑。灵公问之，子家如实以告。进餐时，灵公把鼋羹遍赐诸大夫，偏偏唤走子宋而使他"必尝异味"的预测落空。子宋大怒，遂染指鼎中，尝之而出。灵公怒欲杀之，却因子宋、子公先动了手，而反遭杀害。钱锺书先生在《管锥编》中，把这一闲笔纳入"一饭之恩仇"的论述。

清初文学评论家金圣叹对于闲笔尤其推崇备至。他说："（施）耐庵真正才子，故能窃用其法也。"《水浒》中常见用于叙事极忙处，表现为忙中之闲。当某个故事情节发展到关键处，作家故意把笔宕开，转而描写情节之外的场景或情事。鲁达拳打镇关西（郑屠），情势非常紧凑、迫促，可说是间不容发，"打郑屠忙极矣，却处处夹叙（店）小二报信，然第一段只是小二一个；第二段，小二外又陪出买肉主顾；第三段，又添出过路的人"。金圣叹说，"真是极忙者事，极闲者笔也""以事论之，谓之旁文，以文论之，却是正事""笔力之奇矫不可言"。——把紧张的节奏暂时松弛下来，延缓事态的进展，波澜起伏，产生悬念，扣人心弦，强化了读者的心理期待。这和接受美学的论点"艺术的技巧就是使对象陌生，使形式变得困难，增加感觉的难度和时间长度，因为感觉过程本身就是审美目的，必须设法延长"（什克洛夫斯基语），恰相吻合。

三

追至近现代，作为一种叙事技巧与表现手法，闲笔在小说、散文、戏剧、曲艺中得到广泛的应用。创作实践表明，作家艺术家如能抓住富有特色的细节，一段闲谈，一种意象，一番场景，一些非情节因素，加以随意点染，确能有效地刻画人物形象，烘托环境气氛，延宕情节发展，增强生活气息。

文学大家王蒙是善用闲笔的高手。他在文化反思的长篇力作《活动变人形》中，描写多日不回家的倪吾诚回家了，面对的竟是冰冷的家人和紧锁的房门，充满敌意的环境气氛。妻子、岳母、妻姐以一副剑拔弩张的姿态，合伙与他对阵，恶战一触即发。读者正焦急地等着观看下面的闹剧，作家却"好整以暇"，缓缓道来，三次写到无厘头的胡琴声：第一次，当倪吾诚走进院落，穿过影壁墙，不知从哪里传来胡琴声，单调、重复、迷茫。在"万木无声待雨来"的超常寂静中，益发显得不谐调地刺耳，也更增添了迷茫莫测的气氛。第二次是，正当倪吾诚怒吼着："开门！开门！开门！"又传来几声胡琴伴奏："设坛台，借东风……"而后便归于寂静，胡同里却响起拖拖拉拉的吆喝，仿佛是对于这番暴怒的回应。第三次是，当倪吾诚破门而入，对方的伏弩正控弦待发时，又传来京胡和清唱的声音，迅即戛然寂灭，代之以一声鸟叫，一只小麻雀沿着斜线从窗前飞上天空。联系到作品的悲剧意蕴，主人公彷徨苦闷、百无聊赖的迷茫心境，我们会领悟到这闲来之笔（其实也是神来之笔）所起到的衬托、渲染、点缀作用。

与此同时，我又忆及评书演员袁阔成的表演。当年我曾观赏过他的名段《许云峰赴宴》。表演中，他着意刻画这位英雄人物置身龙潭虎穴，面对眼前残酷惨烈的敌我拼搏，沉着镇定、处变不惊的气质和心态："许云峰坐在一只独座的沙发上，若无其事地抬起左腿搭在右腿上面，伸出双手，扯平了长衫的衣襟儿，轻轻地往膝盖上一搭，双手自然地放在胸前，两只眼睛悠闲自得地看着水晶缸里的游鱼"。表面看去，这些描写无关宏旨，但是闲笔不闲，属于"无用之用"——紧张的形势与悠闲的举止，构成强烈的张力，对于塑造英雄人物形象、刻画心理活动、强化真实动感、衬托环境气氛，产生了奇特的意外效果。

"朱衣点头"

由于兼任高校中文系客座教授，我曾参加过几次博士、硕士生答辩。记得一次在答辩委员会的晚餐席上，一位老教授说，这是"朱衣人"的聚会，大家会心地笑了。原来这里有个掌故。

宋赵令畤《侯鲭录》记载，欧阳修主持贡院举试时，每阅试卷，常觉座后有朱衣人时复点头，其文必然入选。始疑其为侍吏，及回顾之，一无所见。尝有句云："唯愿朱衣一点头。"说的是当时一种幻觉。

到了南宋文学家曾丰笔下，开始把"朱衣点头"同遴才取士联系起来。他有这样两首七绝："坡老不期遗李廌，欧公犹误取刘晖。点头道有朱衣吏，今古相传未必非。""明日谯楼榜已开，网疏宁免有遗才。诸生莫生（作）冬烘看，二老曾经眊矂来。"说当年苏东坡主持礼部贡试时遗漏掉了李廌，出乎意料，结果深为自责；而欧阳修担任主考时却误取了刘晖——欧阳公倡导古文运动，刘几为文不合要求，被淘汰出局；时隔两年，刘几易名刘晖，文风丕变，欧公大为赞赏，遂得进士及第。针对这么两件公案，曾丰说，看来"朱衣点头"之说所传非误；但接下来，他又补充论述：科考取士有如结网，网眼疏漏，遗才也是难免的。唐代诗人陈陶就有"中原莫道无麟凤，自是皇家结网疏"之句，意谓：不要说华夏大地上没有奇才异能之士，是皇家科考的结网出了毛病，以致漏掉了英才。至于导致"网疏"的因素那就多了，比如主考官"看走眼"了，造成取舍失当。"眊矂"意为眼睛没有看清楚。

明代文学家徐渭在《四声猿》杂剧《女状元辞凰得凤》中，借丑角胡颜之口,说出"文章自古无凭据,惟愿朱衣暗点头"和"不愿文章中天下,只愿文章中试官"两句话,又使"朱衣点头"成为旧时科考中主考官掌控举子命运的同义语。这样,"朱衣"也就实实在在地成为考官以至权贵的代名词了。徐渭为世所公认的奇才,少有"神童"之誉,九岁能为举子文,却八次"举于乡而不售",一生久困科场。所以,清人顾公燮在《消夏闲记》中明确指出:《四声猿》"有感而发焉,皆不得意于时之所为也"。

说到科考中的衡文取士,这里的文章可就多了。大而关联整个科举制度、人才以及精神产品的价值判断,小而涉及举子及其程文(科场应试者进呈的文章)这一具体对象的评鉴,集中体现了客观性与主观性的统一。只说一句"文章中试官",未免过于情绪化、简单化。

隋唐以降的科举考试,其客观性表现为,作为竞争择优的一种手段,相对于从前的察举制与九品中正制,体现了社会公正性。包括科目设定、试场管理、遴选标准、考评程序,都有明确的规范化、程式化要求;在"以程文定去留"的前提下,考试内容也是客观衡定的,比如宋初就以"佑文、崇儒、通经"为宗旨。而其主观性则体现在实际操作中。且不说试卷本身所形成的特殊质素(苏轼应礼部进士试的文章《刑赏忠厚之至论》的独创性与唯一性,即其显例),单就评判主体讲,由于评鉴试卷属于价值判断,必然要受制甚至取决于认知主体文化水准、知识结构、价值取向、思维方式、观察视角、责任意识、心理素质以及利害关系等诸多因素,这就带来了主观方面的不确定性。

《儒林外史·周学道校士拔真才》一节里讲,五十四岁的童生范进,考了二十余次,迄未中举。这次,提学道周进主考,将范进的答卷用心看了一遍,心里不怎么喜欢,想道:"这样的文字,都说的是些甚么话!怪不得不进学!"便丢在了一边。又坐了一会儿,还不见有人交卷,周学道暗想自己这身世跟这范进何其相似,心想:"何不把范进的卷子再看一遍?倘有一线之明,也可怜他苦志。"于是从头至尾又看了一遍，觉得倒是有些意思。末了又看过第三遍，不觉叹息道："这样文字，连我看一两遍也不能解，直到三遍之后，才晓得是天地间之至文，真乃一字一珠！可见世上糊涂试官，不知屈煞了多少英才！"忙取笔细细圈点，填上了第一名。

前人指出，取士、审美、衡文，往往存在慕古轻今、贵远贱近的偏向，所谓"日进前而不御（每天在面前的不信用），遥闻声而相思也"。当然，就精神产品的特质来说，评判、鉴赏确实也需要时间的检验。"诗圣"杜甫的诗，在与其同时代的选本《河岳英灵集》《中兴间气集》《箧中集》中，无一入选，以致到了晚年他曾悲吟："百年歌自苦，未见有知音。"西方这种情况也不鲜见。19世纪法国著名小说家司汤达的代表作《红与黑》完稿后，勉强印出七百五十册，无人问津。大作家雨果轻鄙地说："我试着读了一下，但是不能勉强读到四页以上。"直到20世纪，人们才认识到《红与黑》这部长篇小说的不朽价值。

还有一层，包括衡文、审美，各类精神产品的生产、鉴定与流传，体现了人的主动、自觉的能动意识，自然离不开个体性与主观性；但若说"文章自古无凭据"就失之偏颇了。要言之，文章的创作与赏鉴都是有规律、有标准、有章法可循的，所谓"文有律则，而无定体"。中国最早的文论可以追溯到上古的《尚书·尧典》；迨至三国时期出现了曹丕的文艺理论批评专著《典论》；南朝梁刘勰的《文心雕龙》更是传诵至今的体系严密的文学理论名著，单是创作论就有二十篇，分析研究文思、风格、体势、通变、谋篇、情采、修辞、声律、章句等各类问题，还有四篇，阐述文学史、作家论、鉴赏论、人品与文品等。

不过，莫说实际把握，即便精准地表述这些准则也颇为不易，连刘勰都说："言不尽意，圣人所难；识在瓶管，何能矩矱（见识浅陋，怎能讲出规矩法则呢）？"为文亦然。我们不能因为说不清楚，便否定客观"凭据"的存在。

"罗""目"之思

一

汉代典籍《淮南子·说山训》中,有这样一段富含哲学意蕴的文字:

> 有鸟将来,张罗而待之,得鸟者,罗之一目也。今为一目之罗,则无时得鸟矣。今被(披)甲者,以备矢之至;若使人必知所集,则悬一札而已矣。

翻译成现代语言,大致意思是:那面有鸟飞过来了,于是,捕鸟的人张设网罗等待着,过了一会儿,果真把鸟捕捉到了。看起来捕到鸟(绊住鸟腿)的只是一个网眼(目);但不能由此便认为,张那么大的网实属多余,只需一截短绳结成个小圈圈就可以用来捕鸟了。相类似的,人们披挂铠甲,为的是防备箭镞射伤身体;如果事先就知道箭会射中某个部位,那么,只需在那个地方悬挂一片木札就可以了。但这又怎么可能呢?捕鸟成功,护身有效,诚然靠的是罗之一目、甲之一片;但由此而天真地以"一目之罗"捕鸟,或者想当然地随处挂上一个甲片以护身,那就必然毫无功效可言。

古人用语简练,里面省掉了主语和事物进展过程,寥寥五十二个字,讲了两件有趣的眼前小事、寻常现象(实际上是两则寓言),却可以启迪读者触类旁通,据以思索、领悟一些深刻的大道理。

从"罗"与"目"的辩证关系，我们可以联想到整体与个体、全局与局部、系统与碎片的关系。一张网，需要由无数个网孔组成，聚"目"成"罗"，"罗"具有全局与整体的意义。二者辅车相依，相互依存，联系紧密。在这里，整体功能大于各个部分功能之和，体现事物的本质，发挥着决定性作用；因此，必须树立大局意识、整体观念与一盘棋思想。"不谋万世者，不足谋一时；不谋全局者，不足谋一域。"而作为"罗之一目"的个体与部分，同样不可缺少，所谓"无目不成罗"。金缕玉衣之所以贵重，在于它那连缀起来的玉片和金丝；如果去掉了金缕、玉片，也就丧失了应有的价值。但它们再贵重，又不能"各自为政"，也就是有赖于整体、系统发挥作用。任何只管局部、无视全局的想法与做法，都是违背规律、脱离实际的。历史经验、社会实践、生活常识，从正反两方面验证了这一真理性的认识。

二

下面，通过一些典型事例，进一步阐释、分析"罗"与"目"，亦即整体与个体的辩证统一关系。

《史记·平原君列传》载：战国时期，秦军围困赵国都城邯郸，平原君赵胜奉赵惠文王之命，赴楚国请求援兵。鉴于这一使命的重大与艰巨，平原君决定挑选二十位文武兼备的门客，组成使团共同前往。他对门客说："此行如能以和平方式完成任务，那最好不过；要不然，就只好在楚宫中要挟楚王歃血盟誓，达成预期的目的。"可是，挑来选去，只得十九人，这时一个叫毛遂的门客锐身自荐。平原君说："贤能的人立身世间，就好像铁锥放在袋子里面，它的尖锋立即就能显露出来。而你已经久处三年，却未见有人称道，看来还是无所作为吧？"毛遂说："我不过今天才请求进入囊中罢了。如果能早些进入囊中，那我的锋芒也早就露出来了。"这样，平原君便也带上了他一道前往，结果，毛遂大展奇才，"以三寸之舌强于百万之师"，胜利地完成了求援出兵的使命。

晚唐诗人周昙有感于此，写下了两首七绝，《再吟》曰："定获英奇不在多，然须设网遍山河。禽虽一目罗中得，岂可空张一目罗！"说的是，要延揽英才，必须面面俱到，"设网遍山河"，把工作做到各个角落去；否则，就会造成平原君那样的失误——"相士千人"，却把自己门下的"国士"毛遂漏掉了。这个教训实在是太大了，连身旁的"国士"都被遗漏，更何谈八方纳士，四海求贤！

这种"设网遍山河"的做法与思路，适用于各个方面。现代著名考古学家李济，一次提问他的学生李亦园："假如一个网球掉在一大片深草堆里去，而你又不知球掉在哪个方向，你要怎样找球？"李亦园回答说："只有从草地的一边开始，按部就班地来往搜索，绝不跳跃，也不取巧地找到草地的另一边，这才是最有把握而不走冤枉路的办法。"颇得老师的首肯。因为做学问也如找网球一样，只有这样既着眼全局，又脚踏实地，不取巧、不信运气地去做一些也许被认为是笨功夫的努力，才会有真正成功的希望。

其实，在日常生活中，"罗""目"紧密关联的情况，是所在多有、随处可见的。比如，歧路亡羊，人们四出寻找，最终发现踪迹、找回亡羊的，只是某一路线、某一个人；但是，最初构想又必须放眼四方，无一遗漏。同样，武装警察射击正在作案的行凶杀人的暴徒，几人一起开枪，但置敌于死命的也许只是一颗子弹；我们不能说，其他射击者做的是"无用功"，属于多余之举。这和张罗捕鸟同一机杼，如果没有无数个网眼同时发挥作用，那鸟也无法逮到。

在属于全盘工作、统一行动范围内，有些人、有些事，看似与终极目标的实现并无直接关联，其作用却必不可少，差别只在于直接与间接、主要与次要、主角与配角、前锋与后卫而已。同是在《淮南子·说山训》篇，还有这样一段议论，也十分精辟：

走不以手，缚手，走不能疾；飞不以尾，屈尾，飞不能远。物之用者，必待不用者。故使之见者，乃不见者也；使鼓鸣者，乃不鸣者也。

译成口语是，（人）奔跑时不用手，但若把两手捆起来，就跑不快；（鸟）飞行不直接靠尾巴，但若弯曲着尾巴，就飞不远。各类事物，凡所运用的部分，一定要靠不运用的部分来辅助、支撑。所以，让你看见的却是本身看不见的；使令鼓发出声音的（鼓槌），却是本身并不发声的。

概言之，古今中外之一切善用兵与善谋事者，都富于辩证思维，懂得这番对立统一、相反相成的道理，从而谙熟并掌握统筹全局，齐抓共管，形成"一盘棋"、打好"组合拳"的本领。

三

如果再引申一步，联系到人才的培养、造就问题，同样可以从中获得有益的启示。

人才的成长，在以德为先的前提下，讲究智能要素和智能结构。就才能的基本要素来说，应该包括学问、能力与识见。而学问与知识又是人才赖以成长和发展的基础。革命导师列宁早就说过，只有用人类创造的全部知识财富来丰富自己的头脑，才能成为名副其实的共产主义者。古代的哲学家、科学家无一不是学问渊博、见多识广的人。亚里士多德对于天文学、生物学、物理学、逻辑学、心理学、伦理学、历史学、文学、美学等都有深湛的研究，就是一个显例。

金代学者刘祁在其学术著作《归潜志》中指出："金取士以词赋为重，故士人往往不暇习为他文""殊不知国家初试科举，用四篇文字，本取全才。盖赋以择制诰之才，诗以取风骚之旨，策以究经济之业，论以考识鉴之方。四者俱工，其人材为何如也！而学者不知，止力为律赋，至于诗、策、论俱不留心。其弊基于有司者止考赋，而不究诗、策、论也"。可见，即便是在旧的时代，也都强调渊博、会通的学问，重视全面人才的选拔与培养。

当今，自然科学与社会科学、人文学科飞速发展，构成了多层次、多序列的错综复杂的立体知识网络。它们相互渗透，彼此交织，既高度分工又深度融合，而综合化是发展的主要趋势。在大批的边缘学科、综合性学科（如环境科学、生态科学、能源科学等）与横向学科（如系统论、信息论、控制论等）应运而生，各类行业交融性不断提高的情况下，如果把自己的知识面局限在一个狭小的天地里，科学视野不宽，就很难取得更大的成就，因而需求更多的全方位的人才。为此，许多国家都提出了"通才教育"的思想。实践表明，通才一般具有总体观念强、知识面广、思路开阔、后劲足、应变能力与创新能力强的优势；由于他们具有专业知识综合化、职能多面化，很容易把每个环节衔接起来的特点，所以，在社会上深受欢迎，被称为拿"金色护照"的人才。

当代的学术大师李学勤就是一个典型的范例。他学识渊博，举凡社会、人文、自然科学，无所不窥，在学术界有口皆碑。这源于他从小就养成了泛观博览的习惯，从而拥有了文、理、工等学科领域全面的知识。他很喜欢用一句英文俗语"一些的一切，一切的一些"来说明自己治学成才的体会。"一些的一切"，即学什么东西就要对这个领域已有的一切都尽力弄懂；"一切的一些"则是说，对其他领域的知识，即便不能成为专家，也都要尽量懂得一些。

读书得间

一

"读书得间"是一句著名的成语，体现了宋、明以来学者读书治学的一种成功经验与思维方式，迨至清乾嘉学派特别是近现代的学术宗师，更加提倡与推重。据有的学者考证，"读书得间"作为一种读书治学的专业术语，完整而明确地提出来，当始于乾嘉时期，当时学者苏徵保为淮阴医学家吴鞠通《温病条辨》作序，有"离经泥古，厥罪惟均，读书所贵，得间后可"之语，说的是死搬教条与离经叛道二者过错相等，而读书最为可贵的乃在于读书得间。

"间"，本作"閒"，从门，从月。《说文解字注》：开门月入，门有缝而月光可入。《庄子·养生主》讲庖丁解牛，按照牛体的自然结构，顺着筋肉骨节间的空隙运刀，"彼节者有间，而刀刃者无厚；以无厚入有间，恢恢乎其于游刃，必有余地矣"。看来，"间"的本义为门缝、骨缝，后来泛指事物间的空隙。这个"间"和读书联系起来，就有字里行间、文字本身之外、书的夹缝中、书的空隙等含义。冯友兰先生讲，读书得间，就是从字里行间读出"字"来。字与字之间、行与行之间本来没有字，当你读得深入时，便会读出字来，觉得在原来的字外还有字，这些字外之字，才是最有意义的。读书能够"得间"，才会领悟作者的言外之意，算是把书读懂了，读尽了。

"得间"的"得"，其源甚古，我国最早的文献甲骨文中就出现了，最初的含义是获得，多义是后来演绎出来的。与读书得间直接相关的，可从下述两个方面加以理解，前贤往哲在这些方面都有所论列。

一是获得、取得、得自、得益于。读书，从字里行间、从间隙中获得效益，找到窍门。现代历史学家谢国桢先生说："古人说得好，'读书得间'，就是从空隙间看出它的事实来，从反面可以看出正面的问题；读正史外，还要从稗官野史中搜集资料，从事补订考证，这犹如阳光从树林中照在青苔上，斑驳的光亮可以多少反映出客观的现象，从而得出事实的一个侧面，然后取得内在的联系。积累了许多的专题研究，然后才能写出不是陈陈相因、抄撮成书的作品。"季羡林先生也谈过："在大多数情况下，只有到杂志缝里才能找到新意。在大部头的专著中，在字里行间，也能找到新意的，旧日的'读书得间'，指的就是这种情况。因为，一般说来，杂志上发表的文章往往只谈一个问题，里面是有新意的。你读过以后，受到启发，举一反三，自己也产生新意，然后写成文章，让别的人也受到启发，再举一反三。"

二是必须、需要、就得（děi）。读书，不能停留在字面上，还要读出字面背后隐伏的含义，也就是必须着眼于"间"。南宋大学者朱熹有言："读书须是看着那缝隙处，方寻得道理透彻。若不见得缝隙，无由入得。看得缝隙时，脉络自开。"以戏剧台词作喻，台词是说出口的，相当于"字面"上，在某些情况下，你还需悟解背后的潜台词，所谓"话中有话"，这就得从对话之外思索他究竟想的是什么。也可比作出外游览，导游的话起到提示、引导作用，必不可少；但若领会得更深刻，进而产生自己的创见，就需要考究背景，广泛联系，旁征博引。

二

读书得间，做起来不易，有赖于深厚的学养、创造性思维、敏锐的感觉、独到的眼光，这表现在多方面——

其一，在字里行间琢磨出弦外之音、象外之旨，得到虽没明说却已渗透出的意味。明代学者孙能传《剡溪漫笔》中有这样一段记载："司马温公语刘元城：'昨看《三国志》，识破一事。曹操身后事，孰有大于禅代？遗令谆谆百言，下至分香卖履、家人婢妾，无不处置详尽，而无一语及禅代事，是实以天子遗子孙，而身享汉臣之名。'操心直为温公剖出。"

温公即北宋著名史学家、《资治通鉴》撰著者司马光；刘元城，名安世，当时从学于温公。温公不愧是史学大家，慧眼独具，读书得间，从曹操这份《遗令》（遗嘱）的字里行间，看出了他的深心、智算。温公这番话的意思是，曹操死前，将身后事宜样样都交代得十分清楚，甚至连"分香卖履之事（余下的香可分给诸夫人，不用它祭祀。各房的人无事做，可以学着制作带子、鞋子卖），家人婢妾，无不处置详尽"，却对"悠悠万事，唯此为大"的禅代之事没有一语道及。其意若曰："禅代之事，自是子孙所为，吾未尝教为之。"那么，他为什么要剖白这些呢？料想是他考虑到，这份遗嘱，表面是"私房话"，实则日后必然成为政治文献而公之于世，所以有必要表明：自己只安于"身享汉臣之名"，而无意做天子，至于后世子孙如何，那是他们的事。

其二，善于存疑，对于读书得间也至关重要。存疑，就是凡事要多问一个"为什么"。事实上，司马温公读《三国志》，"识破一事"，也正源于他的存疑。清代学者孙诒让在其《墨子间诂·自序》中说："间者发其疑牾，诂者正其训释。"这个"间"字，应与读书得间的"间"同义，按孙氏说法，含有阐发疑义、厘正谬误的意思。关于存疑，朱熹有精辟的论述，他说："读书始读未知有疑，其次则渐渐有疑，中则节节是疑；过了这一番后，疑渐渐解，以至融会贯通，都无所疑，方始是学。"又说："读书无疑者须教有疑，有疑者却要无疑，到这里方是长进。"同是理学家，北宋的张载也曾说："观书者释己之疑，明己之未达，每见每知所益，则学进矣。"可见，读书的过程，就其本质来讲，就是存疑、得间的过程，发现的问题越多，长进得也就越快。

史学教授韩树峰在《远去的背影》一文中说，历史学家"田余庆先生治史，讲求读书得间，论从史出。……印象比较深刻的一个例子，是《三国志·吴书·张温传》有如下记载：'（张温见孙权）罢出，张昭执其手曰：老夫托意，君宜明之。'读至此处，田先生见我们没有发现任何问题，问道，张昭托付给张温的，到底是什么呢？大家不禁面面相觑。这个没有答案的问题使我明白，做学术研究，答案固然重要，但答案毕竟从问题而来，所以问题更重要。发现的问题，或者受制于史料，或者受制于个人认识问题的角度，也许永远不会有答案，但问题意识越多，读史收获就越大，以前没有答案的问题与其他问题结合起来思考，也许可以找到其间一以贯之的线索，从而得到较为深刻的解答。没有问题或者放弃没有答案的问题，也许就意味着我们错过了与历史问题交流的诸多机会"。

其三，存疑的前提是熟读精思，"学而不思则罔"，读书得间，关键在于深入思索。现代史学家缪钺先生谈他的切身体验："熟读还必须与深思结合起来。读书不仅是要多获知识，而且应深入思索，发现疑难，加以解决，此即所谓'读书得间'，也就是所谓有心得。"清代学者恽敬也说："夫古人之事往矣，其流传记载，百不得一，在读书者委蛇以入之，综前后异同以处之，盖未有无间隙可寻讨者。"这也就是清初著名学者阎若璩所说的："古人之事，应无不可考者，纵无正文，亦隐在书缝中，要须细心人一搜出耳。"

三

关于读书得间，"前人之述备矣"；那么，结合现代人文学科有关理论，我们似可做出一些新的联想、新的领悟、新的理解。

现代语言学有"能指"与"所指"这一对概念，前者意为语言文字的声音、形象，后者则是语言文字的意义本身。以所谓"文化鸟"的杜鹃为喻，它那"惯作悲啼"和类似"不如归去"的鸣声，就好像是能指，而在那些愁肠百结的人听来，会有心酸肠断之感，特别是穷愁羁旅的他乡游子，竟会由此而产生共鸣："等是有家归未得，杜鹃休向耳边啼。"这种象征性的声外之意、象外之旨，就相当于所指了。职是之故，我们不妨把"得间"与所指加以类比。

禅宗用"以手指月"比喻文字与义理的关系，人的手指指示了月亮，有如文字指示了义理，应该得月忘指，得意离言。在日常语言文字交流中，时常可以见到，意义恰在语言文字之外，包括反讽中的寓意，反衬中的曲致。这在读书中，"得间"功夫就必不可少了。试看鲁迅先生小说《祝福》中的描写："她（祥林嫂）还记得照旧的去分配酒杯和筷子。'祥林嫂，你放着罢！我来摆。'四婶慌忙的说。她讪讪的缩了手，又去取烛台。'祥林嫂，你放着罢！我来拿。'四婶又慌忙的说。"只看这两句重复的话，从字面上理解，或许误认是出自关心，看祥林嫂太累，让她休息一下；而真实的用意，藏在"你放着罢"背后，里面隐伏着"有罪的、不干不净的女人"的机杼。

还有，按照现代阐释学和传统接受美学的理论，文本永远向着阅读开放，理解总是在进行中，这是一个不断充实、转换以至超越的过程；文学接受具有鲜明的再创造性，这种理解往往是多义的，"作者用一致之思，读者各以其情而自得"（清初王船山语）；"作者之用心未必然，而读者之用心何必不然"（晚清谭献语）。田余庆先生之问"张昭托付给张温的，到底是什么"，就是一个典型的事例，答案或猜想可能多种多样。这样，"得间"的视界就更加扩展了。

说到这里，忽然记起季羡林先生一段话："汉语本身还具备一些其他语言所不具备的优点。（20世纪）50年代中期，我参加了中共八大翻译处的工作。在几个月的工作过程中，我逐渐发现了一个从来没有人提到过的现象，这就是：汉语是世界上最短的语言。使用汉语，能达到花费最少最少的劳动，传递最多最多的信息的目的。我们必须感谢我们的祖先，他们给我们留下了汉语言文字这一瑰宝。"季老掌握汉语、英文、德文、梵文、巴利文、俄文、法文、吐火罗文八种语言，他有资格下这个断语。至于为什么是这样，几句话说不清楚，我想，读书得间这种治学方法，可能也提供了直接的助力。

  总而言之，读书得间，是治学途径，也是一种思维方式；需要学术功底，也须具备一种智慧眼光；清华大学原校长罗家伦有言："须知著书固要智慧，读书也要智慧。读书得间，就是智慧的表现。"

断句趣谈

一

古时印制的书籍，见不到标点符号，一文到底，中间不做点断。当然，这只是形式，而在实际诵读过程中，人们还是要根据文句义理做出相应的停顿，或者同时在书上依据停顿加以圈点。这就是后世所说的断句。大概是到了宋代，才有经过断句的书籍刊行。南宋文学家岳珂在《九经三传沿革例》中说："监蜀诸本皆无句读，惟建本始仿馆阁校书式，从旁加圈点。开卷了然，于学者为便，然亦但句读经文而已。惟蜀中字本与兴国本并点注文，益为周尽。"不过，这种添加句读的书籍毕竟极少，尔后，历经金元明清，数百年间基本上没有大的变化。据有关资料记载，我国传世古籍约有八万多种，直至今天经过整理、点校的也不过几千种。

成书于南宋年间的童蒙读物《三字经》，有"凡训蒙，须讲究。详训诂，明句读（"读"，读音为逗，义同）"之句，可见，从前的读书进学是把断句与训诂联结在一起的。其实，古代典籍《礼记·学记》中早就说了，"一年视离经辨志"。"离经"，就是离析经理，使章句断开，这里是说小孩读书一年之后要考查其断句经典的能力。看来，古代学童入学伊始，首先关注的便是关于句读的研习。古人把这一基本功看作是为学之基础、"讲经之先务"，一项必不可少的基本训练。如果"句读"不明，就无法理解文义；常常是一处断错了，意思就走了样，甚至完全相反。

这方面的实例很多。比如，《聊斋志异》中有这样一段话："狼不敢前，眈眈相向。少时，一狼径去，其一犬坐于前。久之，目似瞑，意暇甚。"关键处在于"其一犬坐于前"如何断句。按其本意，这个"犬"字是名词做状语用，形容狼坐的样子（像狗那样坐在前面），写得十分形象、传神。但是，假如不兼顾上下文，把它断为"其一犬，坐于前"，那就变成一条狗坐在前面，整个意思就全错了。

再比如，《韩非子·外储说》记载，鲁哀公问孔子："我听说夔有一只脚，可信吗？"孔子说："夔，是一个人，怎么会一只脚？他没有什么特殊的地方，只是精通音乐。帝尧说：'有夔一个人就足够了。'便指派他当了乐正。因此，有学识的人就说了：'夔一，足。'意思是，有他一个人，就足够了；不是一只脚啊。"之所以发生误解，就在于把原文的"夔一足"连读了，"足"前少个逗号，就成了夔有一只脚。

作为一种功力，断句需要古汉语字、词、句方面的修养，甚至需要古代历史文化全方位的知识。因此，它不仅仅是对于学童，也是对于教书先生以及所有攻书习文者提出的首要的、基本的要求。唐代有人说："学识如何观点书。"意为从能否给古书准确地标点、断句，可以验知其知识水准与治学能力。鲁迅先生在《点句的难》一文中也曾说过："标点古文真是一种试金石，只消几点几圈，就把真颜色显出来了。"

断句的基本准则，可用八个字概括："语绝为句，语顿为读。"语气结束了，算作"句"，用圈（句号）来标记；语气没有结束，但需要停顿一下，叫作"读"，用点（相当于逗号）来标记。断句的基础在于对通篇文章有全面的领会，因此，断句之前必须先通读几遍，力求对全文内容有个准确的把握；而后，本着"先易后难"的原则，将能够断开的先断开，逐步缩小范围；然后，集中精力解析易生歧义、难以断开的句子；当句子全部点断之后，还须再行通读，仔细揣摩，务求字句能够讲通，解析合情入理，并且符合古代语法和音韵。

二

走笔至此，油然忆起当年就读私塾时"习其句读"的往事。

业师刘璧亭先生为了加深学生对断句的认识，当讲到《大学》的"知止而后有定，定而后能静，静而后能安，安而后能虑，虑而后能得"的时候，说了一个两位教书先生"找得"的趣闻。

一位先生把这段书读成"知止而后有定定，而后能静静，而后能安安，而后能虑虑，而后能得"，发觉少了一个"得"字。一天，他去拜访另一位塾师，发现书桌上放着一张纸块，上面写个"得"字，忙问："此字何来？"那位塾师说，从《大学》书上剪下来的。原来，他把这段书读成了"知止而后有，定定而后能，静静而后能，安安而后能，虑虑而后能"，末了多了一个"得"字，就把它剪了下来，放在桌上。来访的塾师听了十分高兴，说，原来我遍寻不得的那个"得"字，竟然在这里。说着，就把字块带走，回去后，贴在《大学》的那段书上。两人各有所获，皆大欢喜。

讲到《孟子·尽心》章，刘老先生还讲了这样一件事：晋国有个叫冯妇的人，善于和老虎搏斗，后来变成善人，不再打虎了。有一次他到野外，正赶上许多人在追逐老虎。老虎背靠着山险，没有人敢于追近它。他们望见冯妇了，便快步上前迎接。冯妇于是捋起袖子，伸出胳膊，走下车来。大家都高兴地赞美他；可是，作为士的那些人却加以讥笑。这段话的原文，人们通常是这样读的："晋人有冯妇者，善搏虎，卒为善士。则之野，有众逐虎。虎负嵎，莫之敢撄。望见冯妇，趋而迎之。冯妇攘臂下车，众皆悦之；其为士者笑之。"但是，也有学者认为，这么断句不对，应该断为："……卒为善，士则之（以之为准则，效法他）。野有众逐虎……其为士者笑之"。这"笑"他的"士"，就是先前"则"他的"士"，要不然，"其为士者笑之"就太鹘突了。看来，这后一种断法是颇有道理的。

这样的事例，反映在一些笔记类著作中，还有很多。如《孟子·告子》章有一段名言："故天将降大任于是人也，必先苦其心志，劳其筋骨，饿其体肤，空乏其身，行拂乱其所为（每一行为总是不能如意），所以动心忍性，曾（同增）益其所不能。"从有据可查的文献看，这段话大约自东汉以来，就这么断句，迄无争议；但近年来，一些学者提出商榷意见，认为"空乏其身行拂乱其所为"这十个字的正确断句，应该是"空乏其身行，拂乱其所为"，其意为：使他们出行缺乏资粮，使他们所做的事情受阻不顺。同样也能说得通。

再如，关于《论语·泰伯》篇中孔子这句话"民可使由之不可使知之"，古今通行的注本，都是这样断句："民可使由之，不可使知之。"意思是说，老百姓可以让他们听从指使，不可以让他们知道为什么要这么做。据此，今人批评孔老夫子，说他推行愚民政策。但是，已故学者阎简弼教授认为，正确的断句应该是："民可使由之？不可！使知之。"意思是，能让老百姓随便地去做吗？不能！要先让他们懂得道理。强调为政者教民化育的重要。还有学者认为，孔子原本是亲民的，因此应该断为："民可使，由之；不可使，知之。"这样，意思就成为：老百姓听从指使，就让他们自己去做；如果老百姓不能按照统治者的意图行动，就要给他们讲清道理。可是，又有学者出来了，说，不对，应该这样去断句："民可，使由之；不可，使知之。"意思又改变了，成为：老百姓的素质好，就让他们自己去做；如果素质不够好，就要训练教育，让他们晓得道理。也还有另外一种断法："民可使。由之不可使，知之。"意思是，老百姓是可以利用的。如果任由他们去做，却做不好，那就讲明道理，教育他们。

三

除了研习经书、古籍，在社会交往、日常生活中也经常会遇到如何断句的问题。

据说，旧时代有一个老学究，夫妻育有一女，嫁给同里一个秀才。后来，结发妻子病故，老学究便又续弦，娶了一个通识文墨的女子，两年后，产下一个幼子。老学究临终，手书一份遗嘱，交代身后遗产的分配办法。按照古书惯例，行文一气呵成，中间没有点断。待他死后，大家把遗嘱启封，原来是这样一段话："七十老翁产一子人曰非是也家业尽付与女婿外人不得干预"。身为秀才的女婿看了，说："这份遗产，应该全部归我。"因为照他的点读法，那遗嘱是这样的："七十老翁产一子，人曰：非是也。家业尽付与女婿，外人不得干预。"但是，老学究的后妻不服，认为遗嘱写的应该是把产业交给她的儿子。两人争讼不决，于是，告到官府去。县官反复琢磨，认为老学究的后妻的意见为是。因为，在县官读来，遗嘱是这样的："七十老翁产一子，人曰'非'；是也，家业尽付与。女婿外人，不得干预。"由于断句有异，两种意向截然不同。秀才心里不以为然，但县官一言既定，他也没有办法。

还有这样一个故事，说是某富翁生性吝啬，聘请教书先生时，特意讲明膳食从俭，比较素淡。教书先生当下应承，富翁提出要立下字据。于是，教书先生便起草了一张未加标点符号的十六字合约："无鸡鸭亦可无鱼肉亦可青菜一碟足矣。"富翁看了，根据自己主观想法，理解为"无鸡鸭亦可，无鱼肉亦可，青菜一碟足矣"，当即签字画押，表示同意。这样，除了主食，便顿顿只上一碟青菜。教书先生提出了抗议，说是违反合约："我们不是讲好的吗？——'无鸡，鸭亦可；无鱼，肉亦可；青菜一碟足矣。'怎么顿顿只有青菜呢？"富翁数了数，十六个字，一个不多，一个不少，只是断句有所不同，觉得无言以辩，只好认可。

相传明代大书画家祝枝山，某年除夕，应邀给一户土财主写一副对联。上联是"明日逢春好不晦气"；下联是"终年倒运少有余财"。

土财主不识字，元旦一早就贴上了。左邻右舍看了发笑。他们念成："明日逢春，好不晦气；终年倒运，少有余财。"财主闻言大怒，当即去找祝枝山算账。祝枝山听了，哈哈大笑，说："他们念错了，我写的是：'明日逢春好，不晦气；终年倒运少，有余财。'"土财主想了想，说："还是你说得对。听你的！"

至于广泛流传民间的"下雨天留客天留我不留"，就更是由于断句不同，产生了多种歧义。一是："下雨，天留客；天留，我不留。"二是："下雨天，留客？天留，我不留。"三是："下雨天，留客天，留我不留？"四是："下雨天，留客天，留？我不留！"五是："下雨天，留客天，留我不？留。"

前面曾说，五言、七言诗不发生断句问题，其实，也不尽然，有些文人还是就此做出了许多文章。比如，我手头就有一本书上讲，慈禧太后让一位书法家挥毫题扇。那位书法家遵旨，写了唐代诗人王之涣的《凉州词》，慌乱中将"黄河远上白云间"的"间"字漏掉了。慈禧看后，勃然大怒，声言："戏耍圣躬，理当治罪。"书法家急中生智，赶忙殿前启奏，说他题写的原是一首小令，接着朗声读道："黄河远上，白云一片。孤城万仞山，羌笛何须怨。杨柳春风，不度玉门关。""老佛爷"听了，明知他是诡辩，但也觉得能够自圆其说，只好作罢。

现代以来，关于古书断句问题，许多书籍与文章均有论列，就中以著名语言文字学家杨树达先生所著《古书句读释例》一书，最为详尽，颇具权威性。杨先生凭借其深厚的古文字功底，旁征博引，畅怀适意地游思运笔，针对《诗经》《礼记》《尚书》等古代经典断句中存在的各种问题，从误读的类型、所造成的危害、致误原因等几个方面，举例、归纳、评述、分析，立论精确，说理充分，条分缕析，深入浅出，是一部学理性、系统性、可读性兼备的优秀读本。

童　心

一

写下这个标题,我首先想到著名漫画家丰子恺的一段话:"由于热爱和亲近,我发现了一个和成人世界完全不同的儿童世界。在这里可以随心所欲地提出一切愿望和要求:房子的屋顶可以要求拆去,以便看飞机;眠床里可以要求生花草,飞蝴蝶,以便游玩;凳子的脚可以给穿鞋子;房间里可以筑铁路和火车站;亲兄妹可以做新官人和新娘子;天上的月亮可以要它下来……天地间最健全的心眼,只是孩子们的所有物,世间事物的真相,只有孩子们能最明确、最完全地见到。"儿童"比艺术家的心真切而自然得多!他们往往能注意大人们所不能注意的事,发现大人们所不能发现的点。所以儿童的本质是艺术的"。

看得出来,儿童的想象力是和这种天真烂漫、无拘无束的童心相依相伴、紧密联结的。儿童时期是想象力最丰富的阶段。儿童心理学指出,三四岁的幼儿富于幻想,他们认为,花草树木都会说话,桌椅板凳都能迈步行走,虫儿鸟儿都能唱歌,凶猛的老虎可以同小绵羊交朋友,狡猾的老狐狸与善良的小白兔是最好的邻居。五六岁的孩子,富于想象与同情,喜欢接近和饲养小动物,总想与其交流想法,结成朋友,他们习惯于把小动物人格化。这是童心,也是天性。

儿童的想象力具有直观化的特点,没有经过理性分析、逻辑归纳的过滤。比如,我们画一个圆圈,问小学一年级的孩子:它像啥?答案一大串儿:像皮球,像鸡蛋,像太阳,像月亮,像苹果,像脑袋,像馒头,像乒乓球,像妈妈的玉镯,像哥哥的滚圈,像唱歌时的嘴巴,像老师发脾气时的眼睛。都是从形状上考虑的,没有概念性东西的介入。其实,所谓儿童的想象力最丰富,并非说他们的思维比成人开阔,范围比成人广泛,关键在于他们观察、判断事物没有固有的框子,率意而言,怎么想就怎么说。可是,随着年龄的增长,知识的积累,各种问题都有了正确的答案和固定的标准。这样,在思考与回答问题时,就会多有顾忌,自觉不自觉地受到某种约束。

这里有一个事例。篮球1891年起源于美国,由马萨诸塞州斯普林菲尔德市一所训练学校的体育教师奈史密斯发明。由于当地盛产桃子,这里的儿童又非常喜欢玩将皮球投入桃子筐的游戏。这使他从中得到启发,并博采足球、曲棍球等其他球类项目的特点,创编了篮球游戏。因为桃子筐是有底的,皮球投中以后就留在篮子里,必须登上专设的梯子才能将它从篮筐里取出,比赛不断地停顿。为了减少停顿时间,当时想了多种办法以尽快将球捡出。时间过去了将近两年,这天,一对父子去看篮球赛,孩子看到登梯取球感到奇怪,父亲给他讲了来龙去脉,并说等到以后科技发达了,就能想出办法很快地将球捡出。儿子不假思索地说:"这有何难?把篮筐的底锯掉,球不就掉下来了吗?"从此,变成了无底的篮筐。人们之所以迈不过这个坎儿,就是源于对桃子筐的因袭。而这个孩子脑子里根本没有这个框框,只是从直觉出发,怎么方便怎么来。难怪法国生物学家克洛德·贝尔纳要说:"构成我们学习的最大障碍,是已知的东西,而不是未知的东西。"

除了破除思维定式,还有一个重要环节,是保持浓烈的好奇心。17世纪初,在荷兰的米德尔堡,眼镜匠汉斯·利珀希整天忙碌着为顾客磨镜片。店铺里丢弃的废镜片成了三个儿子的玩具。这天,三个孩子在阳台上玩耍,小弟弟双手各拿一块废镜片,前后比画着看前方的景物,突然发现远处教堂尖顶上的风向标变得又大又近,他欣喜若狂地叫了起来,两个小哥哥争先恐后地夺下弟弟手中的镜片观看房上的瓦片、门窗、飞鸟，确实都很清晰，仿佛是近在眼前。听到孩子们欢叫，利珀希放下手里的活，半信半疑地按照儿子说的那样试验，远处的景物果然被拉到目前，似乎触手可及。这个重大的发现，传到科学家那里，于是有了望远镜的发明。我在这里想说的是，利珀希整天磨制镜片，为什么竟一直熟视无睹，而小孩子却能敏锐地发现，关键在于儿童的好奇心与想象力。

二

说起儿童想象力的发展障碍，我们多是归咎于不恰当的教育方式和缺乏想象力的父母与教师——在成年人的一个又一个"标准"答案下，孩子的想象力就不知不觉地被一根无形的铁链拴住了。可以说，我们不缺乏富有想象力的苗子，而缺少培植苗子想象力的空灵观念与现实土壤。

这么说，并非没有道理，其弊在于缺乏分析，简单从事，流于空泛的指责，而无助于实际问题的解决。其实，这个问题比较复杂，应该分开层次、寻根溯源、由表及里进行剖断。儿童心理学指出，孩子们的想象力，有个自然发展过程。其想象特点，是以记忆表象为基本素材，对已有表象进行加工、改造、重新组合为新的形象。而这种重新组合、加工再造，往往是夸张的，他们常常混淆假想与真实两种形象，还会把自己想象的、想望的事情当作真实的事情，因而难免呈现假象。这就有个从想象的无意性向有意性发展，从单纯的再造性向创造性发展，从极大的夸张性向合乎现实的逻辑性发展的过程。想象的内容是否丰富和新颖，想象发展的水平如何，取决于原有记忆表象是否丰富，而原有表象的丰富与否又取决于感性知识和生活经验的多少。在这个过程中，急需采取多种手段丰富儿童表象和语言，启发他们在各种活动中进行想象，开展有目的、有计划的训练，以提高其想象能力。问题往往出在这里，或为缺乏指导，或为指导失当。

培养孩子们的想象力，家庭、学校和社会都负有相应的责任。由于受传统教育思想观念的影响，一直以来，我们重知识轻想象，重传统轻创新，重共性轻个性。重聚合思维轻辐射思维，在这样的思维方式背景下成长起来的学生，人云亦云、随大流的居多。他们即便头脑里塞满了知识，也不过是过往的记忆，即便装满了思想，也大多是别人的思想，唯独缺少自己的创见，缺少自己的想象力。

想象力需要的是一种独特的新奇的思维方式，概言之，就是反常规，不确定，探索种种新的可能性。一般情况下，对于反常规、不确定的事物，人们常会产生疑虑，甚至感到恐惧不安；而习惯于拘守划一的、单一的成规，标准答案只有一个，行为模式只有一个，有如窑场里制造的砖头，是一个模子造出来的，而不善于从多视角、多侧面思考问题。

网络中载有这样一个实例：一位教育专家旁听一堂地理课。老师把中国地图拿出来问学生：你们看，中国地图像什么？多数同学说是像公鸡，有的却说像山羊，专家感到很新鲜，一琢磨还真有点像，便有意地看了看那个说像山羊的同学。这时，地理老师有点紧张了，便再次问说是像山羊的同学："你再看看像什么？"回答依然说像山羊。想必那位老师认为，在他的公开课上竟然出现这种荒谬的答案是丢他的脸，便恶狠狠地再问："你再仔细看看，真的像山羊吗？"他把"再"字说得很响。那个同学胆怯地回答："像公鸡。"于是，老师提高嗓门再问全班一次："中国地图像什么？"全部齐声回答："像公鸡。"老师满意地笑了。

就想象力与创新性的培植来说，可能这就是一个转捩点。面对这种情况，从教师的角度看，有两种选择：一是像这位老师那样，悍然予以否定；还有一种做法，不是拘守固定的结论，而是着意于培养学生的观察力与想象力，就此做些有益的启迪与引导。不难推断，这个孩子以至全班同学，从这场答问中很容易得出一个错误结论：不能异想天开、标新立异，不能凭自己的感觉随便发表看法，凡事要随大流。

青少年正处于成长期，性格、追求、取向以至整个人生观，都尚未成型，鉴于教师的权威性和青少年的可塑性，师长如果引导，如何带路，事关重大。

三

这一点，也适用于家长。一位作家谈到，儿子上一年级时，在一次单元考试中写上"金色的花朵"，老师给打个"叉"，儿子问我："为什么不能有金色的花朵，难道花朵就是红的、白的、紫的?"我跟儿子说："肯定有金色的花朵。考试时老师按照规定的标准判卷，所以给打了叉。"对于想象力、创造力的发展，发挥主观能动性，充分获得想象与联想的自由，是最重要的因素。如果总是告诉孩子，天是圆的，地是方的，天一定是蓝的不是红的，等等，这就不是好的引导，不利于孩子想象力的发挥。

说到自由联想与想象，我记起了德国大作家歌德的一则逸闻：小时候，歌德经常听母亲讲故事，但母亲每当讲到中途遇有转折、悬念的时候就停下来，留下一个让小歌德发挥想象力的余地，让他自己发挥想象，自己设计，继续往下说。这对于激发和引导孩子的想象力，起到了良好的作用。应该说，这一点看似简单，实则不易。一般情况是，莫说有意识的培养，即便是孩子偶尔迸发出灵感的嫩芽，点燃起想象的火花，因为本人和父母缺乏足够的自觉，也会了不为意，致使灵光乍现的嫩芽与火花倏忽熄灭。报载，某少儿艺术中心创办想象力绘画班，在一次习作展上，当家长们看到马被画成五颜六色甚至长上翅膀时，他们纷纷指责绘画班误人子弟。主办方解释这是为了让孩子们充分发挥想象力，可大多数家长还是选择带着孩子离开。

报上还有记载，一个小学生造句"雪化了，变成了春天"，竟然被语文老师判定为病句。另一个小学生，睡觉前对着晒过的松软的被子说："我闻到了阳光的味道。"妈妈听了，却说："胡诌些什么？快睡觉吧，明天还要上学呢！"本来，从雪化冰消联想到生机盎然的春意，从晒过的被子联想到普照的阳光，这类诗性的抒发，表现为一种联想功能，即由某人某事而想起其他相关的人、事，由某种形象而引起其他相关形象的联想。经过新的整合、新的升华，往往可以创造出新的形象、新的意象，从而形成可贵的想象能力。论者认为，这种联想功能，对心理学来说，就如同引力对于天文学，细胞对于生理学一样重要。人类众多的创造发明，往往都是联想的结果。最典型的就是阿基米德找到检验金王冠里掺假的方法，就是源于洗澡中由浴缸里溢出的水而产生的灵感。

情爱诗话

一

在爱情神话传说中,牛郎织女"银河会",最为古老,也最为凄婉动人,而且获得了历代诗人的深情眷注,千古同怀,共洒其一掬同情之泪。《诗经·大东》篇"跂彼织女,终日七襄。虽则七襄,不成报章"开其源,接着又有《古诗十九首》紧随其后:"迢迢牵牛星,皎皎河汉女。纤纤擢素手,札札弄机杼。终日不成章,泣涕零如雨。河汉清且浅,相去复几许?盈盈一水间,脉脉不得语。"情见乎词,令人酸心泪目。

就这样,后世无数诗人词客,总是驰骋其丰富的想象力,为牛女双星写下感人的诗章。有祝愿他们长相聚、不分离的:"愿天上人间,占得欢娱,年年今夜。"(柳永《二郎神》)"唯愿年年此夜,人月双清。"(高则诚《琵琶记》)也有为他们鸣不平的,欧阳修在词中说:"一别经年今始见,新欢往恨知何限?天上佳期贪眷恋,良宵短,人间不合催银箭!"认为牛女终年长别,只有七夕才能会面,而且良宵苦短,应该让他们尽兴欢娱,而不要银箭(指银饰的标记时刻以计时的漏箭)频催,过早地惊破他们的甜梦。

当一切美好的祝愿在冷酷的现实面前归于破灭,"乍见还别"的处境无法改变的时候,诗人们又从一个新的角度来倾洒深情,歌颂他们的爱情忠贞不渝,万古长新,不像人世间爱海掀澜,翻云覆雨。苏轼这样写道:"相逢虽草草,长共天难老。终不羡人间,人间日似年。"

在这里，诗人提出一个耐人寻味的富有哲理性的课题——怎样看待爱情与幸福？什么样的爱情才算幸福？

最出色的回答，要算"苏门四学士"之一秦观的《鹊桥仙》了："纤云弄巧，飞星传恨，银汉迢迢暗度。金风玉露一相逢，便胜却人间无数。柔情似水，佳期如梦，忍顾鹊桥归路。两情若是久长时，又岂在朝朝暮暮！"词人从七夕仰望星空的角度，次第地写出了所见、所感，歌颂他们爱情的坚贞不渝。"金风玉露"点出相会的季节；"便胜却人间无数"，寄寓了关于爱情与幸福的深刻哲理，体现了少与多、暂与久的辩证关系。

古诗中该有多少反映薄情郎爱情不专，反复多变，色衰爱弛，见异思迁啊！对比之下，牛女双星虽然一别经年，离多会少，但坚贞不渝，万古如斯，永恒不变，确实是令人艳羡不已的。俄国著名诗人普希金与冈察罗娃，法国古典主义作家莫里哀与亚尔玛特，都曾是朝夕相伴、形影不离的爱侣，充满了甜情蜜意，然而曾几何时，由于彼此在志趣追求、道德修养方面存在着根本的差异，导致忌恨、猜疑，同床异梦，造成终生的痛苦，甚至葬送掉宝贵的生命。可见，"朝朝暮暮"厮守不离，并不即等于爱情的幸福。

当然，爱情幸福中应该包含长相聚、不分离的内容。古往今来，人们也一向把这作为爱情追求的良好愿望。《长恨歌》中就做过这样的倾诉："在天愿作比翼鸟，在地愿为连理枝。"不过，这在实际生活中是难以实现的。"多情自古伤离别"，在任何时代都难以避免。而"两情若是久长时，又岂在朝朝暮暮"的千秋隽句，恰好给人世间饱谙离别之苦的夫妻、情侣，带来了无边的慰藉和有力的支持。

二

与时间的久与暂相照应，情爱的虚与实，是古诗词中习常论辩的又一课题。

就此，我想到了巫山神女的故事。它最早见于战国时代宋玉的《高唐赋》与《神女赋》：楚怀王尝游高唐，怠而昼寝，梦与神女相遇，自称"巫山之女"，王因幸之。去而辞曰："妾在巫山之阳，旦为朝云，暮为行雨。朝朝暮暮，阳台之下。"后来，"楚襄王与宋玉游于云梦之浦，使玉赋高唐之事。其夜，王寝，果梦与神女遇。其状甚丽，王异之"。襄王极度欣赏她的美丽姿容，说是"上古既无，世所未见，瑰姿玮态，不可胜赞"，奉侍君王，柔弱温顺，令人心神欢畅。

对于出自古代文人笔下的这个"巫山云雨"的故事，唐代以来，许多诗人都提出过质疑。刘禹锡就曾诘问："巫峰十二郁苍苍，片石亭亭号女郎""何事神仙九天上，人间来就楚襄王？"也有对楚襄王加以讥讽的，李商隐诗云："巫峡迢迢旧楚宫，至今云雨暗丹枫。微生尽恋人间乐，只有襄王忆梦中。"讥讽楚襄王痴情可哂，迷恋梦境里的虚无缥缈的神女。

无独有偶，关于男女恋情，早在楚襄王之前，西方就有所谓"柏拉图式的精神恋爱"之说。这种爱情排斥一切肉体上的欲望，恋人只停留在纯粹的精神世界之中，静静地付出，默默地守候，不奢望走近，也不祈求拥有，只是一条凌空蹈虚的平行线。

与这种超脱尘世的幻想相区别，古今中外绝大多数诗人所秉持的则是现实主义的恋爱观。德国诗人海涅说得最为直白：男人不可能娶米洛斯的维纳斯雕像为妻，女人也不会嫁给伯拉克希特列斯的赫耳墨斯雕像。人应该从幻想回到现实中来，把注意力转向现实世界。晚清学者黄遵宪与之遥相呼应："人人要结后生缘，侬只今生结目前。"当代女诗人舒婷针对流传了几千年的神女峰的虚无缥缈的爱情神话，写下了与传统决裂的诗章："沿着江岸，／金光菊和女贞子的洪流，／正煽动新的背叛：／与其在悬崖上展览千年，／不如在爱人肩头痛哭一晚。"另一位诗人则借此题目，提出了幸福、实在的爱情要靠自己去争取的见解:"情也绵绵,恨也绵绵,/爱化作了一块冰冷的石头,/我们读了百年、千年。/幸福怎能靠默默地坐等?/不如去学精卫吧,/用行动表达你的信念!"诗中都鲜明地体现了对爱的勇敢追求。

我们说,爱情不是来去无踪的神秘天使,也不是随手可拾的寻常草棍,而是发生于两性之间的符合人伦道德的爱慕之情。爱情永远是动人的回忆和美好的期待。它是感情与理性、自发与自觉、直观与愿望、现实与理想、本能冲动与道德文明的对立统一。

三

在情爱的久暂、虚实之外,还有一个示爱方式的隐显问题。

梁启超在《中国韵文里头所表现的情感》一文中,把世人情感归纳为奔进的表情法、回荡的表情法、含蓄的表情法三种形式。受此启发,我把中国古代诗词中所反映的基于两情相悦的不同的求爱、示爱方式,区分为直白与含蓄两种类型。

这两种类型中又存在多种情况。

——因时而异。从《诗经》中可以看到,在西周初年至春秋中叶,尽管也受到一些礼教束缚,但其时古风未泯,先民思想比较开放;"中(仲)春之月,令会男女,于是时也,奔者不禁"(《周礼》)。舞会上男女自由交往,大胆示爱。未婚女子咏唱着:"摽有梅,其实七兮!求我庶士,迨其吉兮。"(梅子落地纷纷,树上还有七成。追求我吧,小伙子!趁着这吉日良辰。)直到汉代初年,文学家司马相如还满怀激情,直白地向卓文君求婚:"凤兮凤兮归故乡,遨游四海求其皇(凰)。时未通遇无所将(时运不济),何悟今夕升斯堂。有艳淑女在此方,室迩人遐(地近人远)毒我肠(心肠痛苦)。何缘交颈为鸳鸯?"一曲方终,遂偿所愿。可是,随着社会转型,文化更替,时移世易,到了后来就再也难以见到这种赤裸裸的表白了。唐皇甫松《采莲子》:"无端隔水抛莲子，遥被人知半日羞。"清蒲松龄《采莲曲》："两船相望隔菱茭，一笑低头眼暗抛。他日人知与郎遇，片言谁信不曾交？"既爱又怕，心怀忐忑，顾虑重重。

——因人而异。民间男女与读书士子的声口，呈现出截然不同的情态。朱熹有言："凡《诗》之所谓'风'者，多出于里巷歌谣之作，所谓男女相与咏歌，各言其情者也。"（《诗集传序》）民间男女青年可以"相与咏歌，各言其情"，像《诗经·东门之墠》中的"岂不尔思，子不我即"（我怎能不想你，可是你就是不来亲近我）；更典型的，还有《汉乐府》《敦煌曲子词》中的"我欲与君相知，长命无绝衰""枕前发尽千般愿，要休且待青山烂"。纵情爱恋，出言无忌，痛快淋漓。这些都是民歌。那么，到了读书士子、大家闺秀笔下，却是低回辗转，百曲千折，情怀惴惴。清代诗人朱彝尊写他与所爱之人近在咫尺，似隔天涯："思往事，渡江干，青娥低映越山看。共眠一舸听秋雨，小簟轻衾各自寒。"再看《随园诗话》中所载女诗人姚栖霞《临终》诗句："意中多少难言事，尽在低声唤母时。"旧时代青年女子，临终告母，所谓"难言事"，多为情爱方面的隐衷。诗句读来字字滴血，深心如捣。这种婉曲抒怀，同前面的大胆鼓呼，形成了鲜明的对比。

——因地而异。同属民间，却因地域风习、礼教约束的差异，边疆与诸夏又有所不同。唐崔颢《长干曲》："君家何处住？妾住在横塘。停船暂借问，或恐是同乡。"反映了家住长干里附近的船家少女对一位陌生青年男子初萌爱意的复杂心理：原本情有所钟，却觉得张口就问人家住处并直率地说出自家所在未免有些唐突；为了掩饰这种怦然躁动的怀春之心，遂喁喁改口，说"或恐是同乡"。这么一剖白，结果欲盖弥彰，具见其婉曲蕴藏的复杂情态。如果换上一个边疆地区的男女，就会"心直口直，有一句说一句，他们的情感是'没遮拦'的，你说他好也罢，说他坏也罢，总是把真面孔搬出来"。（梁启超语，见前）

——因个性而异。同是文人词客，由于性格、情趣、教养等方面的差异，示爱方式也会迥然不同。两宋之交的婉约派女词人李清照，多愁善感，结缡未久，丈夫负笈远游，因书《一剪梅》词以寄其相思之情："花自飘零水自流。一种相思，两处闲愁。此情无计可消除，才下眉头，又上心头。"脉脉情深，幽婉有致。可是，到了同为女词人而稍晚的朱淑真笔下，却显现出另一番气概："恼烟撩露，留我须臾住。携手藕花湖上路，一霎黄梅细雨。娇痴不怕人猜，和衣睡倒人怀。最是分携时候，归来懒傍妆台。"（《清平乐》）以烈火、骄阳一般的文字书写纵情爱恋的情怀，率真狂放，到了肆情无忌的地步。

作为诗歌的母题之一，歌咏爱情在中国古代诗苑中有三方重镇：《诗经》中的《国风》，《汉乐府》《敦煌曲子词》等历代民歌，再就是宋词。在表达爱恋之情中，比起诗来，词则负有特殊的使命。"宋人在恋爱生活里的悲欢离合不反映在他们的诗里，而常常出现在他们的词里。"（钱锺书语）它将爱情作为自己的基本题材，唱出了惯于以诗言志的诗人们隐蔽的心声。

至于情爱的表现方式，大胆直白与含蓄蕴藏，究以何者为胜，正如豪放词与婉约词一样，金戈铁马抑或秋月春花，原属于不同的美学风貌、艺术追求，双峰并峙，各极其致，无须也难以强为轩轾。要之，只要能反映高尚的心灵、善良的德行，体现真情实感、健康倾向，我们都应予以肯定。

中秋友忆

一

岁岁中秋,今又中秋。想到今年的中秋节恰好同国庆节赶在一起,我蓦然忆起了十九年前的一桩往事。

那些年,我常给重庆《红岩》投稿,结识了杂志编辑室主任、青年散文作家越儿。2001年9月底,接到她的邮件,内称:散文大作收到了,谢谢支持。今年的中秋即将与国庆结伴而来,提前致贺。像这样双节同逢,多少年才能赶上一次,下一次是在2020年,相约到时候还要互通音问,共祝平安。

当即复函,我说:"这一期待,颇具创意,也很有感召力,令人鼓舞奋发与长期向往。只是到那时,我已经步入耄耋之年,不知还能不能顺利地收发邮件了。人生多故,世路无常,在这将近七千天的漫长岁月里,究竟怎么样,实在难说。但愿我们每一次联系,传递的都是平安顺遂的信息。"

光阴易逝,荏苒间,这一天终于如期而至。追忆当年的通信,南天瞩望,心绪澜翻。于今,塞北的老翁依然健在,可是,巴渝的"小字辈"文友越儿,却已在2008年不幸故去。噩耗传来,深加痛惜。想到韩昌黎《祭十二郎文》中的那番话:"少者、强者而夭殁,长者、衰者而存全""所谓理者不可推,而寿者不可知矣",怎不令人"抱无涯之戚耶"!

记得在《散文百家》杂志上,曾读到越儿的一篇散文《"过客"与

"归人"》,当时印象很深,里面是这样写的:

> 已经等不及最后一面,浩就走了。
>
> ………
>
> 这种时候总该有一场雨的,灵棚外的小路果然有些湿润。看望了她的家人,我和同学宏便在木桌上各自展开那些剪裁好的纸样,摆弄出一朵接一朵纸做的白花。那些惨淡的纸花,亦如浩……
>
> ………
>
> "生者为过客,死者为归人"。按李白这种说法,浩做了"归人",她这是"回去"了,回到她来时的地方。那里至少没有忧虑懊悔悲愁苦痛。这样一想,"回去"没什么不妥,早晚大家都是要回去的。
>
> 而当我们同为"过客"时,那时,我们怎么没想到,这人世的路我们是难得一同走一遭的,便要互相顾惜着,一起走过。先前我们是一道走了一程,因为各自谋了不同的事后来便分开了,这一分开就是失散多年。好容易打探来的消息竟是她的不幸:肝癌晚期。在这个崇尚叫喊的时代,病房里的她却始终咬紧牙关忍着,连生病的事都不曾告诉同学。而我们这些好端端的人,却在为路上的一些磕磕碰碰喋喋不休。甚至因为她对于自己的状态一向的缄默,我们就权当她是好好的,便还是各自上自己的路,就不曾想想她还在路上,她的悲苦。这样的冷漠,是有的,我们敢不承认?
>
> ………
>
> 我们是不能再做这样的"过客"的了。我们起初来时的善良宽厚仁爱都到哪里去了呢?我们既已带出的东西就要用一生来保管好,将来也是要带"回去"的,不然人家问起来:

别人都有的，怎么就你的弄丢了呢？"回去"也得有个好交代才行。……释迦牟尼曾说"只有爱可以止恨"，此生苦短，这一路彼此还要善待才是。

言为心声，话语中显现她的善良、纯真与多思。小小年纪，竟然看得如此透彻，只是有些过于感伤。现在看，这篇抒情小品宛如一番谶语，或者说是一份诀别词！

二

长空一碧如洗，银盘似的月亮游向中天。窗外，嫩绿、绵软的草坪上映满月华的清辉，像是洒上了一层晶莹的露珠；秋虫欢快地奏鸣着万古如斯的小夜曲；晚风掠过，几树白杨轻摇着叶片，发出了飒飒的声响。——这是记忆中的沈水之阳1999年中秋之夜。

国外是怎样情况，我不清楚；反正在我们中华民族的文化传统里，月下怀人，已经成了一个终古长新的话题。古人没有条件通过电波同远在天边的亲友直接对话；折柬投书，凭人传语，又谈何容易！无奈中，只好通过奇妙的想象，设想在同一的桂魄清辉之下，即使远隔天涯，仿佛也能在这特定情境中聚首言欢。于是，南朝的谢庄便在《月赋》中发出"隔千里兮共明月"的清吟；唐人张九龄引吭高歌"海上生明月，天涯共此时"，抒发其望月怀远的情愫；北宋的苏东坡更是深情无限地祝颂"但愿人长久，千里共婵娟"。就着同一事由，不同朝代的文学家，或作赋，或吟诗，或填词，同鸣共振，各臻其妙。

往日，这时节我已经悠然入睡了，此际却未现丝毫倦意，脑子里活跃着文友们的般般形态，依稀如在目前。但我并未拨通电话，而是落座在电脑桌前。自从经文友黎枚指教，成功实现"换笔"以来，四年间，我已经习惯于敲击键盘写作，并练习网上收发、书写邮件。对于一个不懂英文的人来说，其艰难之后所带来的快慰，自非笔墨所可形容。此刻，我正按部就班地遵循相关程序，兴致盎然地操作着：点开Outlook Express图标，伴着"小猫"的一声欢叫，网线接通了。随即点开"邮件撰写"，填好了远在边陲的黎枚的网址，想要通过网络，表达对其耐心教授电脑操作的感激之情，交流一番读书、创作的心得体验。

这时忽然想到，文友会不会恰在此刻也发过来一个"伊妹儿"呢？于是，又轻轻点了"接收"图标，瞬间便展现出一个界面："您有一封邮件，正在接收……"打开收件箱，果然跳出一个鲜活醒目的"伊妹儿"。据说，在互联网上，每一分钟，全世界要有成千上万封电子邮件同时发送与传递。而我们的邮件居然在如此浩瀚的精神牧场上有幸交会对接了，真是"身无彩凤双飞翼，心有灵犀一点通"，着实令人兴奋。

在网络世界中，"距离"已经失去了固有的含义。想想烽火关河、他乡行役的杜陵叟"寄书长不达""家书抵万金"的悲慨，体味一番前人为与远行的亲友互通情愫而绞尽脑汁，最终不免嗒然失望的衷怀，怎能不为生活在现代得以尽情享受科技进步的成果而感到庆幸呢！

友人黎枚，文学博士出身，思致绵邈，文笔超妙。说是节日的问候，实乃一篇逸趣横生的精短散文。信中说："中华民族据说是世界上时间感最为敏锐也最为深刻的族群。原本虚无缥缈、空洞枯燥的'时间'，在历代文人笔下，幻化成'春花秋月''石火驹光'之类鲜活灵动的意象，渲染得诗一般精美、画一样绚烂。"——结想神奇，笔难尽述。

"那么，不述也罢，反正我们已经习惯在网络上交流、虚拟空间会面了。我猜想，此刻，您定是同我一样，坐在酒吧间（Windows98），在善解人意的'爱伊'（Internet Explorer）的引领下，畅游这个名为internet的虚拟的现实世界，领略那数字化生存的无限风光。……"

仿佛友人就坐在对面，娓娓地絮谈着，说来动情，读着亲切。

第二天，我就把这些所见、所思、所感写成一篇散文，名为《一"网"情深》。

三

2000年的中秋节,我是在宁夏银川度过的。

连日来,围绕着西夏史迹的探究,我考察了王陵、古塔、城垣、岩画,游览了贺兰山与河套、古渠,看了一些展览,翻检了有关文献。

离开前正赶上中秋节,自治区政府马主席以老朋友身份,邀我在机关食堂宴叙。十年前我们分别于所在省、区担任宣传部部长,久别重逢,自是分外亲热。他说:"你老兄对历史文化有研究,我这里有一幅字画奉送给你。这是西夏学的著名专家李范文先生的作品。"打开装帧精美的卷轴,赫然现出四个西夏文的擘窠大字,撇捺横折兼备,笔画与汉字相似,字义却全然不晓,多亏缀有汉字释文,原是"高山景行"四字。谢过之后,我告诉马主席,同李教授已经深谈过两次了,亲聆雅教,受惠良多。

说着,宾主就入席了。由于是过节,主人破例置备了两种与西夏有关的地产酒——"昊都液""西夏酒"。我们吃着唠着,沉浸在一种家庭式的融洽氛围里。话题主要是围绕着祖国西部的开发,宁夏的社会发展与人才培养问题。因为政府秘书长也在座,马主席顺便问起:"李范文先生的住房条件改善了没有?前两年我去过他家。做研究工作需要有个安静的环境、舒适的条件。"秘书长说,李先生还是住在那套旧房里,一百平方米左右,条件一般。

省区市这一级的主要负责人,每天要处理的重大事项不知有多少;还能熟悉这类从事古文字研究、与现实不怎么搭界的专家学者,实属难能可贵。我这么想,也就顺口说出。马主席笑着解释:"李先生毕竟不是一般人物。"

"是这样。"我补充了一句,"为了研究西夏学,李先生可说是艰苦备尝,鞠躬尽瘁。"

20世纪50年代末，李范文以民族语文专业研究生毕业于中央民族学院。当时，他已分配到中科院哲学社会科学部民族研究所，这在一般人看来，是求之不得的理想岗位。但他出于对西夏学的挚爱，竟然多次提出申请，要求前往宁夏，就地从事西夏学研究工作。对于他的选择，不要说同事、亲属不理解，即便是院领导也觉得有些突然。出于关心，同事们劝说他：从做学问角度看，北京有明显优势，完全没有必要跑到边塞去。李范文却说："西夏国是在宁夏建立的，只有到那里才能得到更多的第一手资料。无疑这是最佳的选择。"

当然，这一选择的代价是沉重的。他的妻子坚决不肯同行，最后只好忍痛办理了离婚手续。只身到达银川之后，他发现这里既没有从事西夏学研究的专门机构，又没有必要的资料馆藏，而他所魂牵梦绕的西夏王陵，不过是一些荒凉破败的土冢；唯一与他所学专业沾点边的，是当地师范学院历史系，只好在这里当一名教师。

不久，西夏王陵的发掘正式开始了，李范文也随之调转过来。他在贺兰山麓的王陵发掘现场，度过了七载艰辛岁月。一次，再婚后生下的孩子到山上来看他，睡至半夜，狂风大作，飞沙走石，孩子吓得紧紧地搂住他的脖子，再不敢入睡，第二天一早就闹着回家。对于他个人来说，早春风魔，盛夏暴雨，隆冬酷寒，还都容易熬过，难以排遣的是孤独落寞，山下的家成了一个模糊的概念，每当怅对星空，都觉得意绪不宁。

靠着理想与事业的支撑，年年月月，他像着了魔似的忘我地工作着。长期的营养不良，超负荷工作，使他的健康严重受损，造成重度贫血，将近一米八高的身躯，体重只有五十公斤。妻子把家里养的十四只下蛋母鸡全部宰了送给他吃，终于从疾病、死亡线上把他拉了回来。当然，苦闷中也现甘甜，劳累后总有欢愉，伴随着残碑断碣上一方方西夏文字的展现，他的眼睛总是唰地一亮，心花为之怒放。

五十载辛勤研索，最后换来了花繁果硕。他通过对三千二百七十块残碑逐一进行考释，制作了三万多张卡片，积累了大量原始资料，在撰写出《西夏陵墓出土残碑粹编》等一批学术专著的基础上，编纂出一部一百五十万字的《夏汉字典》，从字形、字音、字义和语法等方面，对六千个西夏文字进行全方位的诠释，并用汉、英两种文字释义，集古今中外研究西夏文字之大成，在世界范围内引起了轰动。此前，国际上尚未正式出版过一部西夏文字典。他还著有系统研究西夏语音、语法、词汇的《西夏语比较研究》《同音研究》，并牵头编写多卷本的《西夏通史》。

由于他在西夏学研究方面的杰出贡献，20世纪80年代中期，先后荣获自治区和国家级"有突出贡献的专家"称号。作为国内外知名的西夏学专家，他曾先后出访匈牙利、俄罗斯、奥地利、日本等国，进行广泛的讲学与学术交流，在中外学术界产生很大影响。

"劳苦功高，历史与人民是永远不会忘记的。"马主席深情地做了结语。

这时，他才注意到，宾主只顾说话了，酒、菜冷落在一旁，便热情地端起酒杯来和我对碰："来，老朋友！见一次面不容易，咱们把它干了！"一杯烈酒进肚，顿觉热气喷发，我拣了几样菜大口地吃着。他却眼睛紧盯着秘书长，郑重地说："抓紧给李先生调房子，不能再拖了。"秘书长笑着点头："好！明天就办。"

四

"故人入我梦，明我长相忆"（杜甫诗句）。著名作家苏叔阳先生于去年7月病故之后，我曾两次梦见他。他是河北保定人氏，我的祖籍在冀南大名。有一次，梦中他热情邀我同游燕赵故地，还吟哦唐人"燕赵悲歌士，相逢剧孟家"的诗句。我们相处的时间并不是很多，可是，恰如古人所言"倾盖如故"，何则？相知甚深也。职是之故，尽管他辞世时已年逾八十，而且取得了多方面成就，但我仍然有"千古文章未尽才"之怅憾，为之深情悼惜。

2006年，承蒙辽宁出版集团垂注，叔阳先生和我分别以《中国读本》和《北方的梦》（均为外文版作品），应邀参加了法兰克福国际图书博览会。其间，正好赶上祖国的传统节日中秋佳节，集团老总在驻地举行晚宴招待我们，出席的还有一些其他各省的参展人员和旅德侨胞。

叔阳先生以才华横溢、知识渊博、形神潇洒著称，属于经常"出镜"的知名人士。与会者文人居多，有的见他在场，便向主持人提议，请他朗诵诗文助兴，当即博得热烈响应。苏君抱拳致意，说："一出国门，便成万里。月下思乡，今古同怀。在下愿意就中秋月这一主题，吟咏几首唐宋诗词，聊慰爱国怀乡之情，同时也向东道主与各位贺节。考虑到有的诗词本事（背景）和内在蕴义需要加以解说，有劳充闾兄大驾，相助一臂之力。"

开场后，他略微整理一下行装，华发飘萧，满脸堆笑，精神抖擞地在麦克风前站定。"明月几时有，把酒问青天。……"字正腔圆，嗓音洪亮，听来确是一番艺术享受。吟诵过《水调歌头》词，又以东坡诗《中秋月》继之："暮云收尽溢清寒，银汉无声转玉盘。此生此夜不长好，明月明年何处看。"接下来，高吟了苏辙的中秋咏月五绝："长空开积雨，清夜流明月。看尽上楼人，油然就西没。"

异国中秋同赏月，叔阳偏是爱苏家。吟诵过苏氏昆仲诗词，随之是辛弃疾的《太常引》词："一轮秋影转金波，飞镜又重磨。把酒问姮娥：被白发欺人奈何！乘风好去，长空万里，直下看山河。斫去桂婆娑，人道是清光更多。"最后以韩愈的《八月十五夜赠张功曹》收场："纤云四卷天无河，清风吹空月舒波。沙平水息声影绝，一杯相属（嘱）君当歌。""君歌且休听我歌，我歌今与君殊科。一年明月今宵多，人生由命非由他。有酒不饮奈明何。"

我的解说穿插在每首之后。为了不致隔断气氛，喧宾夺主，尽量简捷切题，只是画龙点睛。关于东坡的《水调歌头》，我说：词的上片咏月，凌空蹈虚；下片怀人，返虚入实。东坡当时出任山东密州知州，月下怀想胞弟苏辙，他们已经七年没见面了，但他能够达观地看待盈亏聚散、悲欢离合，苍凉中凸显出豪放、乐观。针对《中秋月》七绝，我讲，天河无声，银盘暗转，诗人从月色的美好写到人月双圆的愉悦，又从今年此夜推想到明岁中秋，从"此夜不长好"引申到人生聚散无常。意境幽远，一波三折。我说，苏辙写了八首中秋五绝，这是第一首，他用拟人手法写道：月亮看到欣赏它的人一个个上楼了，也就知趣地徐徐游向西边躲藏起来。"看尽上楼人，油然就西没"，宛然如画，充满情趣。

关于辛弃疾词，我着重点明，抒怀写景中，寓有政治寄托，"斫去桂婆娑，人道是清光更多"化用杜诗"斫却月中桂，清光应更多"句意，隐含着对朝中以奸相秦桧为首的主和派黑暗势力的讥刺。韩愈的中秋诗，有楚骚韵味，悲凉苍古，结构独特。开头四句、最后五句为诗人自咏，中间一大部分引述张功曹（张署）的歌词。叔阳先生做了巧妙的剪裁，只吟咏一头一尾九句诗，属于全篇的精华。最后总评："整场吟咏，格调高昂，精彩有序。"

趁着东道主端起酒杯逐桌敬酒，叔阳先生忙里抽闲，抓紧给自己注射了胰岛素——他一直患有糖尿病。我低声说："不要喝了。"他俏皮地含笑作答："那就不是苏叔阳了。'有酒不饮奈明何'！"

临别执手，我们以杜诗"何时一樽酒，重与细论文"相期。两年后，他的《西藏读本》付梓，我以《鸳鸯赏罢觅金针》为题写一评论，刊发于2009年2月28日《文艺报》。"细论文"算是勉为兑现，差堪自慰；而"一樽酒"却因两地睽隔，无由可设，终成虚话。直到2016年第九次全国作家代表大会上，才匆匆见上一面，其时他已久染沉疴，非复昔日的俊采丰姿了，不禁黯然神伤。

"从心所欲，不逾矩"

一

《论语·为政》篇记述了孔子这样一段话："吾十有（音、义皆同又）五而志于学（学习治国经术，致知格物），三十而立（懂得礼仪，学有根底，说话做事都有准则，外力动摇不得），四十而不惑（明确事物之所当然，无所迷惑），五十而知天命（懂得天道所赋的性命之理），六十而耳顺（闻人所言之理，即契于心，随感随悟），七十而从心所欲，不逾矩（随心所欲，收放自如，而不越出规矩）。"

孔子享年七十三岁。说这番话的时候，应该是他结束了长达十四年周游列国的奔波，落叶归根，返回鲁国，其时已过古稀之年。古代人受到物质条件的限制，生活质量不高，医疗水平更谈不到，一个人能够活到七十岁，就已经很难得了。在这里，孔老夫子满怀着对于个体生命的珍重与敬畏之情，就数十载立身做人、进德修业、逐步提高思想境界的过程，进行自我总结，客观上也阐明了人的一生应该如何度过这一富有价值的生命课题。

按照晚明思想家顾宪成的说法："这章书，是夫子一生年谱，亦是千古作圣妙诀""夫子自十五志于学至四十而不惑，是修境；五十知天命，是悟境；六十耳顺至七十从心，是证境"。"修境""悟境""证境"云云，属于佛禅术语，表明夫子晚岁心境澄明，纵横如意，收放有度，坚守底线，生命进入自在自如的化境，道德修养达到了很高的境界。

"从心所欲，不逾矩"，一体两面，相反相成，天然地形成一种张力。而在孔子身上，原本相互对立、相互制约的欲与矩，自由与法度，现实与本然，达到了完美的统一。在我国古代，儒家进学与道德自我修养是同步而统一的。从小开始就知书守礼，形成自觉习惯，最后内化于心，不是别人要我做，而是我自己要做。明代政治家张居正在给万历皇帝讲解《论语》时，对此有过中肯的解析："自少至老，无一念而不在学，无一时而不在学，故其所得与年而俱进。""进而进入七十，则工夫愈熟而行能入妙。凡有所为，随其心之所欲，不待检点，无所持循而自然不越于规矩法度。"

英国现代哲学家罗素说过，一部人类的文明史就是规则与自由的探索。孔夫子以他一生的实践，揭示并验证了人活着如何参透规则与自由对于心灵与生命的养护的奥义。

生活的意义、生命的价值，不是与生俱来、原本就有的，乃是经过人自己的努力而被赋予的。同样，人生的规范、准则也不是固有的，它们来源于人，人制定了规则，既规范人生，也造就人生、滋养人生、护卫人生。

人生总有一些自性的、超乎现实生活之上的东西需要追求，同时，总应坚守一些不能逾越的人生规范、道德准则、行为底线。这样，人的精神才有引领，才能在繁纷万变的环境中保持相对独立的内在品格，在世俗的包围中保有一片心灵的净土。就是说，不管他人怎么看、怎么说，自己总有一种自信自足、我行我素的定力，有其独特的依归；虽然也有个性、有偏好，但在发展、创化过程中，总有长期坚守不变的初心与底线。尽管是随心所欲，也能够淡定从容、毫不勉强地做到处事有原则，行为有规范，从而对自己的一生做出一种无悔无尤的交代。

二

应该说，古今学界在孔子这一人生境界问题上，没有什么争议，但在"七十而从心所欲，不逾矩"的具体解释方面，还是存在一些不同的看法。主要在"从""欲""矩"这几个词如何深入解读、准确把握上。由于这些都属于核心问题，本着精读元典的愿望，我下了一番功夫进行研索。

先说"从"。"从心所欲"的"从"字，一般解为随心。但，"从"古同"纵"，因而自古就有人主张"从心"应是"纵心"。南朝梁皇侃《论语义疏》云："从（纵），犹放也。""故虽复放纵心意，而不逾越于法度也。"《列子·黄帝篇》有"七年之后，从心之所念""九年之后，横心之所念"句，唐人殷敬顺《释文》云："从音纵。"《唐宋八大家全集》中，柳宗元《与杨诲之第二书》曰："孔子七十而纵心，彼其纵之也，度不逾矩，而后纵之。"今人杨伯峻在《论语译注》注释中讲，柳宗元文中"不但'从'字写作'纵'，而且以'心'字绝句，'所欲'属下读。'七十而纵心，所欲不逾矩'，这种读法也通"。

"纵"是放纵，"从"是随顺，"纵心"与"从心"二词含义不尽相同。尽管存在上述的争议，但清代以降直至今日，学界还是认同"从心"即随心一说的。

如果说，关于"从"自古即有争议，那么，对于"矩"的解释，则自始就认定为"法"与"法度"。被奉为"辞书之祖"并列入《十三经》的《尔雅》，对此有明确的释诂。具体落实到"七十而从心所欲，不逾矩"上，东汉马融《论语注》、东晋学者李充《论语注》、梁皇侃《论语义疏》等，均作法、法度解释；而被看作宋儒治《论语》的集大成著作南宋朱熹的《论语集注》，也说"矩，法度之器，所以为方者也。随其心之所欲，而自不过于法度"。可说已成定论。

前时翻检报刊，偶见年轻学者刘鹤丹论文《自觉于规矩——由"从心所欲，不逾矩"看孔子的自由观》，文章指出，"以'不逾法'释'不逾矩'固然无错，但若就此打住，恐怕有失夫子思想真谛"。就其"一生孜孜不倦所达到的最高人生境界"而言，"若仅仅是心之所欲不逾越法度，不符至圣先师之实"。"所以我们应深思：究竟孔子不逾越的'规矩''法度'是什么？可以肯定，孔子心中所不逾之法非法令刑罚。《论语·为政》章载，子曰：'道（导，引导）之以政，齐之以刑，民免而无耻。道之以德，齐之以礼，有耻且格。'孔子是反对以政令（政）刑罚（刑）治理民众的。……而且，孔子一生'仁以为己任'（《论语·泰伯》），认为只有'克己复礼'才会'归仁'。……其意就是战胜自己的私欲，依礼而行而成仁。'克己复礼'的具体做法是'非礼勿视，非礼勿听，非礼勿言，非礼勿动'。……由上可知，孔子'不逾矩'之'矩'实为'礼'。仁、礼一体，也就是说，孔子年至七十，随心所欲而视听言动皆中礼，无终食之间违仁，亦无终食之间违礼。"

对于刘文的这一论断，我没有异议。孔子本人虽然有过司法的直接实践，但他一贯强调"为国以礼"，他把施行仁政，用道德去引导，用礼制去规范，视为理想的治国之策。当然，他并不否定法，而是主张以礼统法，以法复礼。在他的心目中，法度与刑罚不能画等号。《论语·尧曰》篇有"审法度"一词，《朱熹集注》标明："法度，礼乐制度皆是也。"而这也正是自古以来论者认"矩"为"法"与"法度"的种因所在。

三

下面再探索"欲"。

现代心理学指出，欲望推动人不断占有客观的对象，从而同自然环境和社会形成一定的关系。通过欲望或多或少的满足，作为主体的人，把握着客体和环境，并与之取得同一。从这个意义上说，欲望是人改造世界也改造自己的根本动力，从而也是人类进化、社会发展的动力。可是，长期以来，人们每当说起"欲"来总会同贪欲、私欲、利欲、物欲联系起来，简直是谈欲色变。足见程朱理学的"存天理、灭人欲"，影响所及之深广。

这次接触到"随心所欲"一语，我立刻想到，应该联系《论语》一书中关于"欲"的论述，来探究一番孔子的欲望观、欲念观。

在《论语》中，"欲"字凡四十二见。应该说，对于这一人性的重要组成部分，代表人的基本生存需要，体现为人们想要得到某种东西或想要达到某种目的的要求，当年的孔夫子并没有视之如洪水野兽，刻意去回避它。不仅承认它是客观存在："我未见好德如好色者也"（《论语·子罕》）；而且表示："富而可求也，虽执鞭之士，吾亦为之。"（《论语·述而》）

当然，孔子也认识到了欲的两面性，他的一条基本准则，就是"以道得之"。他明确提出："富与贵是人之所欲也，不以其道得之，不处也；贫与贱是人之所恶也，不以其道得之，不去也。"（《论语·里仁》）面对欲望的滋长，应该"克己复礼"（《论语·颜渊》），抑制自己的欲望，使言行皆合于礼；"约之以礼"（《论语·雍也》），用礼节加以约束。在孔子看来，先王之制礼作乐，本初就具有节制人欲，防止出现争夺和暴乱的用意。在人际关系上，应该是"己所不欲勿施于人"（《论语·颜渊》）；如果为政，就要坚守"欲而不贪"（《论语·尧曰》）的红线，他把这视为"五种美德"之一。

关于"欲"，孔子的基本态度就是这样，合乎人情人性，观照社会要求。那么，孔子的主要继承人又是如何取向呢？孟子有言："可欲之谓善""欲贵者，人之同心也"；同时指出："养心莫善于寡欲"（《孟子·尽心》）。荀子也说："欲者，情之应也。以所欲为可得而求之，情之所必不免也"，"欲不可去，性之具也"，接着又说："欲虽不可去，求可节也"（《荀子·正名》）。概言之，先秦儒家总的主张是，人欲乃正常人性必不可少的属性，不能灭除；但应该加以节制，认为"欲不可从（纵）"（《礼记·曲礼》）。

看来，问题主要是出在后世。北宋理学家程颢、程颐率先提出

"去人欲，存天理"的道德修养目标；南宋朱熹继承和发展了二程思想，认为天理是万事万物和人类社会的基本准则，在这个基础上制定出一整套的封建伦理道德规范。宋元明清时期，历代统治者多将程朱理学奉为官方统治思想。客观地看，程朱理学在促进人们的理论思维、教育人们知书识理、维护社会稳定等方面，发挥了积极的作用。但它对于中国封建社会后期的历史和文化发展，确实也产生了巨大的负面影响，反映出它的阶级和时代的局限性。

最后说个小插曲。周末，机关一对年轻伉俪过来闲坐，抱怨活得苦、活得累。叩其原因，其间固然存在现代生活矛盾多、节奏快、压力大等客观因素；但是，所谓"境由心造"，确也不能排除主观的因素。我发现，人的身心时刻都反映出种种欲望的存在，现实中的人，很难摆脱生命本体内在各种欲望的驱动。欲望是一把双刃剑。人而无欲，心如死灰，"五欲已消诸念息，世间无物可拘牵"，势必了无生趣；可是，欲望也该有度，特别是在高度物质化的现实中，随着文明程度的提高，人的内在欲望也在不断地膨胀。"人之所欲无穷，而物之可以足吾欲者有尽""则可乐者常少，而可悲者常多"（宋苏轼语）。看得出来，一个人活得累，小部分原因是营谋生计，大部分来源于计较与攀比，亦即庄子所说的"人为物役""心为形役"。陆游诗中有一句警语"利欲驱人万火牛"，说是在欲望的驱使下，人就像有万条"火牛"在屁股后面顶撞着，疯狂地奔逐，拼命地追赶，那还能活得不累吗？

鉴美之悟

似与不似

清代学者文廷式《临帖》诗云:"不似何必临,太似恐无我。遗貌取其神,此语庶几可。"

说的是,书法临帖要在似与不似之间。如果完全不似,从根本上走样了,那就失去了临帖的作用;但又不能全似、太似,否则就会丢掉自我。只有不求形似,但求神似,"意足不求颜色似",才有望达到成功的境地。

诗中讲的"似与不似",反映了书法研习过程的辩证法。实际上,作为中国艺术的一条美学原则,它对于各种传统艺术形式,可以说是共通的规律性认识,因而为各方面的艺术大家所认可。

清初著名学者顾炎武的《日知录》里,有两句论述学诗如何师法前代诗人的警语:"不似则失其所以为诗,似则失其所以为我。李杜之诗所以独高于唐人者,以其未尝不似而未尝似也。"文廷式诗中"太似恐无我"云云,当源于此。又过了百年左右,中国现代艺术大师齐白石,提出了关于绘画艺术的纲领性论点:"妙在似与不似之间,太似则媚俗,不似则欺世。"显然,这是获启示于顾炎武、文廷式关于诗词、书法的论述,进而提出自己的主张。他说,绘画作品不能不逼真,画出来的什么东西要是很不像,这是对观看者的一种欺骗;但又不能拘泥于物象外在的形象,而忽略了内在的精神。所以,要抓住我们要表现的事物的内在精神与本质,通过作者的想象和艺术加工,或是突出或是夸大，在作品中融入创作者的思考和精神中的文化流露，来借物以传本质上的神，在似与不似之中，给人以想象的空间。这才是真正的艺术境界。

在艺术实践中，白石老人于绘画、书法、诗歌、刻印诸多领域，都标新立异，独领风骚，以其独特的风格，创获了非凡的成就。他通过独特的大写意国画形式，使纯朴的民间艺术风格与传统的文人画风相互融合，达到了中国现代花鸟画的艺术巅峰；他的画作，无论花卉、虫鱼或山水景物，都能给人以清新、简练、生趣盎然之感，并且具有鲜明的民族特色，达到了境界新开、形神兼备的高格。他的成功路径，雄辩地验证了"妙在似与不似之间"这一精确的艺术真谛。

作为白石翁的高足，现代著名小写意花鸟画家王雪涛，成功地实践了他的"画于形似之中求神似"的艺术理念，对于乃师可谓得其真传。他说，在创作上应"师法造化而抒己之情"，雏鸡争食是生物的自然现象，而齐白石笔下的《他日相呼》，则倾注着人类的情感，使人联想起无穷的意境。临摹是重要的，早在六朝时谢赫就把它列为"六法"之一而予以充分重视。但写意画的临摹为不少青年朋友所忽视。他们学画，也并非全然不临，重视的多为画法画技问题，却并未认真研究作品的精神气质。按照前辈名家的意向，临摹主要是要理解画理。

就地域来说，"妙在似与不似之间"的艺术理念，不仅在中国绘画界，在外国、在西方也同样得到了认同。俄国画家苏里科夫学素描时，他的老师契斯佳科夫对他说："要尽可能地接近实物，可是，绝不能一模一样，因为要一模一样，结果反而弄得不像。"

就门类来说，诗、书、画之外，也适用于传统戏曲这一表演艺术。早在明代，知名学者李卓吾在评点《琵琶记》时就曾说："戏则戏矣，何须是假，若真者，反不妨似戏也。"特别是京剧表演艺术，讲究"以一当十、以虚带实、似有还无、似无还有"。戏曲演员的舞台表演，举手投足间的暗示、模拟、夸张，情节、物象的概括、提炼与变形，都体现了"似与不似"的艺术理念。著名作家王蒙有言：艺术上到处是悖论，戏不像戏不行，太像戏也不行，因为人们期待于艺术的不仅是艺术本身，而且是生活，是宇宙的展示，灵魂的自白与拷问。

之所以存在这种普适性，探其缘由，应与各种艺术的根脉是相通的有直接关系。特别是在中国，体现得尤为明显，诗、书、画在意蕴上相连，境界上同构，位置上相应，形态上协调；艺术家无论是题诗、写字、作画，都是启动一颗灵心，运转一只巧腕，凭借一管毛锥，抒情寄意，取象传神，并广泛参与到社会交往与各种文化生活中去。正是在这一带有基础性的前提之下，各种艺术形式形成了相生相发、交融互鉴、递相传承、整体推进的良性互动的发展态势。

各种艺术门类交融共通的特征决定了，一般情况下，都须先从模仿入门，所以不能不似前人、不重范型，否则就全无章法，无所依归，失其所以为诗、为画、为文、为书法；但是，最终还必须脱开范式，有所创新，有所突破，否则，全似古人，"千头一面"，则失其所以为"我"。

文氏诗中"遗貌取其神"，源于九方皋相马"得其精而忘其粗，在其内而忘其外，视其所视而遗其所未见"。他所重视的是千里马的神理、气质，而把毛色、性别等次要因素都抛开了。这种抓本质、看主流，摄取事物神理而遗其皮毛外貌的做法，不独对于相马以至抡才取士，同样也适用于包括书法在内的各类艺术门类。"此语庶几可"，是说它符合客观规律。"庶几"，意为"差不多"和"也许"。

"似与不似"，还涉及艺术真实的问题。与生活真实不同，艺术真实是内蕴的真实，它是对社会生活内在底蕴的认识和感悟。艺术真实对客体世界的反映，具有主观性和诗性特征，其中少不了作家艺术家对于生活真实的选择、提炼、概括与重塑。当代学者孙绍振说："艺术真实，不是一种形而上学的真，它不是绝对的不掺一点'假'，相反，只有在假定形式中，它的真实性才能更充分地发挥。如果假是它的皮肤，那么，真就是它的肉体和灵魂。"

画里画外

我于绘画一事未曾深入探求，但爱好国画的兴致一直不减，竟至老而弥笃。那年在沈阳鲁迅美术学院欣赏齐白石的代表性作品，其独特的艺术语言和视觉形象，至今我还留有深刻的印象。白石老人画风雄浑泼辣，热烈明快，简括大气；诗书、篆刻也出色当行；而其画面题词尤见功力，我把它誉之为"画外功夫"。

白石老人家道贫寒，幼年读过私塾，后来师从胡沁园、陈少蕃研习诗文书画，拜硕儒王闿运为师，并先后与王仲言、黎松庵、杨度等结为师友；更遍访名山大川，广交当世名人，把读有字之书与读无字之书结合起来，走上了一条成功之路。

关于白石翁的画面题词，窃以为有三个特点：题词与画，紧相配合，交辉互映，相得益彰。作为一种独特的艺术形式，题词在中国画中发挥着无可取代的作用。清人方薰有言："高情逸思，画之不足，题以发之。"这在白石画中得到了充分印证。此其一。其二，那些意味深长、情怀隽永的词语，映现出画家的意旨、情趣所在，展示出高远的精神寄托，褐橥画家的人格、追求，可说是把一己的身影、风姿以至灵魂都镌刻在画面上。其三，题画中善于使事用典。前人用典，特别是明末清初以前，一般都是在古诗词中，所谓"据事以类义，援古以证今"（《文心雕龙》），有助于简括而含蓄地表达作者的思想意向，起到增强文化底蕴、提高感染力与说服力的作用。而白石老人却能娴熟地运用到画面上，颇具艺术特色。

且看下面两幅画的题词——

白石老人有一幅《盗瓮图》，画了一个老者，倚瓮而眠，留发髻，蓄长须，面色微红，颇有官者遗风。空酒提横倒在地上，看来他因醉酒而昏睡。留白处题词四句："宰相归田，囊底无钱，宁肯为盗，不肯伤廉。"

这里用了《晋书》中毕卓盗饮的典故："太兴末，（毕卓）为吏部郎，常饮酒废职。比舍郎酿熟，卓因醉，夜至其瓮间盗饮之，为掌酒者所缚。明旦视之，乃毕吏部也。遽释其缚，卓遂引主人宴于瓮侧，致醉而去。"白石老人熟知这个典故，加以借用；但从绘画的立意出发，进行了想象和改造，意在说明：作盗偷酒，害仅一家一户；贪赃枉法，则祸及百姓万民。

再如，白石翁在名画《他日相呼》上，画了两只小鸡在争抢一条蚯蚓，神态宛然，质感逼真。发人深思的是，画面上明明是此刻相争，题词却是"他日相呼"，意为遇到食物相互呼唤，不吃独食，更不会相互争夺。意蕴是很鲜明的，有寄托，有呼唤，有期待，有瞩望，其间也暗示着在社会人生中教育、历练的作用：美德并非源于天生，乃是后天获得的结果，小鸡也像人一样，长大了就会得食相呼，相互关爱。

汉代韩婴《韩诗外传》中说，鸡乃德禽，具有文、武、勇、仁、信五种美德："君独不见夫鸡乎！首戴冠者，文也；足搏距者，武也；敌在前敢斗者，勇也；得食相告，仁也；守夜不失时，信也。鸡有此五德。""五德"之四"得食相告"，就是白石翁"他日相呼"的出处。另外，宋代诗人梅尧臣七律《小村》中，有"寒鸡得食自呼伴，老叟无衣犹抱孙"之句，诗人书写淮河水患中所见：深秋时节，冻得瑟瑟发抖的村鸡，偶然觅得食物，仍咕咕地呼唤同伴前来共享；而无衣遮体的老汉，却还怀抱小孙孙，用身躯为之御寒，于困境中展现出丝丝暖意。就此，也足证白石翁"他日相呼"之言不虚也。

赏画过程中，有感于中，我曾题写两首七绝，以广其意：（一）得食相呼存爱意，积年承教养灵因。画师此日深情寄，呼唤人间善美真。（二）鸡虫得失自年年，似此劳生究可怜。瞩望他年成大我，胸藏海岳览高天。

听景看景

桃叶渡为南京秦淮河畔的一处渡口。此间处于两河的交汇处，水深流急，翻船事故时有发生。东晋年间，"书圣"王羲之的第七子、风流倜傥的王献之，对经常乘船横渡秦淮河的爱妾桃叶放心不下，便亲往渡口迎送，并作《桃叶歌》多首，表达其亲昵、爱怜之情。其中第三首流传最广："桃叶复桃叶，渡江不用楫。但渡无所苦，我自来迎接。"

明代画家、诗人徐渭从《今古乐录》《乐府诗集》等古籍中读到这则风流韵事，心神向往，曾亲临其地访察，结果却是大失所望，有五言短章《桃叶渡》纪之："书中见桃叶，相忆如不死。今过桃叶渡，但见一条水。"诗人说，看了桃叶的遗闻逸事，感到美人仿佛还活着一样，长时期地留存在记忆中、想象里；及至实地寻访那个名为"桃叶渡"的所在，已经踪迹无存，仅仅剩下一条水了。

这就应了那句俗话："看景不如听景。"想象中的景物，无论多么美好、动人，总是经不起实地游观验证的。

其实，何止桃叶渡一地，其他同美女相关的往古遗迹，像浣纱溪、响屧廊、景阳宫、华清池等等，哪里不是如此！推而广之，扩展到一切名城胜迹，由于历代诗文吟咏，因而声闻遐迩，名传后世；但是，沧桑迭变，世异时移，待到后人慕名而来，身临其境，早已面目全非，不可复识矣，结果是十个有十个要失望的。

清初诗人邱石常过梁山泊时，留下一首七绝，慨然系之："施罗一传堪千古，卓老标题更可悲。今日梁山但尔尔，天荒地老渐无奇。""施"指施耐庵；"罗"指罗贯中；"一传"指《水浒传》；"卓老标题"，说的是李卓吾的评点；"尔尔"，不过如此、稀松平常之谓也。在《水浒传》里，梁山泊被渲染得轰轰烈烈，风生水起；数百年后，慕名而来，但见其地埋没于荒烟蔓草之中，平淡无奇，除了失望还是失望。

水泊梁山位于鲁西南梁山县境内。北宋末年其地究竟如何，不得而知。到了施、罗著书，时间已是元末明初，即便是完全写实，当已旧迹难寻，何况他们是撰写小说，其中更多的应是基于想象。

东坡居士《赤壁怀古》词，有"乱石穿空，惊涛拍岸，卷起千堆雪"之句；《后赤壁赋》也说"江流有声，断岸千尺""履巉岩，披蒙茸，踞虎豹，登虬龙，攀栖鹘之危巢，俯冯夷之幽宫"，险峻达到"二客不能从"的程度。但几十年后，诗人范成大重寻旧迹，却在《吴船录》中记载：所谓赤壁，不过"小赤土山也，未见所谓'乱石穿空'及'蒙茸''巉岩'之境。东坡词、赋微夸焉"。清代文学批评家刘熙载也说："东坡善于空诸所有，又善于无中生有。"（《艺概·诗概》）

说到文学想象力的夸张，还有更典型的事例。唐人杜牧《阿房宫赋》，有"蜀山兀，阿房出。覆压三百余里，隔离天日。……五步一楼，十步一阁；廊腰缦回，檐牙高啄；各抱地势，钩心斗角。盘盘焉，囷囷焉，蜂房水涡，矗不知乎几千万落""楚人一炬，可怜焦土"之句，实际情况却并非如此。经中国社科院与西安文保所联合考古队勘探、发掘认定，当年的阿房宫整个工程并未启动，只完成了阿房前殿建筑基址和部分宫殿的建设。至于楚霸王火烧阿房宫之事，更属子虚乌有，勘探中根本未发现火烧痕迹。

其实，这种基于想象的夸张，绝非诗人、小说家所独有，日常生活中也不时可见，区别只在于水平的高低、程度的大小。还说风景区，说景人受兴趣、感情、才识、心境的支配，往往会在细微的观察、独特的视角之外，加进一己的想象，既有实然，也有应然，余地可以说是无限的。而听景之后，作为观景人，受其影响，先已赋予这一景观以太多的期待——期待本身往往是美妙无比的，从而营造一个理想化的艺术空间；一当身临其境，便会"按图索骥"，二者之间出现强烈的反差是必然的。此刻的观景人，抱着无边的向往，而实际面对的却只是框在有限视野中静立的景物，世界再大，眼前风景只能以一个实在的角落呈现在眼前。就是说，诱惑越多，失望也就越大。难怪有人警示："每一个诱惑都是一个潘多拉的盒子。我们千万不要因为欲满足自己的好奇心而将这些东西一一打开。否则，我们失去的不仅是心愿的破碎，还会使自己那颗炽热过度的心在现实中因遭冷却而遗憾！"

除了上述这些客观存在的特定因素，就主观上讲，亦即从审美角度来剖析，看景不如听景，同样带有普遍的规律性。

其一，美学中有一个著名的命题，叫作距离产生美。这个距离，既包括时间，也包括空间，还包括心理距离。由于陌生化的效果，人们在欣赏自然美、社会美和艺术美等审美过程中，由于保持了特定的、适当的距离，使审美成为可能，并且获得强化审美主体的审美效果。所谓听景，正是这种审美距离的一种体现。

其二，看景属于审美范畴，存在着鲜明的个性化。某甲认为美妙的，某乙、某丙则未必，有可能不屑一顾。如同欣赏美色，所谓"情人眼里出西施"，某人认为貌似天仙，其他人却认为不过尔尔。审美眼光、评判标准不同，会得出相异甚至完全相反的结论。

其三，"感时花溅泪，恨别鸟惊心。"心境、情怀会制约着看景的感受；还有视角，"横看成岭侧成峰，远近高低各不同"。视角调整，景观随之而变换。西方画家奇里科认为，对于每一种物体，都有两个视角：平常的视角，这是我们时常的一般人的看法；另一种是精灵式的和形而上的视角，只有少数的个别人，能在洞彻的境界里和形而上抽象里看到。

阿凡提、唐僧与馕

一

接触外面的事物,有如与人交往,不外乎两种情况:一种是时常见面,有的甚至到了碰头磕脸的程度,却叫不出来接触对象的名字;还有一种情况,久闻其名,可是缘悭一面,因而莫名所以。我和被誉为"新疆第一吃"的美食——馕,就属于这后一种情况。

年轻时候,喜欢读传奇人物阿凡提的故事,记下了他和哲学家、法学家、逻辑学家辩论"馕是什么"的问题,立片言而居要,纲举目张,获得胜算的传说。还有一个故事,说兄弟二人合开一家馕店,这天,因为一件小事大吵大闹起来,最后竟至闹到操刀拼争的地步。住在隔壁的阿凡提走进店里,把已经烤好的馕抱出来,朝着围观的人们扔去:"喂,大家来吃热馕吧!全部免费!"这一招儿,让正在争斗的兄弟俩也愣眼了,一齐过来质问:"混蛋!谁让你乱扔我们的馕?简直是胡闹!"阿凡提大声回答道:"是你们胡闹还是我胡闹?你们刀兵相向,被杀的没了命,杀人的判死刑,这样一来,店里就没人了。与其让这些香喷喷的热馕放在这儿发霉变质,还不如现在趁着新鲜吃掉为妙。"说着,阿凡提又从屋里抱出一摞馕来,装着还要扔的样子。只见那兄弟俩急忙扔下菜刀,一块跑来阻挡:"阿凡提先生,等等!我们再也不斗了。"三四十年过去了,至今我还记着这些充满智慧的有趣故事。可是,就是不知道馕究竟什么样。

这次,偕同几位作家来到新疆吐鲁番采风,算是增长了见识,开阔了眼界。天天同馕打交道，眼所见，口所吃，耳所闻，鼻所嗅，全都是这种叫作"馕"的面食。它是维吾尔、哈萨克等兄弟民族的主食，当地有"可以一日无菜，不能一日无馕"的民谚。承新疆文友告知，这种食品已有两千多年的历史，在古代典籍中称作"胡饼"。自治区博物馆陈列着出土于吐鲁番阿斯塔那古墓中的唐代的馕，是公元640年（贞观十四年）的葬品。也是在贞观年间，唐代高僧玄奘西天取经穿越大漠戈壁，带的就是这种含水分少，久储不坏，便于携带，吃起来又香酥可口的特殊食品——正是馕，帮助这位伟大的圣僧，胜利完成那段充满艰辛的旅程。作家朋友们一听说是唐僧取经时食用过的，极大地提振了解囊购置的兴趣，多的十个二十个，少的五个八个，都想带回去让亲友们见识见识。

二

与此相类似，一部《庐山恋》电影，一部《夜幕下的哈尔滨》小说，甚至一首《木鱼石的传说》歌曲，一句"姑苏城外寒山寺"古诗，都为当地提高了知名度，招揽了无数的游人，发展、带动了旅游事业，收取巨大的经济效益与社会效益。联类而及其他，比如节日消费，往往也都和文化内涵有着直接关系，像春节放鞭炮，中秋节吃月饼，端午节包粽子，正月十五买元宵，实例不一而足。

就此，我想了很多很多——

现在，人们谈论得最多的是关于文化的影响力问题。往大里说，一个国家和民族，没有文化优势，就不可能拥有未来。在综合国力竞争中，形成了经济、政治、文化三位一体的复杂格局。经济实力、科技实力、军事实力组成硬件，而文化影响力、民族凝聚力组成软件。在国际贸易中，一个国家和地区的文化产品和企业文化标识（文化品牌）的进出口，直接影响到竞争力。具有文化竞争力的国家、地区，必然同时具有国际影响力和区位优势。具体落实到日常经济活动、社会生活中，文化既表现为动力、资源，又体现出一种助推器、触媒体、润滑剂作用。文化直接影响着企业及其物质产品的生命力和在市场上的竞争力。我把这种机制与效应称作"文化赋值"，并写成两篇文章，连续刊发在2003年11月、12月《人民日报》上。

所谓"文化赋值"，就是赋予某一事物（比如物质产品）以文化价值，以提高它的知名度，扩展它的生命力、竞争力和影响力。例如，同样是白酒，加上"孔府"的内在蕴义（并非只是一个名词），就赋予了文化内涵，提高了它的使用价值和竞争力。

其实，商品本身就涵盖着文化，任何商品都有其文化内涵。消费本身就是一种文化。人们消费商品，本质上是在消费文化，是文化这只无形的手在拉动你去消费，固执地支配着你的消费观念。近年来，一个引人注目的现象，就是一些企业纷纷恢复过去辉煌过的老字号、老品牌，目的都是打文化的牌。因为老字号、老品牌传承了历史，有着厚重的文化积淀，可以弥补现代企业文化品位上的欠缺。所以，在研究产品销售时，同时要考虑到如何把产品所蕴含的文化销售出去。

从这个意义上说，不懂得文化价值的企业家，不是合格的企业家。精明的、合格的企业家，应该懂得文化经营，通俗地说，就是善于"卖"文化，它能够创造出意想不到的社会效益和经济效益。这就要求领导者、企业家应该具有深广、博大的知识视野，对于各地的民风民俗、历史掌故、消费心理、时代习尚，都应了如指掌，努力做好"文化赋值"的文章。

三

有没有文化赋值的观念，是否具备这种文化自觉，是大不一样的。其高下之分，有如"大厨"和"营养师"，一种是技术型，一种是创造型。具有创造型思维的人，一般都注意在改变与适应人们的生存方式上下力气。拿"营养师"做比喻，他们能在不断地改变人们的餐饮方式、顺应现代生活节奏上下功夫。最典型的例证，是"麦当劳""方便面"，这类食品的问世，向社会人群提供了适应人们生存方式、生活方式变革的产品。从文化的高度来看待自己的产品，把产品创新提高到文化创新的高度去认识，以改变与适应人们的生存方式为己任，企业才能立于不败之地。在这方面，我们的一些中小企业存在着弱项，这和企业家的人文素质、文化经营能力、创造性缺乏应有的高度，有一定关系。

现在，到处都在讲文化强省、文化强市，其实，这是一项十分艰巨的任务，并不见得比提高经济增长率容易多少。有许多实实在在的工作要做，包括投放大量的资金完备设施，搞好硬件建设；而最重要的还是罗致人才——没有足够的高质量的人才，何谈文化建设！在这方面，有一个最便宜、最易见效的措施，就是注意发挥名人的作用。一个省也好，一个地区也好，没有多少文化名人，没有多少知名的科学家、教育家、企业家、学者、作家、诗人、画家、书法家、音乐家，而只有一应俱全的文化部门和许多文化官员，是绝对实现不了文化强省、文化强市的。

落实"文化赋值"这一关键性举措，除了需要在文化品牌、文化消费、文化观光、名人效应等软件方面下功夫，还应该尽可能多地把各类文化成果融合到各项事物的内质中去，使人们在日常工作生活环境中，随时随地都能品味到文化的蕴义，饱享文化的滋养。应该看到，在城市建设中，"文化赋值"有着至为深远、至为闳阔的施展空间，比如城市雕塑，就可以大展身手，大做文章。文化旅游、社科研究与市政规划部门，应该在这方面，制订专题方案，通过综合论证，在统一组织下，分步实施，逐项落实。

山灵有语

一

这里地处流光溢彩、堆金洒银的河套平原。贺兰山绵亘数百里，宛若一列壁立千仞的天然屏障，拦阻了西面蒙古高原的卷地风沙和凛冽寒流；东面是亿万斯年滔滔滚滚的黄河，连同开凿于一两千年前的秦渠、汉渠、唐徕渠，为浩瀚无垠的田畴草野输送了充足的水源。所以，自古就有"天下黄河富宁夏"的民谚。

早在数千年前，祖国西北部的众多少数民族就在这一带繁衍生息，游牧射猎。见诸史籍的，商周至春秋战国时期，贺兰山下主要游动着猃狁、羌、戎等部族；秦、汉至南北朝时期，先后有匈奴、鲜卑、氐、羯等族活跃其间；隋唐两代，突厥、回鹘、吐蕃等族聚居于此；迨至两宋、辽金、西夏时期，这里属于党项族的治下；元代则为蒙古族所领有。他们一个跟着一个，联翩接踵地进入这个游牧民族的天堂，相继成为历史舞台上的主角，演出了一幕幕威武雄壮的历史活剧，传承着社会文明的熊熊燔火，为建构整个中华民族的伟大文明传统做出了应有的贡献。

随着时序的推移，他们有的迁徙了，有的演化了，有的消亡了，像翱翔于万里晴空的成群结队的候鸟一般，呼啦啦地飞来，又急匆匆地逸去，许多重大活动，文字都没有记载下来，甚至皇皇正史上也尽付阙如。就中，以相对晚近一些的党项族建立的大夏国留下的历史遗迹较多。他们在近二百年时段里，仿照中原王朝的模式，在都城和林峦佳处建起了金碧辉煌的楼台宫馆，还在贺兰山下选定五十平方公里的地面，为历代君王夜台长眠之地，营造了数百座金字塔形的陵墓。世事如棋，沧桑迭变。于今，当日的千般绮丽，万种豪华，都付与荒烟蔓草，只剩下一些萧条破败的枯冢，见证着往昔的繁荣。

我对贺兰山的关注，倒无关乎这些西夏王陵，而是肇因于早年记诵的一首著名的宋词。不过，当时我也不知道，遍布于贺兰山东麓多处山口，刻有数以万计的岩画，尤其是"贺兰山缺"的人面画最为精彩，堪称岩画艺术荟萃之地；否则，我这个憨直的少年，一定会急着嚷叫"长车"，可要换个地方"踏破"呀！

近日听说，公务员考试有一道试题："历史与文化的记载靠什么？"答案为："文字与建筑是两条并行的主线。"作为历史与文化的载体，建筑是直观的，比如万里长城与帝王陵寝都是举目可见的；而刻写在竹简、甲骨、金石、丝帛、皮革、纸张上的文字，则是抽象的，具有符号性质。既曰主线，必然还有辅线，其中应该包括语言——神话传说、民间故事、说书讲古、里巷逸闻等口头传承方式；再就是被称为"人类早期艺术的活化石""古代游牧民族形象的史书"，形成于混沌初开时期的岩画，同样不应忽视，而且独具特色。

历史，亦即人类的活动史，是一次性的，它是所有一切"存在"中独一以当下不再为条件的。当历史成其为历史，它作为曾在，即意味着不复存在，包括特定的环境、当事人及其活动场景、般般情事，在整体上已经永远消逝了。在这种情况下，不在场的后人——史学家选择、整理史料，进行文本化处理，必然存在着主观性的深度介入。古今中外，不存在没有经过处理的史料。而岩画的独特性在于它是由当事人亲手制作的，无论其为写实造型，还是采取象征寓意风格，抑或是运用抽象符号手法，所展现的都是当时当地情景。

岩画的制作，需要精巧的构思、娴熟的技艺。专家分析认为，这些岩画大多出自猎人之手，有一些可能还有巫师的参与策划。作为远古先民创造性的自我表述形式，岩画不仅形象地记录了族群自狩猎时代经原始部落到驻牧定居生存方式的连续性进程，而且折射出古代人群的哲学观念、宗教信仰、审美意识、向往追求等精神信息。

此刻，当我们面对这些"粤自盘古，生于太初"的远古游牧时代的文化遗存，人类史前时期的艺术珍品，想到它们阅千古而长新，历万劫而不磨，神奇地存留到今天，又怎能不动心动容、感发兴起，为之惊奇、为之庆幸、为之振奋呢！

二

此间面对黄河，山势巍峨，空间闳阔。进入山口，举头望去，但见沟谷两侧的石壁上，随处凿刻着一幅幅形象奇异、耐人寻味的人面像。

其中最为醒眼的是那幅名闻遐迩、被封为"镇山之宝"的太阳神像。原始先民把人丁的繁衍、畜群的兴旺、水草的丰茂，统统归功于上天的恩典、神灵的赐福。出于由衷感戴，他们对于心目中的图腾以及各种崇拜对象，都要画影图形加以膜拜。那么，最为感恩、敬仰的，无疑就是天天露面、朗照人寰的日轮了。于是，便在岩石上绘制、凿刻出太阳的形象，并将其人格化，然后通过一定的仪式进行拜祭。鉴于太阳起自东方，光芒四射，形象浑圆，画像便也面朝正东，头上刻有放射形线条，面部呈滚圆形；双眼重环，睫毛耸动；鼻子、嘴巴联结成半圆形。整个面部神情威严、峻烈，令人心生敬畏。太阳是高悬天上的，画像也刻在四十多米的高处，充分显现其应有的尊严。

与这种特写式的岩刻头像形成鲜明的对照，我还看到一幅蕴义复杂、赋形奇特的画面：左右两旁各有一个左手印，左边手印下刻着一只低头的山羊和一只前腿下跪的牦牛，右边手印的上下方各有一个人面像。两只手印的中间站着一个双臂扬起的人，上面的显著位置刻有一个环眼圆睁的桃形人面像。画图十分生动有趣，可是，它所彰显的内容是什么呢？端详了半晌也不得其解。经过请教陪同的专家，才弄清楚原来这是一份具有契约性质的文件——以岩画形式确认古代两个部落之间的隶属关系。手印象征着权力。左边那个部落已为右边部落所征服，随之它的人口与牲畜也全部划归右方部落所有。桃形人面像象征着神祇。有神人共鉴，石画为凭，这份契约自然具备了无可置疑的效力。

在向阳的山崖斜坡上，还有一幅凿刻得很精致的射猎图。画面上，一个人正在弯弓射猎，七只硕壮的山羊惊惶逃窜，其中五只向东奔跑，两只向西逃逸，而猎犬却回头伫望着主人。猎人形象凿刻得很小，表明他所在的位置距离羊群较远。由此可以看出，那时的先民已经注意到运用透视关系来进行构图处理。画幅也揭示出，在远古时代，水草丰美的银川平原就已成为各游牧民族繁衍生息、劳动创造、游牧狩猎的理想乐园，也是各种家畜和野生动物的繁殖、栖迟之所在。

这组游牧风情画也很是壮观、气派。牦牛、骆驼、花斑马、梅花鹿、北山羊散放在原野里，有的在欢乐地角抵、奔逐，有的静静地低头吃草，有的在悠然闲卧。旁边站着一个牧人，顶上的头发盘结起来，腰间斜插着一根木棍，胯下拖着一条又长又大的"尾巴"。身后跟随着一只猎犬，懒洋洋地呆望着主人。画图的右边，聚集着一队歌舞腾欢的人群，男人头上有的装饰着兽角，有的斜插着羽毛，有的戴着尖顶或圆顶的帽子；女性则长发下垂，也有绾着发髻、戴着头饰的。场上，翩翩的舞影，忘情的啸歌，衬着多姿多彩的穿戴和装饰，渲染出原始艺术粗犷、质朴、率真的特色。

陶醉于浓郁的生活气息之中，此刻，我竟然产生了幻觉，仿佛化身其间，成了欢乐人群中的一员，也跟着手之舞之、足之蹈之，尽情尽兴，和先民们一起发出欢腾的吼声。丛林掩映中，一些平生未曾寓目、而今多已灭绝的动物蹿跃其间。一队前额低平、眉骨粗大、目光迷惘的人群，正在呓唔呼啸着追奔射猎。回望山崖，发现那里还有几个人在紧张地劳作着，他们手持石刀、铁錾，或凿或刻，正全神贯注地制作着各种人面和动物的图像……

我正在忘情地观赏着这一切，不料，稍微一愣神，忽然发觉山崖上的人形已经淡出、隐没了，逐渐地幻化成山垭口处一伙凿石垒渠的人群。伴随着各种敲击的繁响，一道清溪从山坳里冲出，顺着渠道滔滔汩汩地流淌下来，顿觉遍体生凉，神清气爽。于是，我也憬然惊寤了。心头的意念一收，时间的潮水，哗——哗——哗，一下子流过了几千年，我也随之而返回到现实生活里。

三

黄河，这祖国的母亲河，历史之河，文明之河，在她的身边，岩画与神话并存。它们作为人类精神活动、艺术实践的智慧之果，深深植根于民族文化本源的沃壤之中。"在人的思维发展过程中，神话起着十分重要的作用"，它"并不满足于描述事物的本来面目，而且还力图追溯到事物的根源"（德国哲学家卡西尔语）。那些借助于想象与幻想，把自然力加以拟人化，反映远古先民对于世界起源、自然现象、社会生活的原始理解的神话传说，在贺兰山岩画中有着充分的展现。

关于伏羲、女娲这两位始祖神的传说，散见于《山海经》《楚辞》《淮南子》等古籍，同时广泛流传于黄河流域一带的民间。与两位始祖神"本为兄妹""蛇身人首、尾部相交"等传说内容相呼应，贺兰山口一幅极为古老的岩画上也有他们的造像——人面蛇身，共同交尾于一条长蛇之上。岩刻简单、原始，早于伏羲、女娲其他画像，料应不止一两千年。

从一定意义上说，神话原是某种风俗、习惯、信仰和宗教的反映；而岩画则是从艺术的角度予以形象的记述与描绘。二者相辅相成，相得益彰。《山海经》中有关"戎，其为人，人首三角"的记述，实际上，指的是人的头顶上的兽角装饰，贺兰山口的人面型岩画中就有这种头戴三角的装饰形象。岩画与神话互为印证，表明古代一个时期西戎族的先民曾在这一带生活过。

除了神话，巫术与岩画的关系也十分密切。原来，原始人的思维处于人类思维的童年形态，带有巫术性的成分。他们所处的文化环境，是一个相信"万物有灵"、凡事皆有前兆的世界。在他们看来，世界上的一切都受着超自然力的支配，诸如日月的升沉，四时的更替，草木的荣枯，动物的存亡，人世的生老病死、穷达休咎，背后都有一种超自然的力量在操纵着。他们既满怀畏惧，却又不甘于任其摆布，总想通过一种特殊的行为来影响它，利用它，于是便产生了巫术。

此间，巫术氛围浓郁，许多岩画是在巫术观念支配下凿刻出来的。专家指出，巫术孕育了绘画。文字产生之前，原始人总是通过凿刻在岩石上的画面来表达其思想、情感、愿望；岩画成为他们施行交感巫术的一种方式。而原始足印则是典型神话母题与巫术艺术相结合的产物。《史记》和《竹书纪年》中都有关于"感生神话"的记载，如说周朝始祖后稷的母亲在野外见到巨人的足迹，"心忻然悦，践之，遂有身孕，及期生子"。这在岩画中亦有所反映。据专家解释，所谓"践巨人足迹"云云，原生状态乃是一种生育舞蹈动作：男女相伴而舞，踏着轻盈的脚步，然后野合做爱，从而得怀身孕。贺兰山的岩画就是这样表现的：在一对脚印旁边，一双男女在纵情地狂欢、跳舞、拥抱，集中反映了原始先民对于生育的崇拜与渴望，通过艺术形式给予"感生神话"以生动的图解和形象的印证。

在先民的心目中，岩画中的动物就是生活中的实物。因此，只要在山崖上凿刻出交媾与生殖的画面，就能实现生生不已、人畜兴旺的愿望。同样，为了扩大狩猎的战果，便在岩石上不厌其烦地制作着大量的动物图形和游猎场面。他们确信，只要把动物的形象画在山石上，有的还要用箭镞射中它，就会产生游猎预期的效果。

当事人在凿刻这些"活动变人形"之际，无比虔诚地把信仰、意志、追求——熔铸其间。他们绝对地相信：这些画像，人物也好，动物也好，都是灵魂贯注、灵光焕发、灵气所钟的。山是灵山，人是山灵，一切都凝聚着精华、充盈着生命，饱含着祈望、寄托、情感、心血。

大块无声，山灵有语。看着这些千奇百怪的画面，也许有人会觉得它们过于粗糙、简单，甚至荒诞无稽；可是，远古的先民正是凭借着这些普通至极的线条与符号，描绘出了整个万有世界。一如乐曲的七个音符，可说是再简单不过了，靠着它们却能谱写出情动千军、绕梁三日的万曲千歌。

四

贺兰山岩画属于北方草原文化类型。经"地衣测年法"鉴定，其制作时间始于远古狩猎时代，多数形成于春秋战国时期，下迄宋辽西夏末叶；系由不同的游牧人群在不同年代、按照不同的心理意向，历经近万年时间陆续刻成的。岩刻个体形象多达两万幅，最大的长十余米，最小的不过一二厘米。穷形尽相，含蕴无穷，组成了一座造型艺术的长廊。

早在公元6世纪初，北魏地理学家郦道元就在《水经注》中记载，"（黄）河水又东北，历石崖山西""山石之上，自然有文，尽若虎马之状，粲然成著，类似图焉，故亦谓之画石山也"。时至今日，近一千五百年过去了，人类社会已经进入了现代、后现代，但在面对这古老的艺术珍品时，仍然会由衷地感佩——正是那些无名的民间艺术家，以其独特的创造性劳动，为后世人留存了形象鲜明、信息丰富的精神宝藏，提供了极其珍贵的研究古代文明史的第一手资料。

高尔基说得好："人，按其本性来说，就是艺术家。他无论如何，处处力求给自己的生活带来美。"原始先民置身于苍苍莽莽的荒原，在同大自然的艰苦拼搏中，培植了粗犷豪放的性格，也播下了真的信念、善的热望、美的追求。他们在呼啸奔逐、游牧射猎之余，当着情感需要宣泄、意愿冀求表达、信息亟待传递时，便一一借助形象，诉诸岩画，从而获取心理上的满足与快感，达到寄托怀抱、充实生活、愉悦身心、消解疲劳的作用。

从诞生之日起，岩画就紧密地同人们的社会生活、经济活动、宗教信仰、风俗习惯交织在一起。它开创了人类艺术的先河，成为一部融汇着理智与野性、现实与幻想、宗教与艺术的心灵交响乐；同时，又是一个鲜活的解释系统，不啻一部古代游牧民族的百科全书，向后人昭示着先民对于自然、社会与人类自身的认识，彰显着热切的期求、朦胧的遐想，以至于七情六欲、感奋忧思等深层次的意蕴。原始氏族部落的自然崇拜、生殖崇拜、图腾崇拜、祖先崇拜等文化内涵，以及牧猎、祭祀、争战、械斗、娱舞、交媾等生活实景，都通过这一人类精神生活的载体予以形象的映现。作为古人类文化史、宗教史、心灵史的艺术宝藏，可以说，每一组岩画，都闪耀着远古先民智慧的灵光，承载着他们在大自然面前既无能为力又顽强奋争的痛苦抉择，记录着他们筚路蓝缕、与时共进的艰辛历程。

岩画的意蕴及其历史价值远未发掘穷尽，仍然存在着巨大的解释空间。只就目前所能掌握的，其生命启示、生存教益与艺术滋养，已经堪资后人永生玩味。可以说，解读岩画就是在叩启鸿蒙，等于翻检一部已经失传了的史前典籍。拨开重重的迷蒙烟雾，可以重温人类蒙昧时期的宿梦，聆听远古历史微弱的回声，探寻原始先民的生活方式、精神世界以及民族文化传统根脉，透视他们与生物环境同生共存的真实景象，进而悟解人类在自然生态系统链中的恰当位置，克服诛求无限、为所欲为的狂妄心态，真正实现回归家园、认清本源的觉醒。

人生易老，年寿有时而尽，对于时间的飞逝，现代人总是特别敏感的。几度花飞叶落，一番齿豁头秃，常使人蓦然惊悚，感慨重重。——时间峻厉无情，却也万分公正，它善于选择，并没有吞噬一切。时间，时间，在岩画面前，我们真正感受到了时间。

"有村名北极"

"有村名北极,无客不南来。"这副妙对的产生,缘于几年前的一次结伴出游。

时当盛夏,参加过在海拉尔举行的学术研讨会,沪上的吴教授约我同游漠河北极村,我欣然应承,说"那是我的旧游地,可以充任半个向导"。

途中交谈,我追忆了初访北极村时的观感:滚滚东流的黑龙江,在这里绕了一个弯儿,将它环抱起来,令人记起老杜"清江一曲抱村流,长夏江村事事幽"的诗句。长堤信步,瓦蓝瓦蓝的天,点缀着几朵白云;树冠墨绿,叶片上闪动着亿万面小镜子,透着一色清新、灵澈。堤边铺晒着一些新割下的青草,散发浓浓的草花香味。久违了,这花香草香!童年、故乡,不期然地霎时回复到眼前。

江堤内侧,坐落一户木刻楞式农家房舍。四面墙壁全由圆木垒成,耸起的屋顶苫着厚厚的茅草,隔寒蔽热,冬暖夏凉。园子里栽种豆角、茄子、西红柿,篱笆上挂满了脆嫩的黄瓜。正在园中劳作的夫妇,听说我从远道而来,赶忙从井里汲出一桶清水,又摘下几根黄瓜,浇水洗涮。男主人说,吃吧,这瓜有说道哇,它们长在祖国最北的人家。

夜晚,村里安排观看极昼、极光。将近11时,游人聚集到江边一处开阔地带。这哪里是深夜啊?西边的暮霭还未退场,东面的朝霞已经起身了,北面白光光,看去既如傍晚,又像黎明。在这里,摇撼了人们的一些常识性概念:"太阳东出西落",不,应该是北,起码是偏北;"晚霞朝晖",就是说,一在晚上,一在清晨。不,在这里可说同步现身；李商隐说："夕阳无限好，只是近黄昏。"朱自清先生嫌它有点颓唐，改为"但得夕阳无限好，何须惆怅近黄昏！"这里，不仅夕阳好，黄昏也更长，从晚五点算起，总有六七个小时吧？

我的这些描述，益发燃起吴教授的兴致。到达北极村，酒店住下，简单用过午餐，他便笑着挥手："老兄很会吊胃口，听着入迷了。走！抓紧出游。"

这样，我们便穿过林丛，踏上栈道，来到了北极沙洲。这是半个世纪前特大洪水过后形成的一片沙淤地。说是"沙洲"，其实是道地的绿洲，满眼绿意葱茏。因为刚从呼伦贝尔草原过来，脑子里立刻唤起绿浪接天的记忆，竟不知此身何处。

虽说我是旧游重到，可是，般般都感到新鲜、醒眼，处处焕然一新。游人增多了，可看的景点各具特色。就说这个"北望垭口广场"吧，触目可见的石头上，到处都刻着形体各异的"北"字，据说共九十九个。我们边走边看，就发现了晋代王羲之，唐代李世民、欧阳询、贺知章、怀素，明代王铎，还有今人毛泽东的笔迹，一个个斗艳争奇，丰姿妩媚。

更引人注目的是一座三棱锥形银白色的钢塔，从中心呈120度角散射排列。斜阳照射下，闪着熠熠的辉光。像是三只昂首向天、引吭高唱的仙鹤，实际是三个"北"字的半边，无论从哪个角度看，都是一个"北"字。字体以清代书法家邓石如的小篆体"北"字为原型。

吴教授站在塔下，面对午后的斜阳，说："全国各地的人，都来这里看'北'，可是对于北极村来说，却只有南。"咔嚓一声，他的瞬间形象，被我定格在相机里。

扫视地面，发现石板上绘有一张硕大无朋的中国地图，上面标着全国各个省会城市，并且载明同这里的直线距离。他找到了上海：2420公里。那么，祖国哪个地方离这里最远呢？应该是最南端的三沙市的曾母暗沙吧？一看，是5664公里。

右行不远，见到一块略似中国地图形状的大石头，上面刻有一个五角星，这是北京，右上方顶端还有一个小红点，无疑就是北极村了。巨石旁矗立着一根高大的木柱，上面钉有指示不同方向的十多个木牌，分别写着开罗、悉尼、新德里、华盛顿、莫斯科等世界著名城市，并都注明与此地的直线距离。与我们对着的是好望角，我好奇地看了看，19311公里。

我们议论说，设计颇见匠心，富有开创意识。这里历史没什么特点，就是说，时间优势不明显，那么，就充分地在空间方位上做文章——把人文意蕴同秀美天成的自然景观结合起来；把书法之类的传统文化同抽象派的现代雕塑艺术结合起来；把现实中方位上的特殊性同中国古代的"北辰""北斗"概念结合起来；特别是抓住人们"常在他乡忆故乡"的心理，以北极村为基点，标示与各地的空间距离，以一线情丝把全国以至世界各地的游人同北极村联结在一起。精巧的构思，以素朴、自然的形式出之，收到很好的美学效果。

听到这些，导游员过来，请我们题词。吴教授笑说："多言惹出麻烦。'半个向导'来应对吧！"我说："我得和导游商量明后天的安排。还是您来动笔。"吴教授便在纸上题写了本文开头引述的两句话。我说："'北极村''南来客'，天然恰对。"吴教授却还坚持让我留言，只好题写一首五绝交差："情动南来客，欣题北地书。江村邀俊赏，览胜乐何如！"

结记着要去看望上次到过的极北人家，我很想念那对善良纯朴的夫妇，还有那清脆的黄瓜、奇特的木刻楞。这次在海拉尔开会，获赠一份十件套的俄国套娃纪念品，鲜活可爱。我想把它转赠给他们。可是，问询结果却是，房主已经搬迁，不知去处。闻之怅然。

美国自然文学作家莫梅迪有言："在人的一生中，他应当同尚在记忆之中的大地，有一次倾心的交流。他应当把自己交付于一处熟悉的风景，从多种角度去观察它，探索它，细细地品味它。他应当想象自己亲手去触摸它四季的变化，倾听在那里响起的天籁。他应当想象那里的每一种生物和微风吹过时移动的风景。他应当重新记起那光芒四射的正午，以及色彩斑斓的拂晓和黄昏。"我于北极村，就是这样。

窃以为，真正有价值的游观，应在体验、欣赏之外，还有思考与寄望。我深情祝愿：在现代化、商业化大潮中，这里能少些喧嚣的声响、感官的娱乐，多些文化底蕴，尽可能保留质朴、自然的本色。记得从北极村走出的著名女作家迟子建在一篇文章里说过："我十分恐惧那些我熟悉的景色，那些森林、原野、河流、野花、松鼠、小鸟，会有一天远远脱离我的记忆，而真的成为我身后的背景，成为死亡的图案，成为没有声音的语言。"她生于斯，长于斯，血脉相连，魂牵梦绕，她把此间称为"梦开始的地方"。之所以说这番话，就是因为她实在太爱北极村了。

趣说"回头"

那天,我们访问了波兰的克拉克夫孔子学院。

学院依托创建于公元1364年、欧洲最古老的学府雅盖沃(另译为雅盖隆)大学。东道主告诉客人,五百多年前,天文学家哥白尼曾在这里读书进学;接着,便念了居里夫人等一大串名震全球的历届校友,其中还特别提到1996年诺贝尔文学奖得主维斯瓦娃·辛波丝卡。

许是因为同是波兰国籍吧,东道主颇以辛波丝卡引为骄傲,特意向我们介绍:她于1945年至1948年,在本校修习社会学和波兰文学,也正是从这里起步,开始诗歌创作,此后便一发而不可收,留下了二十部传世的诗歌佳作。诺贝尔奖委员会在颁奖词中,称她为"诗人中的莫扎特",是"一位将语言的优雅融入'贝多芬式愤怒',以幽默来处理严肃话题的女性"。她的名诗《罗得的妻子》,广为世人传诵。

由于这首诗的本事出自《圣经·创世记》,这则著名的神话,便成了大家热议的话题。神话的大致内容是,耶和华即将毁灭所多玛、蛾摩拉这两座罪恶之城,派遣天使到城中视察。因为罗得严格遵守上帝的旨意,属于义人,天使决定拯救他们一家,告诉罗得要在天明之前,带着妻子和两个女儿迅速逃离,免得跟这两座城同归于尽;最后郑重嘱咐:尽快往前走,千万不要回头看。于是,罗得一家便在天明之前走上了逃亡之路。当太阳放射出第一缕清光,燃烧的硫黄烈火便从天而降,城中顿时成为滔滔火海。走着走着,罗得的妻子竟忘掉了天使的告诫,忍不住回头一看,结果,立刻化成了一根盐柱。

我说,真是"无独有偶",在中国先秦古籍《吕氏春秋》中,也有一则类似的神话：同样是一个女人，同样是离家出逃，同样是因为回头一看，结果都幻灭了人形，化身成为物体。书中记载，远古时期有一个妇女，住在中原大地上伊水的旁边，怀了身孕。这天，梦见天神告诉她："如果你发现，家里舂米的石臼里面出了水，你就要赶快逃避，箭直地往正东方向跑，千万不要回头看。"第二天，她就注意到，石臼里有水滴出现，于是把情况告诉了她的邻居，自己便向东奔跑了十里地。但她始终不能忘情于久居的故里，便回头望了望，原来的村落已经成为一片汪洋，她也随之陡然变幻，整个躯体化作一棵中间掏空了的桑树。

听了我的补充，大家立刻活跃起来，特别是孔子学院几名年轻的学员，纷纷议论起：人家先知谆谆嘱告"切莫回头"，可是她们硬是不听，究竟是为了什么？

争论得很热烈，既着眼于"回头"的心理剖析，也包括《圣经》与《吕氏春秋》的"作意"与寓意。归纳起来，大体上有四种见解。

一种是，认为两位女性心理状态十分复杂，有贪恋，有恐惧，有好奇，有怜悯，甚至含有悔愧心理。有的在发言中还引述了辛波丝卡《罗得的妻子》中的诗句："他们说／我因好奇而回头张望。／但不好奇也有别的理由。／我由于惋惜一个银碟而回头。／……我由于害怕前面的路回头。／我面前出现几条蛇，／蜘蛛、田鼠和展翅的秃鹰。／此刻，／她既非正直也非邪恶／——仅仅众生而已，／以寻常的恐慌爬行和跳跃。／由于我正在溜走而感到耻辱。／由于一种叫喊的欲望，／回归的欲望。／我由于孤独而回头。"

另一种意见，把回头归结于女性的性格弱点，诸如软弱、缠绵、优柔寡断、感情用事等。但此言一出，就被孔子学院的波方院长呛了一顿，作为女性，她反对这种"唯性别论"。她还以希腊神话中的俄耳甫斯作为例证：这个大男人，历经千辛万苦，舍身进入地府，终于感动了冥王，允许他将亡妻从地狱中领回，但有一个附带条件，就是在路上绝对不许回头看妻子一眼。可是,在即将告别地狱、返回人世的一刹那,丈夫由于听不到身后妻子的声音,心急之下回头一看,结果,妻子重新幻化为幽灵而功败垂成。

还有一种意见,脱离具体事件,从泛泛的教化意义加以剖析,认为旨在告诫年轻人矢志不移,一往直前,不要流连、迷恋,否则必然前功尽弃。

第四种意见认为,事情并非那么复杂,没有必要一定找出某种"目的""动机"来予以解释。孔院的中方院长说:"生活了几十年的所在,即将永远离开,任谁都会情怀难禁,难免产生一种追思、怀旧情绪,这本是常情常理。孔子说得好:'道不远人。'《圣经》也罢,中国古籍也罢,都是讲的人情、人性,现在叫'平常心'。"

这些热议,应该说各有所据,般般在理。不过,我倒倾向从人情、人性方面来解析,比如说怀旧、恋旧,确实属于人情之常。所谓怀旧,就是回首前尘,缅怀旧物、老家、故友和过往的时光,以斑驳的效果再现已经泛黄的记忆和丛残破碎的鸿爪留痕。作为一种情绪,或者心理感应,它是苦涩的,却又是甜蜜的。当然,也可以看作一种人生哲学,模糊、迷茫,却又积极、清醒。这样一来,耳畔便会喧响着两种不同的声音:

"不能回头看哪!那些过往已经成为一种负担,会拖慢你前进的脚步。"

"怀旧的过程,也是自我认可、自我肯定的过程。作为一种存在,它有助于逐渐形成一种积极的自我认知。"

不知不觉中,半天过去了。热情的主人招待了午饭,而后,又摊开留言簿,邀请我题词。我想了想,索性就着"回头"这个话题,再延伸开去,尽管与前面的议论不怎么搭茬儿,也算是临机凑趣吧。于是,题写了清代诗人左辅的《浪淘沙》词:"水软橹声柔,草绿芳洲,碧桃几树隐红楼。者(这)是春山魂一片,招入孤舟。乡梦不曾休,惹甚闲愁？忠州过了又涪州。掷与巴江流到海，切莫回头！"

放下了圆珠笔，我大略地解释一番：词人说，他在曹溪驿折下桃花一枝，几天过后，花片零落，他就把它投入涪江。这里说的是乡心、乡梦、乡愁的怀旧。既然摆脱无望，那就莫如决绝以待，借着花片，表明"切莫回头"的洒脱态度。而深一层的意思是，对于美好的事物，只要留存了记忆，就已经足够了。

草木无情亦有情

"草木无情"之语，见于北宋文豪欧阳修的《秋声赋》。传诵至今，似乎没有人质疑过。但近期，我却有了不同见解。这源于一件小事。

去年秋末，清晨出去倒垃圾，我看到有人抛掉的带着一坨干土的兰草，虽然尚有生意，但已经艰于存活了；出于恻隐之心，我把它捧回屋里，又到附近的花卉市场买个小瓦盆，填充些碎土，重新把兰草栽上，然后咕嘟嘟地灌足了清水。几天过后，这盆生命力顽强的兰草，居然焕发出生机，四围冒出翠嫩的新芽，不出半月，便已绿叶葱茏，婆娑有致，现出初冬罕见的盈盈春色，点缀得满室生意盎然。春节到了，像是有意回报主人，托出新彩，翠叶纷披间又垂下几条爪状簇集、卉叶向上的新枝，益发凸显其特有的高洁、典雅。

深情凝视中，我不禁感念重重，慨然兴叹。对于这盆濒危的兰草，我除了每隔几天浇灌一次清水，没有做其他任何事情，诸如采光、施肥、松土等都没有做，应该说并未尽到责任。可是，这令人怜爱的"菁菁者莪"，竟然使出浑身解数，变换着花样，对于主人施以赤诚的酬报，不啻"一饭千金"。怎么能说"草木无情"呢？

由眼前这一倾情"酬绿"的现实，我联想到曹雪芹笔下那个撼人肺腑的化身"还泪"的神话：西方灵河岸上三生石畔的绛珠仙草，为了报答赤瑕宫神瑛侍者日以甘露灌溉始得久延岁月的活命之恩，于是用泪水，从冬流到夏，从春流到秋，予以偿还。

唐代诗人张九龄有"兰叶春葳蕤，桂华秋皎洁。欣欣此生意，自尔为佳节"之句，为酬佳节，兰桂齐芳；宋朝名相王安石则从另一个角度，状写大自然之浓情厚意："春风取花去，酬我以清阴，翳翳陂路静，交交园屋深。"至于明代文学家李东阳的"草木有情皆长养，乾坤无地不包容"之句，虽然意在颂扬皇帝老倌儿，却也真切地楬橥了天人和谐、物我攸关、相生相养的自然规律。

这在域外，也毫无二致。西方自然文学作家，通过丰饶的诗文作品向世人阐明一个千真万确的道理：人类内心的风景是由自然的风景养育滋润的。为此，有"自然文学的先驱"之盛誉的美国作家梭罗，在大自然那里找到了家园，早就声称"大自然就是我的新娘"，常去林中去会晤那些"松柏表兄"；而在作家斯科特·桑德斯的笔下：当他在溽暑炎蒸的夏夜难以入睡时，便起身环抱院中的大树，心中顿感安慰，因为"那感觉如同拥抱着久经风霜的老祖母"。

女作家西莉亚与花草结下了一世情缘。作为种花人与护花人，她投入了巨量的精力、耐心与期待，"然而，我对此毫无怨言，因为它对我的回报颇丰"，"的确是人类纯粹的欢乐，是令人的心灵焕然一新的举动"，是"给予种花人千百倍的回报"。在西莉亚的心目中，花草皆有情。清晨，"每一朵花都以其漂亮的面容向我致敬，将它们沉静的欢喜与满足注入我的心灵；每一朵花都向我展示它的色彩、优美、香气，并以其成就的美之历程丰富着我的内心"。她敏锐地感到每一朵花的个性，觉得自己也如同熟人般地与它们打招呼："亲爱的朋友，早上好！你们一切都好吗？"她沉浸在花草宁静的愉悦之中，"它们好像有知觉的人，仿佛认识我，爱着我"。

南窗静坐，读着程虹教授随笔集《宁静无价》中这些优雅、纯情的记述，再回过头去看看盆中摇曳多姿的兰草，我竟有古人所说的"相知无远近，万里尚为邻"的亲切之感。

回过头来，再探讨草木有情抑或无情之说。

且说《秋声赋》。欧阳子方夜读书，读着读着，耳畔传来飒飒秋声，蓦地涌起感伤的情怀："草木无情，有时飘零。人为动物，惟物之灵。"说的是，草木原本无情之物，尚有凋残零落之时，人为动物，在万物中最有灵性，又怎能没有情感呢？着眼点在突显一己的感时伤秋之感，而并非草木无情，在这里，草木不过是陪衬。此其一。其二，从科学角度讲，草木本身确实不具备所谓"七情六欲"。前面所引述的文人笔下的描写，在精神分析理论看来，不过是移情现象，即将人的主观的感情移到客观的事物上，反过来又用被感染了的客观事物衬托主观情绪，使物人一体，能够更集中地表达强烈感情。正是从这个意义上，我们说："草木无情亦有情。"

那么，何谓"移情"呢？空泛议论，听来乏趣；且看散文集《宁静无价》的序言中的一段话："一位美国作家选择了新英格兰地区的一片乡村住下，以养蜂、种果树和写作为生。在他的视线里，有一棵生长在邻家草地上的榆树。一年四季，这棵榆树给他展示了不同的风景：岁岁年年，他都在写这棵榆树，进行着某种心灵上的沟通。于是，这榆树成为他心灵中不可或缺的一道风景。树的主人是一位失明的老人，作家出于好感向他描述了这榆树长得如何茂盛漂亮。不料，主人却因为树过多地吸收了草地的养分而决定砍掉它。这是作家所无法接受的。对他而言，榆树已经不仅仅是外在的风景，而且成为他内在精神世界的组成部分。在力劝树主不要砍树未能奏效时，作家几经周折，最终买下了榆树生长其间的整片草地。作家为了保护这棵榆树的执着，昭示了他对于自然的精神价值的认可。在他眼中，那榆树是宁静的象征，也是他内心的寄托。"

是呀，在"移情"的作用下，这树已经成为作家"内心的寄托""心灵中不可或缺的一道风景"。同样，我的心中也有一棵这样的树。我六岁入私塾读书，塾斋的窗前有一棵三丈多高的合欢树（俗名马缨花），交柯叠权，翠影扶疏，劲挺的枝条上缀满了纷披的叶片，平展展地对生着，到了傍晚，每对叶片都封合起来。六月中旬，满树绽出粉红色的花絮，毛茸茸的，像翩飞的蝶阵，飘动的云霞，映红了半边天宇，把清寂的塾斋装点得烂漫中不乏雅致。深秋以后，叶片便全部脱落，花蒂处结成了黄褐色的荚角。在我的想象中，那一只只荚角就是接引花仙回归梦境的金船，看着它们临风荡漾，心中总是涌动着几分追念，几分怅惘。"少年子弟江湖老"。七十多年过去了，无论我走到哪里，那繁英满树的马缨花，仿佛时时飘动在眼前，永远守候着我的童心。

后来我定居海边城市营口，按说，这方盐碱之地本不适合合欢树生长；可是，出乎意料，我的西邻院内居然矗立着一株合欢树，比我童年时寓目的那棵还要粗壮高大，进入盛夏，繁花似锦，遮天障日。我心想，莫非它就是那一棵的化身？几十年不见了，它也像我一样，由挺拔而粗壮，由粗壮而跻身老境了。因为我长住沈阳，只是逢年遇节回去探望。这次赶上七月十五中元节，站在院里四望，晴空一碧，了无遮拦，我才发现木芙蓉不在了。惊问缘由，主人只是随便应了一句："太遮光了。"

审美与实用确实存在着矛盾。有一年，我在广西南宁，踏寻扬美古村的明清院落，走进一户户狭窄、低矮、阴湿的宅院，颇引起一些居民的反感，咕哝着："有什么好看的？干脆搬过来住算了。"开始不理解，细想想，明白了：人家天天承受着诸多的不方便，与远道游人或者考古者自有不同的取舍，局外人还能说什么呢？

道理上理解了，感情上却仍是觉得憾然。归来后，翻开前两年拍摄的庭园相册，面对那满树绯红，半空霞彩，默默地叨念着："世间美物不坚牢，彩云易散琉璃碎！"

赏 花 时

一

拈出元曲中这个曲牌来做题目，意在探讨一个审美的课题。说是赏花，却着眼于"时"字，取其把握时机、恰当其时之义。

事物发展进程中，可分为准备、进行、完成几个时段；花的开放，同样也有含苞待放、初开、盛开等多种状态。那么，就赏花来说，哪种状态最受人青睐呢？古人说了："好花看到半开时。"

从审美的角度说，如果花蕾还紧包在萼片里，挺然直立花丛中，确实也没有什么好看的；而当花已盛开，东风起处，偶有几片飘飞，也会让人联想到接下来的凋零破败，从而萌生出盛景不常的苍凉意绪，尤其是那"一朝春尽红颜老，花谢人亡两不知"的诗句，着实令人神情萧索。倒是开了又未全开，既可满足人们赏花的热切愿望，又会产生一种"好戏还在后面"的审美期待。花未全开，色、香、味或许尚未达到极致，而其蓄势待发、有余未尽的潜在魅力，生机勃发的向上活力，则会给赏花人留有想象发挥的空间；而且，可能还会平添一份担心——牵挂本身就是一种吸引力：过后这些天可不能有疾风骤雨啊！有人说："最深的愉悦不是得到某样东西，而是在得到它之前的努力；最漂亮的东西，不是看到它时的表述，而是在看到之前的幻想；最美好的结局，不是那句'王子和公主从此过上幸福的生活'，而是对那个未知结局的猜想。"这类微妙而复杂的心理活动，氤氲了审美的情趣，牵动着人们的想象力。

乾隆时期著名诗人蒋士铨，有一首为清初画家王石谷所绘玉簪花的题诗："低丛大叶翠离离，白玉搔头放几枝。分付凉风勤约束，不宜开到十分时。"诗句先是状写画中的玉簪花的叶子，翠色纷披，铺排繁茂；然后渲染女子首饰玉搔头形状的花蕊。这个玉搔头，可不同凡响，当年汉武帝的李夫人曾以玉簪搔头，故而得名；后来又被大诗人白居易写进《长恨歌》，"翠翘金雀玉搔头"。画面上，大量花蕊含苞待放；而正开的不过寥寥几枝。应该说，这是玉簪花生机勃发、生命力最旺盛、花容最美丽的时刻。写到这里，诗人发话了：得赶紧吩咐扑面的凉风，要对玉簪花勤加约束，别让它急着开下去，以免迅速迎来"花谢花飞飞满天"的惨淡局面。这里"凉风"二字极有分寸，不能是"其色惨淡""其气栗冽""草拂之而色变，木遭之而叶脱"的萧飒金风，那样，玉簪花下步就没戏了。又要它健壮地生长着，又要它放慢开放的步伐，充分表现了诗人爱美惜花的良苦用心。当年，诗圣杜甫就曾深情无限地吟咏过："繁枝容易纷纷落，嫩蕊商量细细开。"（《江畔独步寻花》）

二

清代诗人查慎行有一首五绝："无数绯桃蕊，齐开仲月初。人情方最赏，花意已无余。"诗人作为审美主体，对眼前的"桃之夭夭，灼灼其华"这如霞似锦的美的形态，做了直接的形象感知和清醒的理性判断："无数绯桃蕊"的"齐开"，造成了"人情方最赏"的轰动效应；而此刻所呈现的恰是"花意已无余"的审美形态。"无余"二字，是对绯桃生气已经耗尽，美丽转瞬消失，行将枯萎凋残的绝好概括。这里反映了事物相反相成的规律。

寥寥二十字，启发人们思考一些有关盛衰、荣瘁、盈虚、消长的哲学理蕴，也会联想到戒满忌盈、避免绝对、勿走极端、留有余地这些日常处世原则。

读过明代短篇小说集《警世通言》的朋友当会记得，在《王安石三难苏学士》中有这样一段话："古人说得好，道是：'满招损，谦受益。'俗谚又有'四不可尽'的话。那（哪）'四不可尽'？势不可使尽，福不可享尽，便宜不可占尽，聪明不可用尽。"这里的关键在于一个"尽"字。"尽"者，尽头、绝顶、终点、极限之谓也；如果以花为喻，也就是"花意无余""开到十分"。从辩证观点看，事物达到顶点就要走向反面。老子有言："祸兮，福之所倚；福兮，祸之所伏。"祖辈传留下来的"种瓜得瓜，种豆得豆""惜衣有衣，惜食有食"之类的老话，则形象地阐明了因果关系。

《警世通言》中还记载过这样一个故事：唐代丞相王涯，官居一品，权压百僚，僮仆千数，日食万钱，享不尽荣华富贵。其府第厨房与一佛寺相邻，每日厨房涤锅净碗之水倾倒沟中，穿寺流出。一天寺中长老出行，见流水中有白物，近前一看，原是上白米饭。长老说声"阿弥陀佛，罪过罪过"，便叫来伙工捞起沟内残饭，用水洗净，摊于筛内，晒干后用瓷缸收贮，两年之内共积得六大缸有余。那王涯只道千年富贵，万代奢华，谁知乐极生悲，触犯了朝廷，待罪受审。其时宾客散尽，童仆逃亡，仓廪尽为仇家所夺。家人二十三口，米粮尽绝，忍饥挨饿，啼哭之声传震邻寺。长老听到后，便将缸内所积米饭，浸软蒸后赠之。王涯吃后，甚以为美，遣婢女答谢。长老说："这不是贫僧家常之饭，乃府上洗涤之余，谁知济了尊府之急。"王涯听罢叹道："我平日暴殄天物如此，安得不败？今日之祸，必然不免。"当夜即服毒自杀。

三

看得出来，"好花看到半开时"，不到顶点，留有余地，并非仅仅限于审美，也不仅仅适用于日常待人处世，而是已经通过切身体验，升华为一种生命智慧了。

晚清名臣曾国藩，针对他的汉员大臣身份，在种族界隔至为分明的清朝主子面前，危机深重，加之功高权重所带来的险恶处境，有"平日最好'花未全开月未圆'七个字，以为惜福之道、保泰之法，莫精于此"之说。在这里，"惜福"与"保泰"相辅相成，互为表里。他在家书中说："余蒙先人余荫，忝居高位，与诸弟及子侄谆谆慎守者，但有二语，曰'有福不可享尽，有势不可使尽'而已。福不多享，故总以俭字为主，少用仆婢，少花银钱，自然惜福矣。""家门大盛，常存日慎一日而恐其不终之念，或可自保。否则颠蹶之速，有非意计所能及者。"为此，他劝诫诸弟："当于极盛之时，预作衰时设想，当盛时百事平顺之际，预为衰时百事拂逆地步。"为了保全功名、地位，免遭朝廷疑忌，他毅然采取"断臂全身"的策略，在镇压太平军之后，主动奏请：将自己一手创办并赖以起家的湘军五万名主力裁撤过半，并劝说其弟国荃借养病之名，请求开缺回籍，以避开因功遭忌的锋芒。

如果说，曾氏的生命体验表现为困蹙、被动与迫不得已，那么，北宋理学家邵雍的妙悟，则是诗意的、优游的、主动的。且看他的七律《安乐窝中吟》的后四句："美酒饮教微醉后，好花看到半开时。这般意思难名状，只恐人间都未知。"为什么"都未知"？领略个中情境，有赖于净而静的心境。而世人追名逐利，奔走营求，整天处于遑遽、浮躁之中，又何谈心境的净、静！可见，作为一种人生境界，这种感受是在闲适境遇中悟出的。

至于曾国藩所激赏的"花未全开月未圆"这句诗，其意境、情境及其悟出的心境，大致与邵老夫子的诗意相同。它也是出自北宋的一位名家。那天，书法家、大学士蔡襄悠闲地来到供奉文殊菩萨的吉祥院赏花，心有所感，即景抒怀，随手写下了一首七绝："花未全开月未圆，寻花待月思依然。明知花月无情物，若是多情更可怜。"这个"可怜"，做可爱解；有些阐释文章说成是可悲、可悯，谬矣。"怜"有多义，悲、悯之外，还有喜、爱、惜等多解。白居易诗句"可怜九月初三夜，露似珍珠月似弓""可怜春浅游人少，好傍池边下马行"，前者"可怜"意为可爱，后者当作可喜解。

锤峰影下瞰兴亡

一

青少年时期，我的外出机会很少，神州大地上许多景观都是"纸上得来"的，比如承德避暑山庄，就是读过《水经注》后留下了突出印象。郦道元在书中，特意提到了名驰塞外的天生绝景——形如倒置的棒槌的磬锤峰，说是"石挺云举，高可百仞"。当时，遐想联翩：这个横空出世的"大棒槌"，究竟是自然生成的，即造山运动的产物，还是真像传说中所讲的，由哪个仙人放置在那里？抑或是秦始皇舞动了赶山鞭，从哪里驱赶过来的？苦思不得其解。

后来实地造访，对这个疑问已经失去了浓烈兴趣，充盈脑际的念头，倒是：此间确是一处十分理想的避暑消夏的所在。但是，如果我们简单地认为，这座宏大的空间艺术实体，就是派做这种用场，那就大错而特错了。

山庄，浓缩了一部清史，它的营造却是和康熙大帝联系在一起的。康熙常居塞外，很喜欢中秋望月，先后写过两首"望月"的七绝。其一曰："荒塞天低夜有霜，一轮明月照苍凉。不贪玉宇琼楼看，独在遐陬理外疆。"他深深懂得，历代边关不宁，多在北方，祸患往往起于居无定所的游牧民族。因此，处理好同以蒙古族为主的北方民族的关系，是清代前期、中期的一项基本国策。当时，沙皇俄国侵略扩张的触角已经伸向黑龙江地区，这引起了他的高度警觉和深层忧虑。因而，在平定了南方的"三藩之乱"后，便把主要精力转向北方，着手反击沙俄的侵略和统一厄鲁特部蒙古。而这一切，都有赖于弘扬民族的尚武传统，保持八旗军固有的顽强战斗力。为此，他坚持了由顺治皇帝始建的北出口外，围场射猎的制度，并在锡林郭勒、昭乌达、卓索图和察哈尔一带，圈建了周长六百五十公里、总面积约一万平方公里的木兰围场，以娴习骑射，演练兵马，鹰扬武威。

考虑到塞外已成为朝廷的主要活动区域，康熙四十二年（1703），选定热河兴建避暑山庄。因为这里具有"左通辽沈，右引回部，北压蒙古，南制天下"的优越地理位置，是沟通中原与东北，直达黑龙江、尼布楚，接连内、外蒙古的必经通道。而且，热河北接木兰围场，南面离京师很近，驿差传递文书，往返不过两日；如果以"五百里加急"传送皇帝诏谕，竟可朝发夕至。

一般营造园林，目的都在于创造理想的生活环境。历代的皇家园林更是如此，不外乎为皇帝提供游幸、憩居、享乐、赏玩的艺术空间。而避暑山庄的营造，则突破了这个局限，带有浓重的政治色彩。且看那金光璀璨，气宇非凡，一下子就迷离了游人双眼的"外八庙"。当年，著名哲学家黑格尔以没能到过这里感到遗憾。他从英国遣华使者写的札记中，看到了关于避暑山庄的记载，无限神往地说："这座御用园林与其他的任何园林，特别是欧洲的园林截然不同。……它周围那些规格高贵的寺庙，让人看到亚洲大皇帝的用心。"

原来，康熙大帝以维护国家统一、实现民族团结作为营造避暑山庄的根本出发点，在园林建筑中，采取了"浓缩天地"的现实主义创作手法，以华夏地理、地貌、地形为蓝图，创造一种中华一统的形象、氛围。比如，疏浚当地的逶迤流向东南湖区的三条溪水，以象征黄河、长江、珠江三条水系。在北部草原南侧筑起高大的土堤，东起湖滨，西止山麓，以象征万里长城。同时，在山庄周围敕建一批豪华的寺庙，渲染一种浓重的宗教神秘气氛，以象征边疆各民族群星拱月，心向朝廷。从艺术效果来看，也是很讲究的，既有效地填补了空间，美化了环境，又实现了园林建筑的内外和谐统一。

向来，宗教与民族有着密不可分的联系。在避暑山庄的十六座寺庙中，包括了藏传佛教、中原佛教、民俗多神信仰、伊斯兰教和尊孔崇儒等多方面性质的建筑与供奉内容，而且，备极华美、壮观，成为北部、西北部和西南边疆各民族礼佛、朝觐向往的所在。这种豪华、隆重的气概与富于自然情趣的山庄内部的素朴无华的风格，恰成鲜明的对比，体现了清代前期帝王克己省身、崇朴尚简、锐意进取的正统精神和薄来厚往、优遇外藩的政策、策略。其用意是至为深远的。

在中国历史上，由于朝廷的政策失误，边疆游牧民族历来都给中原的统治政权造成强大的威胁；唯独清代，对边疆民族不是单纯施行征伐与和亲的两手，而是采取"因其教不易其俗""因俗习为治"和皇权高于教权的政策、策略，从而取得了巨大成功，在全国形成了以清帝为中心的满、汉、蒙古、藏、回各族上层联合的封建专制统治。

就地域之辽阔和所处的塞外方位而论，这里和满族的原初生活区域、生存状态更为接近。尽管清代帝王在此同样要处理公务，勤劳国事，但是，无论从哪个角度看，比起北京的宫殿来，避暑山庄倒是真正像一座庄园，一个故家。久居其间，自会产生一种生命还乡的归属感。那起伏的峰峦，浩瀚的郊原，汩汩的溪流，离离的草木，无疑离祖先的血脉更近了，他们一定会感到很舒展、很温馨的。看来，任何人，包括帝王在内，总不能断了根基，断了主脉。动植物都一样，靠主脉越近，枝叶和血肉便愈益丰盈，愈益生机勃勃，而一当远离了根脉，便会失去活力，最终也就渐近枯萎，断了生气。

二

离开了宫殿区，我们走入尤具匠心的苑景区，这里是避暑山庄更为广阔的世界。如果说，整个离宫的建设主要是出于政治的需要，那么，对于苑景区的设置，则是为了在万机之暇游玩赏景，悦目怡神。这里湖光变幻，亭台掩映，洲岛杂陈，花木葱茏，是山庄风景的中心，充分反映出君王贵胄贪欢享乐、纵欲骄奢的另一面。

有一点，大家都没有料到，外边的热浪燎肌炙肤，可是一走进避暑山庄的大门"丽正门"，顿觉爽气宜人。也许是由于高墙大院把热流遮挡在外面；也许是参天古树遍洒了阴凉；当然，还有一种心理因素，就是院内建筑的暗灰色调，像是在燃烧的世界上泼洒下一瓢凉液。看惯了北京皇家宫殿的红墙黄瓦，金碧辉煌，乍一走进这树影婆娑中以古朴淡雅为基调、青砖灰瓦、不施彩绘的离宫，立刻产生一种恬淡、清虚的感觉。

当年，嘉庆皇帝已经注意到这一点了，他在一首《解愠》诗中写道："外间溽暑难成寐，山庄就寝尚须被。何来内外不一般？只缘御园山水间。"避暑山庄，作为清代帝王的夏宫，消暑纳凉，通风致爽，自是它的首要特点。整个宫殿建筑群设置在山环水绕之间，绝大部分殿堂都是负阴抱阳，处于花木蓊郁、濒水临崖之地，达到了冬暖夏凉的要求。

山庄除了在大环境方面具备特殊优势之外，各种建筑物的设计、构造，也都俱见匠心。比如，为了通风，主要殿堂，包括正宫的淡泊敬诚殿，东宫的勤政殿，寝宫烟波致爽殿等，都设置了前后相对的"穿堂门"；而且，仿拟当地民居，一些殿堂安设了"活动窗"，随时可以支开，可以摘卸，不仅光线良好，还便于通风换气。寝枕、被褥、幕幛的设色，以粉白、淡绿、竹青、藕荷等寒色、中间色为主；连殿堂嵌挂的艺术品，都采用了松、竹、梅"岁寒三友"等格调寒凉的图案，以营造清爽、潇洒的意境。

烈日炎阳下，我们走进了题为"淡泊敬诚"的正宫主殿，突出的感觉就是清凉、润爽。这座有"金銮殿"之誉的大殿全部用楠木建成，虽经二百多年的风雨剥蚀，至今仍然散发着沁人心脾的楠木幽香。作为康乾之际经常举行重大活动的场所，其重要性不在北京故宫的太和殿之下，却冠以富有怡养性灵内涵的名字，再加上灰砖素瓦、不事丹青的形体，就使它具有一种淡淡的雅趣和悠然的意境，消解了那种夺人的气势、皇权的威严和帝王宫阙常有的压抑感。

古典园林建筑鲜明地体现了人们的生命情调和心灵律动的形态。透过这片艺术天地，我们可以解读传统的人生情趣和审美观念，寻找精神文化的直接或间接的影响。作为崛起于东北边陲的满族统治者，其经国安邦的大业得益于中原汉文化者实多，自然，对于汉文化的研习与领受，兴趣也极为浓烈。表现在园林建设中，南景北移、南北融合便是最显著的特色。康、乾二帝多次巡幸江南，深慕南方景色之秀，嘱令画师工绘，携景北移，突出地表现在一些大型园囿之中。

在湖区，有仿西湖苏堤、白堤的芝径云堤，仿富春江严子陵钓台的石矶观鱼，仿苏州沧浪亭的沧浪屿，仿绍兴沈园的采菱渡等许多景观。平原区和山峦区的香远益清、濠濮间想、青枫绿屿、嘉树轩、莺云寺，都是移景于江南；而常熟曾园的水流云在，苏州的笠云亭、千尺雪，杭州的一片云、旃檀林、放鹤亭，则是连名带景一同移入了山庄。

浙江嘉兴南湖鸳鸯岛上的烟雨楼，取自杜牧"南朝四百八十寺，多少楼台烟雨中"的诗意。避暑山庄的烟雨楼，既取杜牧诗意，又采撷了嘉兴的美景。乾隆帝南巡时，见到嘉兴那座四面临水、风物清华的烟雨楼气象非凡，晨烟暮雨尤为壮观，击节称赏，嘱令画师描摹、能工仿建，终于在山庄澄湖中心的青莲岛，把这座楼台惟妙惟肖地矗立起来。

这次，在水心榭的东厢看到了文园狮子林。我想，莫非它也是从苏州仿造来的？一看说明，果然不差。原来，苏州狮子林在南方园林中是以假山的磅礴气势和洞壑的曲折幽深取胜的；而且，把假山造成多种狮子的形态，游人入洞，如入迷宫，加上四外楼台轩阁及石舫亭榭等优美建筑，使名园声名更盛。乾隆帝南巡曾在那里逗留多时，依依不忍离去，决心在避暑山庄仿造一个同样的塞外绝景。这位雄心勃勃的皇帝还有更大的胃口，他曾经说过，热河自创建避暑山庄以来，"居民繁盛，商贾云集，市廛富庶之象居然一大都会，几与江南之吴阊相似，谓之'塞外小苏州'亦无不可耳"。

乾隆帝曾即景写过一首七绝："菱花菱实满池塘，谷口风来拂棹香。何必江南罗绮月，请看塞北水云乡。"诗味不足，但应该承认，他的感觉还是不错的。漫步在芝径云堤上，与如意洲、冷香阁隔水相望，确实有一种置身江南的感觉。想象中，一列文臣雅士在风流皇帝带领之下，衣冠雍容，神情潇洒，凭栏远目，赏景吟诗，实在很难把他们同那个轻骑射猎、骁勇顽强的民族联系起来。心中不由得涌出了一句话："真个是：江南妩媚雌了男儿！"

三

本来，满族是我国北方一个以骑射猎取天下、勇武剽悍的民族。可是，进关之后的数十年来，随着四境安绥，承平日久，已经不容易看到昔日跃马横刀的景象了。特别是在平定吴三桂叛乱的战斗中，往日以骁勇善战著称的八旗军，竟然出现了种种衰颓朽败的表征。许多当关的将帅并无守城拔寨之志；有的久战沙场的名将，一听说要开拔打仗，竟然托病请求免征；有的临阵脱逃；更有甚者，自做伤痕，撤离前方，"一人有病，数十人趁机扶送回京"。仅在康熙十三年至十四年一年间，自副将、总兵至督抚、提督这些高级官吏中，竟有三十多人变节投敌。

这种种危险的兆端，使康熙帝深自戒惕，极感忧虑，于是决定对八旗将士严加整饬，首先对皇子皇孙、宗室子弟进行严格训练。明文规定，皇子、宗室子弟，从六岁起必须习练弓马；十岁以后，每年要参加武考，考试由皇子、军机大臣主持，并由皇子带头先射，为宗室、文武百官做出榜样。他曾严厉地训诫："我国以弓矢定天下，又何可一日废武！"规定从康熙二十年开始，每年一次定期北巡，组织万余骑兵、射手，去远离京城八百里的木兰围场习武射猎。围猎活动与作战一样，非常艰苦。他把这看作训练军队的最佳活动，也是磨炼皇子皇孙意志和体力的大熔炉。每次出猎，康熙帝都戎装乘骑，亲率皇子、臣僚和各路大军，并勇对熊虎，率先发矢。他前后出围达四十八次之多，以每次二十几天计算，仅在木兰围场，就出猎了一千多天。

但是，任何事物都有它内在的发展规律，是不以某个人（即使是叱咤风云的一代雄主）的意志为转移的。而且，许多情况下还是效果与愿望恰相悖反，所谓"种下的是龙种，而收获的是跳蚤"。

避暑山庄的创建，康熙的初衷是弘扬祖上尚武传统和中华大一统的精神，开展多种有利于巩固边疆的活动；而到了"乾隆盛世"，则其功用已主要转化为赏赐封爵，召见各民族首领，开展外交活动，宣扬上国天威。就是说，它已经由昔年"武器的批判"逐渐演变为迎宾宴集、歌舞承欢。山庄中的清音阁、一片云的戏台，这些专为皇帝园居时观戏之用的设施，向我们昭示了这个信息。乾隆的寿辰为农历八月十三，届时，除了"逢旬"大庆，要返回京师庆贺，平时每年的祝寿活动，包括七旬寿庆，都是在山庄举行的。与康熙时代"围场秋点兵"的刀剑争辉、云旗逶迤之势相对应，此际的笙歌彻夜、舞彩缤纷，成了山庄的另一类风景线。

嘉庆帝的一生充满了动乱不宁。登基伊始，就赶上湖北、四川的白莲教徒武装起义；接着，又发生了刺客入宫廷、天理教徒闯禁门的险情，使他一夕数惊。在位二十五年，竟到山庄来了十七八次，目的显然有别于先祖的尚武、筹边。名为秋猎，实则找个清静环境躲了起来，最后便在山庄的寝宫里"龙驭宾天"了。

四十年后，他的嫡孙遭遇与他相似的结局，而且下场更惨。——

英法联军进攻北京，咸丰帝仓皇辞庙，逃到热河行宫，由"避暑"转为"避难"，以多病之躯蜷缩在烟波致爽殿的一个阴暗角落里，在屈辱地"御批"了几个丧权失地的卖国条约之后，悄然告别了人世。

比起康熙、乾隆那对祖孙来，嘉庆、咸丰这一对祖孙，真是显得百倍的窝囊，百倍的晦气。假如那时候也有"九斤老太"的话，怕是早就要慨叹"一代不如一代"了。

斜阳渐渐地收敛了炎蒸的暑热，白云散淡地飘游着，山庄里吹过来阵阵松风。虽然到处还是光影交辉，但是，灰褐色的暮霭已经隐隐在天边。磬锤峰被夕阳的余晖染成一片绀紫，静穆地矗立在山巅，俯瞰着一代王朝的兴亡碎影。

望着这一幅天造地设的浓墨重彩的画卷，觉得康熙大帝把"锤峰落照"列为山庄三十六景中的第十二景，实在是寓意幽深。只是，夕阳虽好，已近黄昏。咸丰作为进入山庄的最后一代清帝，从他病死烟波致爽殿，到整个清王朝覆亡，只有半个世纪。从这个意义上，这一景观也可说是晚清末造的一幅苍凉的投影。

害怕时间

一

人在幼小时，与时间处于一种混沌状态，那时觉得日子特别漫长，一年到头，经常处于等待之中，上学等待放学，开学等待假期，想吃美味、想穿新衣、想放花炮，便焦急地等待着过年过节。可是，人过中年，特别是到了老年，对于时间的流逝，则变得特别敏感；更因"岁月疾如下坂轮"，一眨眼工夫就垂垂老矣，而心生畏惧。

列夫·托尔斯泰说，测量时间的标准有两种，一种是客观标准，如用年、日、小时等测量时间；另一种是主观标准，是用我们所度过的生命来测量。就一个三岁的小孩一年中所感受的印象的数量和强度而言，一年等于生命的三分之一；而对于一个三十岁的人来说，一年只是他的生命的三十分之一。对于小孩子，一切都是新鲜的，重要的，在他们看来，一年好像一段很长的时间。这就说明为什么人们年纪越大，就会感到时间过得越快。而幸福的岁月，正是那消失了的儿时岁月——瞬息即逝的花样年华。

人们谈论时间，其实，所指的经常是生命。对于个体的人来说，时间，也就是生命的流程。英国诗人艾略特说过，我用"喝咖啡的勺子，一勺一勺量走我的生命"。朱自清的散文《匆匆》中，描述得更为形象："洗手的时候，日子从水盆里过去；吃饭的时候，日子从饭碗里过去；默默时，便从凝然的双眼前过去。我觉察他去的匆匆了，伸出手遮挽时，他又从遮挽着的手边过去，天黑时，我躺在床上，他便伶伶俐俐地从我身上跨过，从我脚边飞去了。等我睁开眼和太阳再见，这算又溜走了一日。我掩着面叹息。但是新来的日子的影儿又开始在叹息里闪过了。"

我们说：时间过得太快了，参照系往往是耳目所及的事物。"子在川上曰：'逝者如斯夫！不舍昼夜。'"比照物是流水。西晋桓温北征，"见前为琅邪时种柳，皆已十围，慨然曰：'木犹如此，人何以堪！'攀枝执条，泫然流泪"。比照物是柳树。更多的则是以自己的生命，或者身旁的晚辈、已逝的亲友为参照物。"旧日儿童皆长大，昔年亲友半凋零""昔别君未婚，儿女忽成行"。京剧《武家坡》中，有这样一段对唱：

  王宝钏：一见血书心好惨，果然是儿夫转回还。
  开开窑门重相见，（白）咦！我儿夫哪有五绺髯？
  薛平贵：三姐不信菱花照，不如当年彩楼前。
  王宝钏：寒窑内哪有菱花镜？
  薛平贵：（白）水盆里面。
  王宝钏：水盆里面照容颜。（白）老了！啊！容颜变！
  十八载老了我王宝钏。

二

世间万事万物，无不寄存于时间之中。时间永是流逝，"有力量消灭世人所爱的一切对象"。西方哲人说，"凡是在时间之内的都是暂时的""永恒并不是在无穷的实践之中持续着，而是存在于整个的时间过程之外"。

作为时间的载体，生命对于所有的人都只有一次，而且只有消耗，不能重生再造。就是说，人不可能永远生活在世上。有之，靠的是虚幻的宗教，或者借助一种生命的转移，以另一种形态转移到新的生命中去。如同一株植物死了，它的生命依靠种子传承、延续下去。而作为个体的人，无不生活在时间与空间的一个交叉点上，无论你怎样渴望久远，冀求永恒，最后所得到的也只能是一小段，而且稍纵即逝。

尽管从宗教的视角，有所谓"物不迁论"，"少壮同体，百龄一质，徒知年往，不觉形随"，"吾犹昔人，非昔人也"（佛教学者僧肇语）。尽管从辩证观点看，"逝者如斯，而未尝往也；盈虚者如彼，而卒莫消长也。盖将自其变者而观之，则天地曾不能以一瞬；自其不变者而观之，则物与我皆无尽也"（苏东坡语）；尽管凭借记忆、追怀、想象的诗性回眸，连接历史与现实，可以使人挣脱出流逝的时间，而获得一种埋藏在心灵深处的完整统一的生命感；但是，常人并非生活在虚幻天庭、哲学王国之中，包括种种记忆本能、追怀习惯，及其所产生的诗性效应，最终都无法抵御现实情状的猛烈轰击，仍然会像薛平贵和王宝钏那样，由于生命的暂驻和变更之剧烈，而陷入伤怀以至绝望，从而加剧痛苦与悲凉。

清晨起来，看中央电视台播放的《电影传奇》，目睹明星们在不同年龄段的形象，顿起沮丧、苍凉之感。当日朱颜秀发、美目流盼、光彩照人的妙龄女郎，一变而为白发苍苍、皱纹满脸、目光呆板、老而且丑——这是同一人吗？昔日的花容月貌，究竟哪里去了？

记忆中，古希腊有这样一则神话：阿波罗答应满足女先知的任何一项请求，女先知说，她希望永远不死，却忘记了请求永葆青春。这样，她果真长寿了，但是，伴随着光阴的飞逝，她变得越来越衰老、越来越丑陋了，而且，终日营营役役，得不到片刻安息，以致人们问她最后还有什么愿望，她说：只求一死。

死了，又怎么样？古埃及一座墓室里，有这样一座铭刻："原来喜欢走动的人，现在被禁锢着；原来喜欢穿戴盛装的人，现在则穿着旧衣服沉睡；原来喜欢畅饮的人，现在置身于没有水的地方；原来富有的人，现在来到了永恒和黑暗的境界。"

在与时间老人的博弈中，可以说，个个都是输家。所以，人们讲：害怕时间。

三

不过，词语有原生义、衍生义、引申义。比如，"可畏"，从字面上看，与害怕同义，也就是令人畏惧。可是，"后生可畏"这个成语，表明青年人有更多的发展可能，令人充满期待，这里的"可畏"，就不是令人畏惧，而是令人敬畏。再看"害怕"一词。世传黑脸包公，连皇帝老倌儿都要惧他三分，至于文武百官，特别是贪赃枉法之徒，更是心惊胆战。之所以害怕，无非是由于他公正无私，刚直不阿，不讲情面，不徇私情。而时间老人，也有同样的特点，由于公正无私，所谓"时间无情""历史无情"，而令人害怕。宋代名臣司马光有言：谏院题名刻石，"后之人，将历指其名而议之曰：'某也忠，某也诈，某也直，某也曲。'呜呼！可不惧哉！"这里的害怕，与前面说的怕老、怕丑、怕死，含义不同。

在时间的长河中，万般人事，为是为非，为正为邪，为直为曲，为功为过，都要经过时间（历史）的检验。为此，我写过一篇随笔，题目就叫《公道，站在时间老人的门口》。从社会价值上说，时间具有强大的选择性，存其所应存，而弃其所当弃，它既不是保留一切，也并没有吞噬一切。对于世间生物中唯一追问自身存在意义的人来说，悲剧在此，完美也在此。

这突出表现在，同样是面对光阴流逝、百年一瞬，人的生命价值、存活意义、身后声名，却各自有异，甚至霄壤之别。当代学者何满子在论及鲁迅先生的时代价值时，指出："不论当代人对鲁迅做了多么高的评价，未来的历史家对鲁迅的评价将比今人高得多。……历时愈久，对鲁迅生前死后加之于他的污泥浊水，明枪暗箭，不怀好意的抬举，有心的中伤和无意的曲解，都将愈益黯淡失色。人们所看到的，将只是经过澄清了的历史长河的运行，以及巨人在历史中的伟岸风姿，他如何和历史气息相通，扮演着引涛疏流的光辉角色。"

时间是个神秘的怪物，悄无声息，杳无踪影，却时时刻刻，使人感受到无坚不摧、所向披靡的超强威力。

人巧与天工

每逢阴雨天，我总是把公园晨练改为在住宅小区里散步。无论就园区管理，还是环境绿化方面来说，此间都堪称上乘。尤其受人赞许的是花木的修整，花径间、步道旁，几乎所有的灌木丛都被剪修成球形、圆桶、方块、绿篱等艺术造型。园工们穿行其间，手擎一把轻便的电锯，发现哪处冒出了枝条，伸展出嫩杈，不容分说，立刻芟除。就连那些开花结实的果树，也都被整修成枝条扭曲、四周匀称、高仅及身的形状，其中有一棵杏树，为了突显它的红灯笼般的累累果实，旁边的枝叶都做了剪裁；更为残酷的是，果实刚被采摘，枝杈就被修整，有的斜伸，有的平举，有的折曲，有的弯环，哪里像一棵树啊，分明是一个如意编结的箩筐或者木笼子。看去倒是百态争奇，其如故态全非何！

每番从它们旁边走过，我的心情都呈现一种矛盾状态：一方面，觉得造型确实很美，同时也服膺并感激园工的巧艺；另一方面，却又不愿放眼去看，认为这些戕身损性、失其常态的花木实在有些可怜——捧出全部身心结满硕果、绽放鲜花，最后却连肢体都要经受毁伤，端的有些凄苦！与其在这里呈显着美的极致，真不如在山乡野岭过着自在随意的生活！幼读宋诗，记得吕本中有一句十分警策的诗："花如遗恨不重开。"是啊，如果花木有知，面对种种摧残，积愤在心，那它就不会重新开放了。端的是伤怀之语。

由此，我忆起儿时家门前那座沙山上的林木，杨柳榆槐，还有人们叫不出名字的珍稀树种，亲亲密密、热热闹闹地聚在一起，粗的要两人合抱，细的也赛过碗口。整日里，没拘没管，一切都顺应自然，任情适性，斗胜争奇，各极其致。有一棵香椿树扶摇直上，眼看就要顶天了，可它还是不停地拔高，也没有人去斩截它。它们倒是活得自在，有的愿往四周扩展枝叶，就随意伸胳膊叉腿，任凭它往斜里伸；有的无意斜伸枝权，就自己挺着躯干往粗里憋，最后憋成个大胖墩儿，顶着个帽盔式的圆形树冠，也没有人嫌它丑。

晚清思想家龚自珍《病梅馆记》中指出，某些人受"梅以曲为美，直则无姿；以欹为美，正则无景；以疏为美，密则无态"的审美观的支配，对梅树采取"斫其正，养其旁条；删其密，夭（剪除）其稚枝；锄其直，遏其生气"的做法，虽云爱之，实则害之。龚氏的本旨原是借物喻人，意在抨击扼杀人才的现象；但他也确实发自内心爱惜花木——索性购买三百盆病梅，"乃誓疗之：纵之顺之，毁其盆，悉埋于地，解其棕缚；以五年为期，必复之全之"。

其实，早在两千多年前，道家学派就提出"天人合一""无为自化"的思想，《庄子》中有多篇阐明其随任自然、顺物本性的主张。《马蹄》篇有言："马，蹄可以践霜雪，毛可以御风寒，龁草饮水，翘足而陆（通"踛"，跳），此马之真性也。虽有义（仪）台、路寝，无所用之。及至伯乐，曰：'我善治马。'烧之、剔之、刻之、雒（络，戴上笼头）之，连之以羁馽（戴嚼子的络头和绊马腿的绳索），编之以皂栈（棚圈），马之死者十二三矣；饥之渴之，驰之骤之，整之齐之，前有橛（横木做的马嚼子）饰之患，而后有鞭筴（亦作"策"）之威，而马之死者已过半矣。"

....

实际上，问题要复杂得多。它涉及如何对待自然、如何管理人才、如何认识审美等一系列带有基础性理论问题，有的反映了个中的矛盾与悖论。即以尊重自然与改造自然的关系为例，这个"人天之辩"，相信百年、千年之后，矛盾仍然会存在。今天只能按照过去的经验教训，明确一些总的原则。比如，鉴于生存与消费为人类"不可须臾离也"，因而无法离开对自然资源的利用这一铁定的法则，需要在尊重自然规律的前提下，进行合理开发利用，在有限的生态系统范围内，减轻以至停止对自然的破坏；而且，对于地球上某些幸存的自然状态，需要悉心保护；与此同时，立即探索开发新的路径，以代替某些自然资源的利用。

审美问题，同样也不简单，由于它是一种主观的心理活动过程，是人们根据自身对某事物的要求所产生的看法，往往是言人人殊，某种事物、某种形态美观与否，自然美与创造美何者为上，判断起来很难取得一致。面对相持不下的争议，我们的老祖宗有个高明的手法，就是讲究"中和"，强调适度，这样，双方便都颔首认同、中止争议了。

乐在忙中

一

"知也无涯",而个人作为现实与有限的存在物,"生也有涯",认知能力、表现能力,按其个别实现和每次的现实来说是有限的。这是摆在人类面前任何人都无法回避的无解性矛盾。古代哲人庄子曾经企望达到一种"大知"境界。但他分明知道,这种"大知"目标的实现,绝非个体生命所能完成,只能寄望于薪火相传的生命发展历程之中。

人生是一次单程之旅,对生命的有限性和不可重复性的领悟,原是人生的一大苦楚。它包括在佛禅提出的"人生八苦"之中,属于"求不得"的范围。由于时间是与人的生命过程紧相联结的,一切作为都要在这个串系事件的链条中进行,所以,古往今来,人们对于时间问题总是特别敏感,倍加关注。古人说:"恨不得挂长绳于青天,系此西飞之白日。"还幻想有一位鲁阳公挥戈驻日,使将落的夕阳回升九十里。凡是智者、哲人,无不对于时间倍加珍惜。自然,也可以反过来说,珍视生命,惜时如金,正是一切成功者的不二法门。

随着年龄的增长,这种珍惜时间的情结会越来越加重。特别是文人,对于流年似水、韶光易逝更是加倍敏感。可是,时间又是一匹生性怪诞的奔马,在那些对它视有若无、弃之如敝屣的人面前,它偏偏悠闲款段,缓步轻移,令人感觉着走得很慢很慢;而你越是珍惜它,缰绳扯得紧紧的,唯恐它溜走了,它却越是在你面前飞驰而过,一眨眼就逃逸得无影无踪。尤其是过了中年,"岁月疾于下坂轮"。弹指一挥间，繁霜染鬓，"廉颇老矣"。米兰·昆德拉说得很形象：一个人的一生有如人类的历史，最初是静止般的缓慢状态，然后渐渐加快速度。五十岁是岁月开始加速的时日。

　　在与时间老人的博弈中，从来都没有赢家。人们唯一的选择是抓紧当下这一段或长或短的时间。清代诗人孙啸壑有一首七绝："有灯相对好吟诗，准拟今宵睡更迟。不道兴长油已没，从今打点未干时！""从今打点未干时"，这是过来人的沉痛的顿悟之言。过去已化云烟，再不能为我所用；将来尚未来到，也无法供人驱使；唯有现在，真正属于自己。

　　当然也可以说，手中握得的现在，其实也是空空如也，因为时间并没有停留过片刻，转瞬间现在已成过去。但这样，未免迹近虚无，所以还是要讲，与其哀叹青春早逝，流光不驻，不如从现在做起，珍惜这正在不断遗失的分分秒秒。"东隅已逝，桑榆非晚""失晨之鸡，思补更鸣"。

二

　　有些年轻人见到一些上了年纪的人仍然分秒必争，寸阴是竞，觉得不能理解——都"土埋半截子了"，还拼个啥？拼又有啥意义？这里体现出两方面的差异：一是价值取向不同；二是切身体验各异，如同百万富翁体味不到穷光蛋"阮囊羞涩"的困境一样。世间许多宝贵的东西，拥有它的时候，人们往往并不知道珍惜，甚至忽视它的存在；只有失去了，才会感到它的可贵，懂得它的价值。

　　也有好心的朋友，见我朝乾夕惕，孜孜以求，便引用清人项莲生的话"不为无益之事，何以遣有涯之生"加以规劝。我的答复是，如果这里指的是辛勤劳作之余的必要调解与消遣，那是完全必要的，不能称之为"无益"。可是，项氏讲的"无益之事"，指的是填词，这原是一句反语。前人评他的《忆云词》"荡气回肠，一波三折""殆欲前无古人"。哪里真是无益！而且，他在短暂的三十八年生命历程中，一直惜时如金，未曾有一刻闲抛虚掷过。"华年浑似流水，还怕啼鹃催老"，这凄苦的辞章道出了他的奋发不已的心声。

人们的理想追求差异很大，同样，兴趣、快活之类的体验，也往往是"如鱼饮水，冷暖自知"，他人难为轩轾，更无法整齐划一。所谓"趣味无争辩"，正是这个意思。有些老年人把含饴弄孙、庭前笑聚视为暮年极乐；也有许多人，或经营庭前小圃，或加盟胜地之游，或垂竿湖畔，或蹁跹舞场，或投身"方城之战"，或终日与"方脸大明星"——电视机照面。林林总总，各得其乐。

我则异于是，总想找个清静地方，排除各种干扰，澄心凝虑地读经典、做学问、搞创作，把这看作余生最大的乐趣。总觉得，过去肩承重任，夙夜在公，暇时甚少；现在退休在家，撂下了工作担子，正可"华发回头认本根"，作"遂初之赋"，实现多年的夙愿。因此，每天除去把"三餐一梦"和一两个钟头的散步作为必保项目外，其余时间就都用于读书、治学、创作，间或拨出一点必要时间，与文友交往，或者去高校讲课、外出考察。

我习惯于把读书、创作、治学、游览紧密地结合在一起。以创作、治学为经，以脚下游踪与心头感悟为纬，围绕着所要考察、研究、撰述的课题，有系统、有计划地阅读一些文史哲书籍，以一条心丝穿透千百年时光，使活跃的情思获得一个当下时空的定位，透过"人文化"了的现实风景，去解读那灼热的人生，鲜活的情事，同时也从中寻找、发现着自己。

三

创作切忌雷同，艺术的生命力在于不断创新。如果千头一面，那么天地间又何贵乎有我这个人；如果千篇一律，那么，文坛上又何贵乎有我这些文字！因此，在散文创作中，我苦苦追求自己的特有风格。我重视吸收、借鉴他人的长处，但耻于依傍，无意模仿。不是有个冷笑话吗——"和尚在此，我却何往？"这总是很难堪的。

当然，形成自己的风格，固属不易，但是，更为难能可贵的还在于如何不断地挑战自己，取得新的突破。一个作家最大的前进障碍，正是他自己营造的樊篱。他必须时时努力，跳出自己现成的窠臼。对我来说，这是更大的难题。

我不懂得"百无聊赖"是一种什么滋味，每天都过得异常充实，"忙"是生活的主调。架上经典繁多，苦于没有时间细读；许多优秀影视作品，朋友们再三推荐，却抽不出时间浏览；多地出版、报刊部门约稿，未能一一满足。清代诗人袁枚说："不好诣人贪客过，惯迟作答爱书来。"他说了四样事。我呢，和他一样，不好访问别人，喜欢捧读来函；不同的是，我能及时作复，却不贪恋往来宾客。这并非由于生性孤僻，只是因为舍不得破费时间。朋友们也都理解，有要紧事必须找我，总是说，知道你忙，只打搅五分钟。我散步时总是踽踽独行，为的是便于一边走路，一边进行创作准备，思考问题。

这样一来，生活是否过于清苦、单调，缺乏应有的乐趣呢？每当听到朋友们的这类询问，我总是会心一笑，戏用庄子的语式以问作答："子非我，安知我不以此为乐耶？"明代的归终居士有句十分警辟的话："要得闲适，还当在一'劳'字上下功夫。盖能劳者，方体味得闲适。"从前，对这句话缺乏理解，现在体会到，劳作与闲适是相反相成的。闲适是一种心境，这种心境的产生，有赖于充实与满足。无所事事的结果，是身闲而心不适，百无聊赖。情有所寄，才能顺心适意。读书、创作、治学，本身就是一种寄托，实际上也是一种转化，化尘劳俗务为兴味盎然的创造性劳动，化喧嚣为宁静，化空虚为充实，化烦恼为菩提。

二十多年前,我曾大病一场,几乎和死神接了吻,而今尚称顽健。友人向我请教养生之法,我想了想,说,还是"借花献佛"吧。漫画大家方成先生有一幅自画像。画面上,年登耄耋的方老,轻快地骑着一辆自行车,前边车筐里满载着笔墨纸砚,后座上驮着高高的一摞书,画上题了一首"缺腿的"打油诗:"生活一向很平常,骑车画画写文章。养生就靠一个字——忙。"

戏剧人生

戏比人生

　　以戏剧比拟人生，这在古今中外，都是一个常见的话题。四百多年前，莎士比亚在诗剧《皆大欢喜》中阐述得最形象、最生动。他借剧中人杰奎斯之口说，全世界是一个舞台，所有的男男女女不过是一些演员；他们都有下场的时候，也都有上场的时候。一个人一生中扮演着好几个角色，他的表演可以分为七个时期：最初是婴孩；然后是学童；然后是情人；然后是一个军人；然后是法官；第六个时期变成了龙钟老叟；最后一场是孩提时代的再现，全然的遗忘，没有一切。

　　同样也是在英国，当代著名导演彼得·布鲁克有言："可以选取任何一个空间，称它为空荡的舞台。一个人在别人注视之下走过这个空间，就足以构成一幕戏剧了。"戏剧是一种时间与空间相结合的艺术，由人的行动来统一。人进入社会，这张空间大幕便拉开了，各自扮演着不同的角色，活着在舞台上奔波，死了等于从舞台上退下。

　　当代美国社会学家戈夫曼在《日常生活中的自我呈现》一书中，提出一种"拟剧理论"，用戏剧表演做比喻，来说明日常生活中人与人之间的相互作用。他把社会看作正在演出的戏剧舞台；作为演员，各个社会成员都在扮演着不同的角色；"剧作家"则是隐藏在人们行动后面的社会体系。在这里，演员（个体的人）一身而兼二任，具有两副面孔——表演者本身和所扮演的角色；舞台（社会场景）分成前台与后台。在表演过程中，演员总要力求体现（或接近）想要呈现给观众的那个角色特征；这样，观众眼中所见的，便只是那个所扮演的角色，而并非演员本身，只有当表演结束，演员回到后台去，卸了装，才回归其本来面目，可是，这与观众已经无关了。

上面，引述了几位剧作家、导演、社会学家的一些雄辩的议论；他们立足于西方社会，就戏剧与人生的话题畅谈己见；下面，仍是围绕这一话题，再请中土封建时代的两位诗人出场，他们以诗人的独特视角，采用形象的直观的手法，小中见大，窥豹一斑。

唐代诗人梁锽有一首《傀儡吟》："刻木牵丝作老翁，鸡皮鹤发与真同。须臾弄罢寂无事，还似人生一梦中。"这里说的是木偶戏。一般认为，木偶戏"源于汉而兴于唐"，从隋代开始，已有关于用木偶表演故事的记载。木偶亦称傀儡，刻成以后，由演员牵丝而活动；表演时，演员在幕后，一边操纵木偶，一边演唱，并配以音乐。

本诗为咏物诗，同时又是绝妙的讽喻诗。诗的前两句，叙述木偶制作得宛如真人，形貌、动作，都与真人没有差异。后两句，由叙事转入议论，发抒观看木偶表演之后所产生的感慨。诗人通过咏叹受人操纵、摆布、牵制的"木老人"的表演，讽刺那类缺乏自主意识、俯仰由人、一言一动都须仰承他人鼻息的傀儡式人物。当时的君主唐明皇，酷爱戏剧，被梨园行奉为祖师爷。安史之乱后，肃宗即位，他因受太监离间，退居西内，终日郁郁寡欢，便经常吟诵《傀儡吟》以自伤、自遣。

本诗具有鲜明的哲思理蕴，体现在四个关键词上：一是"真"，与假相对，说是"与真同"，实际上，从木偶形态、装扮到宛转作态的表演，没有一样不是假的。二是"弄"，在这里是动词，用得至为恰切，作弄、玩弄、摆弄、耍弄，惟妙惟肖地刻画出木偶受人操纵、摆布的情态。三是"须臾"，四是"一梦"，表现瞬时性。四者结合起来，揭示"木老人"逢场作戏、俯仰由人的实质性情态。

作为戏剧艺术的一支，木偶戏同样具有现场性、假定性、表演性、集中性等普遍特征，倏忽间，方寸地，可以表演无限时空；幕启幕落，能够囊括无穷世事。除此之外，它还有其特殊的属性。演员表演须以木偶为媒介，这样，舞台角色身上的人性与媒介的物性便构成了有趣的矛盾统一体。也就是说，木偶戏表演者（演员）是双重的，真正当众演出的是木偶——由人雕绘、刻制成的戏剧角色，而操纵、控制的人则在幕后。像一副对联所状写的："有口无口，且将肉口传木口；是人非人，聊借真人弄假人。"木偶戏"以物象人"的表演特性，决定了木偶舞台上需要遮蔽操纵者，以突出木偶形象。这也恰是世间后台弄权者与前台傀儡的典型特征。

再看晚清诗人俞樾的《别家人》七绝："骨肉由来是强名，偶同逆旅便关情。从今散了提休戏，莫更铺排傀儡棚。"俞樾于光绪三十二年（1907），以八十六岁高龄在苏州曲园逝世。临终前留下十首七绝，即《十别诗》，此为第一首。

诗中说的也是木偶戏。清梁章钜《称谓录》："傀儡，以木人为之，提之以索，故曰提休。""强名"，意为勉强称作，也就是虚名。语出《老子》："吾不知其名，强字之曰'道'（我不知道它的名字，勉强叫它作'道'）。"

诗的大意是：亲人间以骨肉相称，这原本就是虚名，是勉强称作的。就像同住一个旅店（"逆旅"），偶然相聚在一起，便也休戚与共、情感相关了。于今，我将撒手红尘，同家人分手了，对我来说，家也就不存在了，如同一场木偶戏已经散场，也就再用不着部署、安排、撑持这个木偶戏棚了。

先生胸次夷旷，淡泊荣利，退隐后徜徉湖山，一意著述，于名位起落绝不挂怀。作为国学大师，晚年儒佛合参，从这首诗中还能看出道家特别是庄子的深刻影响。庄子说过，古之真人，不知道贪生，也不知道怕死，出生不欣喜，入土不排拒，顺其自然地来，顺其自然地去，不忘记自己的始原，也不究诘自己的结局。庄子将死，弟子欲厚葬之，他说，我把天地当棺椁，把日月当双璧，以星辰为珠宝，用万物做殉葬。这样的葬礼还不够完备吗？还有什么比这更好的！俞樾以木偶戏喻人生，以傀儡棚喻家庭，自是从中有所借鉴。

写到这里，意犹未尽，再引证当代诗人、书法家启功先生的一则逸闻：启功先生"文化大革命"中受到严重冲击。粉碎"四人帮"后，当日不遗余力地批斗过他的一个人，上门向他道歉。先生听后，哈哈一笑，说出一段颇富哲学意蕴的话："身处那个年代，我们都是身不由己，就好像搭台唱戏一般，你唱了诸葛孔明，而我唱的是失了街亭的马谡，如今，戏唱完，也就完了吧！"

戏鉴人生

所谓"戏鉴人生"，这里有两方面的含义：一是就戏剧本身来说，剧中人事，活灵活现，昭然若揭，宛如一面面镜子，对于人生有镜鉴作用。唐太宗有言："以人为镜，可观人之举措，以明本身得失。"（《贞观政要》）二是就人生历程来说，如果比之戏剧，每时每刻进行的都是一次性的、不可逆的现场直播，没有彩排与预演，不像戏剧那样，可以反复推敲、反复排练，不断地重复上演。也正是为此，不可重复的生命历程便有了向戏剧借鉴的必要与可能，可以通过借鉴戏剧来解悟人生、历练人生、体验人生。

以我几十年间接触戏剧、读解剧作的体验，觉得莎士比亚和易卜生的作品是最有益于借鉴人生的标本。莎士比亚的诗剧是一座永世开掘不完的人生富矿，里面蕴含着渊博的学识和源源不竭的深邃思想，充满了人生智慧、生命的甘醇。当代学者王元化曾在一篇文章中谈到，20世纪50年代下半叶，他被隔离审查时期，头脑里充满了各种矛盾的思虑，孰是孰非，何去何从，深感困惑与惶恐。这时，他读到了《奥塞罗》，产生了强烈的共鸣，内心激动不已。当奥塞罗被重重苦恼击倒之后，曾发出一番叹息："要是上天的意思，让我受尽种种的折磨；要是他用诸般的痛苦和耻辱降在我的毫无防卫的头上，把我浸没在贫困的泥沼里，剥夺我的一切自由和希望，我也可以在我灵魂的一隅之中，找到一滴忍耐的甘露。可是，唉！在这尖酸刻薄的世上，做一个被人戳指笑骂的目标，我还可以容忍，可是我的心灵失去了归宿，我的生命失去了寄托，我的活力的源泉变成了蛤蟆繁育生息的污地！"由于理想的破灭，奥塞罗的悲诉，竟是那样激荡灵魂，撕裂人心。王元化正是从这部不朽的剧作中，感受到了强大的生命震撼力与感召力。

歌德有言，精神有一种特性，就是永远对精神起着推动作用。正是根据这一规律，他得出莎士比亚研究是没有穷尽的结论，并且撰写了《说不尽的莎士比亚》。同样的道理，对于欧洲另一位杰出的戏剧大师易卜生及其剧作的探讨，也是没有止境的。

那年访问挪威，感到最大的收获，是在奥斯陆接触到亨利克·易卜生的生命原版，掌握了这位伟大剧作家比较全面、真实的面貌。中学时代，读了鲁迅先生的《娜拉走后怎样》《文化偏至论》，才知道了他的名字（当时译为伊孛生），后来又阅读了《玩偶之家》《群鬼》等几部剧作，对于他的思想倾向和艺术追求有了初步了解，认为这是一位十分关注社会问题、道德问题的现实主义剧作家，他善于通过所谓"时政戏剧"，充分暴露社会上隐蔽着的矛盾，揭橥资本主义美丽面纱后面的种种丑恶与虚伪。及至这次在奥斯陆参观了他的纪念馆，系统地探究了他的行藏、身世，进而通读了他的全部剧作，才晓得过去所认识的不过是一个侧面，他的文学成就中最为闪光之点，应是揭示人类普遍存在的生存困境和精神困境，以及由此引发的人性纠葛、心理冲突。他说："我的主要目的，一向是描写人，人们在一定社会环境和思想观念支配下的情绪，他们的命运。"他认为，他的大多数作品都是关于"能力与期望之间以及意愿和可能之间的矛盾""呈现在我们面前的不是思想冲突，也不是现实生活的环境，我们看到的是人性的冲突"。这无疑地揭示了他的戏剧艺术所具有的一些本质性东西，即人性剖析、哲学意蕴和社会意义。

我很喜欢他晚年写的《当我们死而复苏时》，剧作家自己称它为"戏剧收场白"。剧中男主角雕塑家鲁贝克教授崇拜唯美主义艺术。他年轻时，创作了一座象征着世界上最崇高、最纯洁、最理想的女人觉醒的大理石雕像，题为《复活日》。模特儿由美丽的少女爱吕尼担任。三年多的时间里，爱吕尼把可贵的灵感和真挚的爱情奉献给他，帮助他出色地完成了艺术杰作。可是，雕塑家为了全身心投入艺术事业，"不亵渎自己的灵魂"，拒绝接受爱吕尼的爱情，致使后者愤然出走，逐渐变得放荡不羁，处境十分凄凉。而雕塑家鲁贝克成名之后，娶了一个爱好打扮、精神空虚的女人做妻子。婚后，夫妻之间共同感到厌倦，过得很不自在，雕塑家再也创造不出来真正有价值的作品。后来，他从国外归来，在海滨浴场与爱吕尼不期而遇，她那仿佛从坟墓中出来的苍白面色、迟滞、迷茫而充满怨恨的神情，使鲁贝克深深为之震撼。爱吕尼向他倾诉了自己的不幸遭遇，并批评了他过去奉行的"第一是艺术作品，其次才是人生"，实质是以自我为中心的生活准则；并在这生命途程中的关键时刻告诉他一个真理：只有当我们死而复苏时，我们才明白什么是无可弥补的损失，并会发现，我们其实从未真正生活过。也正是在此刻，鲁贝克真正觉悟到：爱是生命的养料、艺术的灵魂，生活中不能没有爱，有了爱还要懂得珍惜它。他们都为过去轻易放弃了幸福生活而惋惜，期望能重温旧梦。最后，二人手挽手向高山走去，穿过雪地、迷雾，一直走上"朝阳照耀的塔尖"，决心让"两个死去的人复苏，把生活的滋味彻底尝个痛快"。遗憾的是一切都太晚了，结局竟是一场悲剧——他们双双被埋葬在一场突发的雪崩里。

在这部悲剧里，艺术的冷酷和生活中的温暖形成鲜明的对照，艺术最后竟成为艺术家的牢笼。鲁贝克能够创造出自己想象中的完美的艺术杰作，却无视也无力回归与艺术攸关的人性。他不得不承认，他是通过损害别人的生活来从事艺术的。为了艺术，他抛弃了一切，抛弃了青春、爱情和早年的理想主义。实际上，他在牺牲了所有这些必不可少的东西的同时，也就在某种程度背离了真正的艺术。

一切舞台、剧场，就其本质来说，都应该是心灵展布、人性张扬、生命跃动的人生实验场。《当我们死而复苏时》这部戏剧，就是向我们昭示了成功者的悲憾，以及人类普遍存在的生存困境和精神困境。尽管它并非剧作家的一部自传，但观赏之后，细心的观众也不难领悟到，易卜生似乎深为自己呕心沥血劳作一生，全力投身于戏剧创作，却无暇领略与享受种种人生幸福而感到遗憾。

要之，正是从戏鉴人生这一深刻意义上，英国著名导演彼得·布鲁克才说："我们越来越需要去细细品味生命中的任何瞬间。我觉得这是剧场可以做到的。在剧场中我唯一的目标，是让大家在一两个小时的体验之后，以某种方式获得比走进剧场前更多的对于生活的信心。"此之谓"戏鉴人生"也。

戏迷人生

如果说，戏比人生、戏鉴人生属于戏剧对于主体的深度介入，那么，戏迷人生则是主体在戏剧面前的生命迷失。

张学良先生多才多艺，一辈子兴趣极广，癖好繁多。然而，由于性格与环境使然，多数都半途而废，未能坚持始终。他酷爱书画，书法颇见功力，年轻时不惜重金多方罗致名人法书和绘画珍品；后来，随着兴趣的转移，那些收藏品渐渐地都流失了。他说："明代的书法、扇面，明朝有名的那些人，我差不多没有没收到的。明四大家，明朝那些所谓画工精美的，我就成套地收。现在，这些明朝的书法，那些古董，画啊，我几乎都没了，我都换饭吃了，都卖了。……我有一幅字，当时是花三万块钱买的，二十九个字，一字千金啊。现在，这个东西在日本横滨博物馆里头，王献之的。"

他有很长一段时间，专心研究明史，搜罗史籍，记录卡片，思考很多课题。一度曾想去台湾大学教授明史，或者到史学所去做研究员，而后却又中断了。就信仰而言，他曾对佛教产生过浓烈的兴趣，读了许多佛经，还曾向佛学专家虚心求教，探索佛禅真谛；后来，听了宋美龄的劝诫，皈依了基督教。以他那样流离颠沛、错综复杂、命途多舛的经历，加之生命途程又是那样绵长，情随事迁，兴与境偕，原是不难理解的；"百年如一日"，对谁来说，恐怕都难于坚持。

当然也有例外。对于汉公来说，唯一信守不渝、之死靡他的，就是对于京剧的酷爱。即使在长达数十年的拘禁期间，已经没有接触戏班的可能，何况又置身于文化、风习都有一定差异的孤岛，但他还是通过听取留声机唱片，通过挖掘从前的记忆储备，通过宋美龄赠送的高级收音机来欣赏京剧。其实，号称"戏篓子"的汉公，数以百计的京戏段子早已谙熟于心，宛如一部完整的"京剧大观"，已经足够他玩味于无穷了。

一有空闲，他就陶醉在戏文里，沉浸其间，自得其乐。真像京剧传统剧目《戏迷传》中那个伍音似的，由酷爱而入迷，以至日常生活，一言一行，皆仿效京剧的表演。戏中伍妻有四句念白："奴家生来命儿低，嫁了个丈夫是戏迷，清晨起来唱到晚，不是二黄就是西皮。"如果一荻夫人也会登场作戏，这几句词儿倒是很现成的。

汉公这个戏迷，还不止于爱好，他还称得上是研究专家。从早年开始，他就凭借其优越的地位与特有的条件，在京津沪上与几代名伶——那些名闻四海、演艺超绝的各种流派、各类角色的顶尖级人物，还有众多的戏曲研究专家，结为戏友，相与探索、交流有关的学问；他也观赏过无数场具有代表性的京剧节目，所谓"观千剑而后识器"，有幸亲自见证了中国京剧的发展历史。这种情况，在闻人圈子里，在梨园史上也不多见。

由于有良好的文化素养，又具备超常的悟性，他在结识名家、观赏戏曲的同时，很好地接受了传统文化知识，熟悉了大量历史掌故，掌握了丰富的经世智慧、人生体验，使戏曲内涵融会到整个人生旅程之中。可以说，那些剧目、戏文在一定程度上已经成为他的生命存在方式，影响了他的价值取向、思维方式以及处世准则，甚至支配着他的人生道路。

西安事变和平解决之际，他要亲自陪送蒋介石返回南京。周恩来同志听说后，立即赶往机场劝阻，无奈迟到一步，飞机已经起飞。周公慨然地说："汉卿就是看《连环套》那些旧戏中毒太深了，他不但要'摆队送天霸'，而且，还要'负荆请罪'哩！看来，感情用事，总是要吃亏的。"

有大功大德于国家、民族，却失去了自由，惨遭监禁，成为阶下囚，应该说，这是最令人伤恸的事情了。可是，当老朋友邵力子去看望他，他却风趣地说："我这次冒着生命危险，亲自送委员长回京，原想扮演一出从来没有演过的好戏。如果委员长也能以大政治家的风度，放我回西安，这一送一放，岂不成了千古美谈！真可惜，一出好戏竟演坏了。"这既表明他是性情中人，思想通脱、纯正，处事简单、轻率，确实不是老蒋的对手；同时也能看出，戏曲对于他该有多么深重的影响。

由于他胸中积蓄很多现成的段子，戏文与情节已经烂熟于心，因此，用戏曲中的典故、情节来谈人说事，表述世情，抒发情怀，便成了他固定的思维习惯。在日常生活中，他能够像应用诗文、成语那样，随时随地引出一段戏文，用以表达思想、意见、观点、情感，脱口而出，而且恰合榫卯。因此说，戏文成了他的一种话语方式。一荻夫人就曾这样说过："他一说就是唱戏的事。他说事，总愿意找个戏的话题。京剧《赵氏孤儿》中的老程婴，一开唱就说'千头万绪涌上心头'；汉卿也是这样说：'我今天给你们说话，我要讲历史，也是千头万绪涌上心头。'"

作为本文的煞尾，我从汉公看过的京剧中选出几十个剧目，以"子弟书"的形式，编成一个"集锦"小段，聊助谈资，借博一笑。

《春秋笔》胡诌闲扯寄逸情，

编一段"戏名集锦"奉君听。

《翠屏山》上下翻飞《六月雪》，

《牧羊卷》高高挂起《宝莲灯》。

《马前泼水》浇跑了《十三妹》，

《吕布与貂蝉》《金殿装疯》。

《四进士》《法门寺》前《哭祖庙》，

《八大锤》《武家坡》上《打严嵩》。

《贵妃醉酒》昏迷在《甘露寺》，

《黛玉葬花》哭倒了《牡丹亭》。

《打棍出箱》逃到《三岔口》，

《上天台》为了《借东风》。

《风流棒》打散了《群英会》，

《四郎探母》遭遇了《抗金兵》。

《打渔杀家》结下《生死恨》，

《追韩信》引出《徐策跑城》。

《伐东吴》夺走了《红鬃烈马》，

《铡美案》名头失误错斩了《陈宫》！

《赵氏孤儿》洒血《赤桑镇》，

《杨门女将》同心《战太平》。

《珠帘寨》不行就进《穆柯寨》，

《战宛城》失利再去《战樊城》。

《打龙袍》只因他《游龙戏凤》，

《辕门斩子》为的是《失街亭》。

《双李逵》《御碑亭》前《盗御马》,
勇《秦琼》《定军山》上《探皇陵》。
《钓金龟》《渭水河》边垂竿坐等,
《秦香莲》《桑园寄子》大放悲声。
《捉放曹》每番看过《三击掌》,
《连环套》错送天霸换来了《审潘洪》。
《戏迷传》梨园几辈传佳话,
百岁缘国粹弘扬说汉卿。

病室谈《庄》

本来，生、老、病、死的苦痛就够一说了；有的还觉得不足，于是又翻了一番，弄出所谓"人生八苦"。生、老、病、死之外，再加上四种苦情——爱别离、怨憎会、求不得、五蕴盛，也就是亲爱之人分别、离散，恨怨、憎恶之人反而常相集聚，喜欢的得不到，而涵盖了人的整个身心的色、受、想、行、识"五蕴"却炽烈旺盛。有这么多的苦相依相伴，难怪那个名震全球的大作家歌德，在他年届七十五岁之时，要说："这一辈子，快乐兴奋的日子，前后算起来不足四个星期。"

二十几年前，我曾经历过一场重大的生命劫难，直接面对着死亡这个魔鬼的威胁。为了纾解与排遣兜头涌来的忧思、病苦，我选择了以书为伴；有时，还以文会友，"摆龙门阵""侃大山"。

记得林语堂先生说过，读者选择作家是去寻找与自己相似的灵魂。而我卧病当时的选择庄子，除了这一点，还有战胜病魔的考量，也就是要从庄子的自然观、生命观、价值观中，获得领悟，汲取力量。除了我自己床头读解，口诵心惟；恢复健康过程中，还经常同几位文科教授、文化学者在病房里开怀纵谈，而以生死、病痛为由头的读《庄》解《庄》则是当时的热门话题。

那天，我靠着枕头斜欹在床上；G先生和H女士分据着两个沙发；眼镜S坐在椅子上。这些靠书卷以遣有涯之生的书呆子，三句话不离本行，一张嘴就是读书与疗疾的关系。G兄年长，学问也最大，当然是由他开篇了。他说，西汉学者刘向有"书犹药也"之说；而说得最明确的还是诗翁陆游："愁得酒厄如敌国，病须书卷作良医。"意思是，心中郁积愁烦，借酒浇愁，犹如献粮资敌，只会使愁烦雪上加霜；而好的书卷如同良医，确是疗疾祛病所不可缺少的。他还有一首七绝："儿扶一老候溪边，来告头风久未痊。不用更求芎芷辈，吾诗读罢自醒然。"清代学人阐发其意，说"忧愁非书不释，愤怒非书不解，精神非书不振""书卷乃养心第一妙物"。那么，书卷中又有哪些疗疾祛病的上上佳品呢？宋代诗人说了，"赖得《南华》怜我病，一篇《齐物》胜医方""欲识道人真静处，《南华》一卷是医王"。

H女士接上话头，说，嗜书也像用药一样，讲究对症、对路。要论养心安神，古今书卷中《庄子》确实为上上佳品。病，有"三分治七分养"的说法。养病贵在养心。"百感忧其心，万事劳其形，有动乎中，必摇其精"；特别是那些内科疾患和心理疾病，精神、情绪、心态惊扰不宁，即使华佗再世、扁鹊重生，也无能为力；而《庄子》一书，恰恰在"开襟""解套"方面，提供方法，也最见功效。

眼镜S插言了："孔子对于死亡问题，一向采取回避态度，当门生子路问到他时，便很不耐烦地回答：活人的事情还没有弄清楚，活着的时候应该怎样做人还没有弄懂，哪里有时间去研究死人的事情！而庄子则截然相反，他总是不待弟子发问，便主动地谈，反复地谈。有人做过统计，《庄子》一书中说到死亡问题的，竟达二百多处。关于生命，庄子强调养生适己，反对追名逐利、人为物役，因为那样会丧失自由，磨蚀天性。而儒家就不同了，他们把立德、立功、立言'三不朽'，作为人生的终极目的。"

H女士认为，无论怎么理解，生命可贵，应该爱惜，这一点是没有疑问的。庄子奉行相对主义，却热情赞扬尊重人民生命的大王亶父，而极力反对"以物易性"的做法，因为那样会丧失人之为人的根本。所以，他在《让王》篇里说："能尊生者，虽贵富不以养伤身，虽贫贱不以利累形。今世之人居高官尊爵者，皆重失之。见利轻亡其身，岂不惑哉!"

我补充说，从前有个邻居，是市里的中层领导，五十多岁了，体检时发现患了胃癌，当时正赶上人大换届，为了能够再上一步，便把病情隐瞒下来，前后闹腾耽误了半年，结果，虽然当上了人大常委会副主任，却丧失了最佳治疗时机，最后送掉了一条命，演成了人生悲剧。听到这里，H女士以截断众流的气势，下了一个结语："这种迷惑的人生，许多人泥足深陷，不能自拔，恐怕也是一种宿命吧。"

在另一次文友对谈中，H女士因事没有到场，D博士补了进来，我们四个人再次围绕着死亡问题，畅谈了各自的见解。

眼镜S从死亡的恐惧说起。他说，人们之所以畏惧死亡，在于存在一种对于死亡所引起的价值虚无的意识，因为人有思想，所以人是唯一知道死亡痛苦的动物。老托尔斯泰说过，要是一个人学会了思想，不管他的思想对象是什么，他总是在想着自己的死。动物没有思想，就感受不了这种存在论上的幻灭之苦。上帝是很残酷的，他按照自己的形象造人，却不许人们像他那样长生不死，于是出现了一个普遍性的悲剧现象：终归幻灭的肉体总是羁存着一个渴望不朽的灵魂。由于人总是不满足于生命有涯而追求无涯、追求永恒，因此，才苦苦地期望着：从无意义中创造意义，从无价值中实现价值。我们说一个人"不朽"，是指他通过物质或精神的实践活动，创造出可以永世流传的社会财富，从而为自己创造出一种不朽的"价值生命"，死了也还能存活在后人的心中，存活在历史之中。

"你说的是儒家的思想。"G兄接上他的话题，说，"道家却是另外一种观点。庄子把生看成负累，把死视为安乐，看作是回归家园；把生看作是气的凝结，像身上的赘瘤一般，把死看作是气的消散，像脓疮溃散了（也就收敛了）一样。他认为，死亡是对于人生负累的解除；死亡因此而具有了生命的价值。所以，在《齐物论》里说，谁说悦生不是一种迷惑，而恶死不是流落他乡的孩子忘了回家的路呢？庄子认为,参透生死,则世间万物莫足以扰心。'死生无变于己,而况利害之端乎!'"

D博士正在写作评论庄子"内七篇"的论文。他说,在《齐物论》中,庄子发问:终身忙忙碌碌,困顿憔悴,总是在追逐着什么,却连最根本的生命的意义、人生的归宿都不知道,怎能不让人悲哀!这样的人生,即便是不死,又有什么意义呢?人的肉体逐渐衰老枯萎,人的心灵、精神也随着肉体一道萎缩干瘪,这难道不是人生和生命的最大悲哀吗?人生在世,必然就是如此昏昧吗?还是只有我如此昏昧,而另有不昏昧的人呢?——这个"灵明之问",大概也只有庄子自己能够作答,可是,他偏偏到此为止,不往下说了。

这两次,文友们各就各位,倒也平静;可是,有那么一回,争辩到激烈处,竟然互不相让,搅成了"一锅粥"。看来,文人们打嘴仗,比"妇姑勃谿"要热络、有趣得多。直到今天,那种动人场景,还时时浮现在脑际,致令我想要拿它与"庄惠之辩"较短量长。

于今,岁月的河川中,已是千帆过尽;昔梦追怀,只剩下雨丝风片,倒影屐痕,还在陪伴着已届老境的文友们,在苍茫的暮色里匆匆地行走。而最令人悽怆不尽的是,在我病后的第二年冬天,G兄竟以花甲之年死于车祸,提前"物化",成了历史人物。淡烟斜日,凭吊无踪矣!

带着体温的铜板

教材课本，在我的心目中，自始就是庄严而神圣的。叩其原因，这当然和我从六岁开始即入私塾读书有关——四书五经、《老子》、《庄子》、《荀子》等两三千年传承下来的国学经典，莫说小孩子，即便是在成人眼中也是神圣无比的。八年过后考入中学，翻开一页页的课本，同样也是怀有一种敬谨、虔诚的心情。手捧着一册册中学语文课本，那时，我还说不清楚文质兼美的典范性啊，符合语文学习规律、体现语文素养的知识点、能力点啊，只是由衷地喜爱，虔诚地听讲，尽心竭力地解读，直到凭借已经练就的"童子功"（超强的记忆力）一一背诵下来。待到我从师大毕业，也走上三尺讲台，当了中学语文教师，知道了手中的教材课本，都是经过语文专家和一线优秀教师们精心选择、层层论证，进行过大量基础性研究，并在师生、生生教学互动中受到广泛而多层次的实践检验，那种敬谨的心情，更得到了进一步的强化。

这种情况，并未因我走上文学创作道路、成为散文作家而有所改变。一个具体例证是，我一直完整无缺地珍藏着20世纪50年代上半叶读过的中学语文课本，而且不时地研习那些早已熟记于心的范文，重温少时橙色宿梦，继续从中汲取营养。

突然有一天，接到南方一位友人函告，说是我的文章进入了中学语文课本，接着便陆续收到京、津、沪、粤、苏、鲁等地出版单位寄来的入选语文课本样书。其间，还应邀参加过人民教育出版社2012年在庐山召集的入选中学语文教材的作者座谈会。记得当时曾接受记者的采访，其中一个问题是：作为一位作家，面对自己的作品被收入语文课本，有些什么感想？

我说，用一句话来概括，就是十分荣幸，百分责任。语文学习关系到亿万青少年的成长，不仅担负着思维能力、审美情操的培养和文化传承的使命，而且有助于中小学生树立正确的世界观、人生观、价值观，继承优秀的传统文化，增强民族自尊心和爱国主义感情，在很大程度上决定着未来国民的素质。复旦大学校长苏步青教授有言，如果说数学是学习自然科学的基础，那么，语文则是基础的基础，是所有学科中最基础的学科。正是基于这样的认知高度，所以说，作品能够入选语文教材，确是一个作家的幸事。

当然，同时也感受到自己所肩负的社会责任。在这方面，鲁迅先生给我们树立了伟大的榜样。鉴于人是自身命运和社会发展的主体，先生以高度的文化自觉，提出"首在立人"的思想，推崇文艺的"立人"功能，指出："文艺是国民精神所发的火光，同时也是引导国民精神的前途的灯火。"也正是本着文学对于人的精神世界的唤醒、提升、引领作用，因而他在一篇文章中深情灼灼地说："还记得三四年前，有一个学生来买我的书，从衣袋里掏出钱来放在我手里，那钱上还带着体温。这体温便烙印了我的心，至今要写文字时，还常使我怕毒害了这类的青年，迟疑不敢下笔。"文学是铸造灵魂的工程，作家是灵魂的工程师。而铸造灵魂的工程，在青少年时期无疑是至为关键的，因而教学课本肩负着十分重要的使命。作为提供正能量的参与者，即便只是尽了一点微薄之力，所谓"沧海一粟"吧，就初心来说，也加倍感到责任的重大。

实质上，这里说的是作家与读者的关系问题。学生本身就是读者，而青少年更是规模宏大、起着支柱作用的读者群。从写作者角度，由此我联想到风行当代的所谓"读者意识"问题。何为"读者意识"？依我理解，也就是在写作过程中，作家自觉地考虑到读者的需要程度、接受水平、接受心理与审美兴趣。德国现代哲学解释学的创始人伽达默尔指出:"艺术作品是在其所获得的表现中才完成的,并且我们不得不得出这样的结论,即所有文学艺术作品,都是在阅读过程中才有可能完成。"例如戏剧只有在被表演时才存在,绘画只有在被观赏时才存在,包括文学作品也只有在阅读时才存在。而阿根廷著名作家博尔赫斯,则将创作比喻为"作者的一种自白",因而特别注重读者的在场性。依他看来,作家在创作时就在潜意识中假定了读者的存在,正如街巷需要路人的注视才得以确立自身的存在一样,诗人的自白也需要一个聆听的对象,即读者。

在这方面,我有切身的体验。前些年,我曾有机会在吉林大学附属中学和浙江湖州师范学院,现场听了关于我的文章的教学课。那天,吉大附中初三年级语文教师讲授的是拙作《我的第一位老师》。这篇散文记述了儿时我进入私塾读书前后同"魔怔"叔交往并受教的一些见闻趣事。这位绰号"魔怔"的族叔有两个特征,一是博学多闻,"多识于鸟兽草木之名";二是性情耿直,胸中常有一种怀才不遇、郁勃难舒之气。课堂上发现学生最感兴趣的是前者,七个发言的全都津津乐道;而对后者只是三人有所涉及,却又对引文"鱼龙寂寞秋江冷,故国平居有所思"(杜甫诗句)感到茫然。显然,对于时空界隔过于生疏、年龄只有十四五岁、涉世未深的孩子来说,这些内容有些僻奥了。当时我想,若是重新把笔,在书写这方面内容时,一定会从小读者角度着想,多费一些笔墨,或做出某些调整。

与此形成对比的,是湖州师院中文系那次讲授并研讨我的散文《一夜芳邻》。对于文中所描述的访问英国女作家勃朗特三姊妹故居时的心理活动(包括想象、幻觉、联想、追思)与间接的生命体验,大学生们反应热烈,师生与作者间产生了互动效应。这使我明确了什么是文学青年所喜爱的思维方式、审美趣味与表现手法,进一步深化了读者观念,特别是对于教材这类典型的"公共知识产品",力求最大限度地提供实现文章价值的可能性。

善 邻

一

九岁那年,春节期间私塾放假,我随同母亲到外祖父家,给老人家贺年拜寿。一进院,就见屋门上贴着一副洒金朱红墨迹对联:结善邻同照乘宝;正家风胜满籝金。

晚饭桌上,外祖父告诉我,这是一位"老学究"送过来的,里面蕴含几个典故。我琢磨一下,便说:"下联来自《三字经》:'人遗子,金满籝;我教子,惟一经。'"

外祖父点了点头,说,上联源于《左传》:"亲仁善邻,国之宝也。""照乘宝"出自《史记》:战国时,魏王对齐王说,他有"径寸之珠,照车前后各十二乘"。下联暗用了北宋黄庭坚的诗句"藏书万卷可教子,遗金满籝常作灾",后来被编写《三字经》的人把它引用过来。

今天来看,意义也十分深刻,就中提出两个重大的社会课题:"结善邻"说的是建立良好的邻里关系;"正家风"关乎培养、教育子孙后代。纵观天下,遍览古今,人类自从形成以个体家庭为基本成分的生活群落,便存在着、延续着一种祖德家风问题。如果说,这属于纵向的传承;那么,这种生活群落,无论其为传统社会抑或现代社会,都会因地缘相邻而构成横向的相依互动,亦即带有显著的认同感与感情联系的邻里关系。

这种邻里关系,作为人伦关系、社会关系、地缘关系的重要组成部分,在群体生活、群体组织中,一直发挥着重要的作用。其基本功能，可以相互支持、规范引导、社会管理三项概之。大则涉及生活其间的人群的生存方式与行为规范，小则影响到日常生活的正常运转。邻里关系是否正常、良好，不仅直接关乎社会的发展进步与生态平衡，而且对于人群精神素质、道德水平的滋育、涵养，会产生深远的影响。

这在我们中华民族，表现得更为突出。华夏大地上，传统社会以农立国，民众以"力田为生之本"，对于土地怀有执着而深厚的情感，长期过着相对稳定的定居生活；加上儒家伦理文化的熏陶浸染，使国人相互间产生较强的亲和力与共容性。由此，以血缘关系结合的家庭家族和以地缘关系联系的社区邻里为经纬，形成了稳固的网状关系结构。家庭是社会的细胞，社区是社会的单元，而邻里、乡亲（古称乡党）则是家庭生活与社会生活之间的重要纽带。这样，具有群体的凝聚力、归属感、依存感的鲜明特征的邻里关系，就随之而不断加强，成为社会中一项重要的公共关系。几千年来，祖辈留传的"远亲不如近邻""千金买宅，万金买邻""邻里好，赛金宝""美不美，乡中水；亲不亲，故乡人，割不断的亲，离不开的邻"等大量民谣民谚，形象地表明了邻里在社会生活中的重要位置。

二

"亲仁善邻"，核心所在，是睦邻以仁。孔子曰："仁者，人也。"《说文解字》："仁，亲也，从人从二。"可见，仁乃人之所以为人之道，它是从人与人的社会关系中衍生出来的，反转过来，又成为妥善处理人际关系、修己安人的道德准绳。从这个意义上说，亲仁善邻，同样也是家之宝也。家国情怀，原本是浑然一体的。

前几年，习近平总书记视察沈阳市沈河区多福社区，在同居民座谈时，语重心长地说，社区建设光靠钱不行，要与邻为善，以邻为伴。而与邻为善、以邻为伴的理念，作为中华民族的传统美德、先进思想文化的宝贵精神财富，作为整个社会的共识与公义，凝聚民心、敦风励俗的正能量，自始就以一种品格、气质、风范的形态，融化在民族的血液中，沉淀到社会风习里，一代代地传承下来，而且，许多还以诗文形式记载在历代典籍之中。

《孟子》中有这样一段话："乡田同井，出入相友，守望相助，疾病相扶持，则百姓亲睦。"意思是：共处同一井田（古代一种土地制度：把土地划分为方块，其中有公田、有私田）的各家，平日出入，互相友爱；防守瞭望（防御盗贼），互相帮助；有了疾病，互相照顾，那么，百姓之间便亲爱和睦了。在这里，孟老夫子不仅为我们描绘了一幅乡邻和睦共处的温馨、友善图景，而且给出了以邻为伴、比邻相依的价值目标与道德义务要求，成为中华优秀传统文化中关于邻里关系的经典论述。

至于那些状写邻里、乡亲间真情灼灼、友好交往、良性互动的古诗，更是不胜枚举。最是令人动心动容的，是诗圣杜甫的七言律诗《又呈吴郎》："堂前扑枣任西邻，无食无儿一妇人。不为困穷宁有此？只缘恐惧转须亲。即防远客虽多事，便插疏篱却甚真。已诉征求贫到骨，正思戎马泪盈巾。"诗人漂泊到四川夔州的第二年，住在瀼西的一所草堂里。房前栽有几棵枣树，秋来果实累累。西邻一位孤寡、贫寒的老妈妈常常过来打枣，诗人抱着无限同情的心情，并不加以干预。后来，他从瀼西迁到了东屯，便把这所草堂借给了一位姓吴的亲戚。这个"吴郎"为了防止外人过来"扑枣"，便在周围插上了篱笆。诗人发现了这件事，深感不妥，遂立即以诗代柬，加以劝阻。

唐诗中这类亲仁善邻的诗篇还有很多，诸如："经过旧邻里，追逐好交亲。笑语销闲日，酣歌送老身。一生欢乐事，亦不少于人。"（白居易）"僻巷邻家少，茅檐喜并居。蒸梨常共灶，浇薤亦同渠。传屐朝寻药，分灯夜读书。虽然在城市，还得似樵渔。"（于鹄）诗人们从切身经历、实际体验出发，以纯情、质朴的笔触，逼真地再现了邻里间和睦相处、热诚交往、亲密无间的情景，书写了相依相恋，珍重惜别的心迹，看了铭感五内，不禁心向往之。

三

载诸史籍的还有一些动人心弦的逸闻佳话——

宋人《谈苑》记载：五代时，官居工部尚书的杨玢，自前蜀归后唐，其长安旧居多为邻里侵占。子弟欲诉诸官府，写好状纸找他支持，他却回函进行说服教育，上面题写了四句诗："四邻侵我我从伊，毕竟须思未有时。试上含元殿基望，秋风秋草正离离。"诗中说，四邻侵占我们的房产，那就让他们去侵占好了，毕竟应该想想当初未曾拥有这些房产之时——我们原本就没有嘛！如果你们还想不通，那就不妨到长安城里，站在唐代大明宫含元殿的殿基上望一望：当年是何等繁华富丽啊！而今却是秋风掠地，荒草离离。诗中教育子弟以历史眼光看待眼前的得失，认识盛衰无常，繁华易逝，拥有再多又能怎样？子弟们领会了杨大人的训示，打消了上告官府的念头。

说到杨姓尚书，我又想到《寓圃杂记》《两般秋雨盦随笔》等明清杂著中，关于礼部尚书杨翥厚德海量、善待邻里的记载。邻人筑墙，侵占了杨家的宅基地，有人愤愤不平，以告杨公。公作诗云："余地无多莫较量，一条分作两家墙。普天之下皆王土，再过些儿也无妨。""普天之下皆王土"的典故，出自《诗经·小雅》。后来，《左传》《孟子》都曾援引过。占地者读过了这首诗，深深愧服。

杨翥活了八十五岁，历仕明代宣德、正统、景泰三朝，官声民望甚好。做修撰时，邻家丢了一只鸡，便骂是"姓杨的"偷去了。家人气愤不过，报告了宰相大人。杨翥说，又不是我们一家姓杨，何必计较！还有一个邻居，每逢雨天，便将自家院子里的积水排放到杨家院中。家人心中不快，他却劝解说，总是晴天多，雨天少。杨翥在京城，骑驴代步。下朝回家，常常亲自为驴擦洗梳理，倍加爱护。邻人年近六十，方有子息，自然疼爱异常。但是，这个男孩患有惊悸症，一听到杨家毛驴叫唤就哭个不停。杨翥得知后，便卖掉驴子，步行上朝。杨家的祖坟墓碑，被村中淘气的孩子推倒。守墓人认为事关重大，破坏了风水，于是，气急败坏地跑到杨府报告。杨翥听了，首先问，孩子受伤没有？当得知孩子安然无事，便告诉来人，把碑扶起来就是了，不要难为孩子，以免吓着他。一件一件事，乡邻们看在眼里，极表敬服，当事人更是心怀感激。有一年，一伙流贼密谋抢劫杨家财产，众邻人闻讯后，主动组织起来，帮助守夜防盗。

关于院墙纠纷的排解，清代也有一桩典型事例。安徽《桐城县志》记载，康熙年间，文华殿大学士兼礼部尚书张英的家人，与吴姓邻居因住宅院墙发生了争执，互不相让。告到当地官府，由于牵涉到宰相大人，谁都不肯插手，唯恐招惹是非，以致纠纷越闹越大。张家便派人带上家书，到京城面呈张相爷。张英拆信一看，原来是请他说话，打压吴家，于是，随手作复，交给来人，让他从速带回老家。家里人急切中盼来回信，开缄展视，上面题写了四句诗："千里家书只为墙，让他三尺又何妨。长城万里今犹在，不见当年秦始皇。"

家人不禁大失所望，但又不能不依，只好动手拆墙，往外让出三尺。村民见状，齐声赞誉，说，到底是"宰相肚里能行船"啊。吴家更是深受感动，便也主动把围墙向后撤退三尺。由此，争端迅速平息，两家院墙之间，还空出一条巷子，方便了路人通行。"六尺巷"由此得名，并传为旷世美谈。

杨翥的诗，从正面讲述道理：引证古代名言"普天之下皆王土"，义正词严，极有说服力、感染力；而杨玢、张英的诗，则是从反面做文章，连美轮美奂的含元殿和威震四海的秦始皇，都早已灰飞烟灭，了无形迹，眼下的尺寸之地又有什么争头？痛切、冷隽，发人深省。

不同时空、不同语境下的三首诗，表现手法上虽然各有差异，其寓意却彼此一致,不谋而合,都是着意于表达当事人亲仁善邻、与邻为善、以邻为伴的理念,宽容忍让,反求诸己,正确处理邻居间的矛盾、纷争。

四

邻里间的纠纷,诚然多为"鸡争鹅斗"之类的细事;但若认为无关大体,却是大谬而不然——它们往往牵涉社会公德、社区秩序、民风、家风等原则问题;而且,由于直接与民众利害相关,处在众目睽睽之下,如果当事者为官员,必定昭然若揭地映现出官民关系和执政者的形象。也许正是有鉴于此,三位日理万机的当朝宰相,并不以其事小而倨傲不理,而是认真对待,以妥善方式予以解决,从而收到良好的社会效果。

这里,最根本、最重要的还是秉持什么原则、从什么视角观察——是出以公心还是以权谋私,是顾全大局还是纠缠末节,是宽宏大量还是锱铢必较。三位当事人都是大权在握的所谓"朝廷命官",莫说"摆平"那些乡里"草民",即便是六品黄堂、七品知县,也可以随意玩弄于股掌之上。可是,他们并没有弄权施威,仗势欺人,而是严格地约束家人,首先从自己做起,主动退让,善待乡邻,"但存方寸地,留与子孙耕",也给下级僚属做出了表率

时光永是流逝,世事因时而异。那么,在21世纪的今天,我们应该如何看待这些分别产生于10世纪、15世纪、17世纪的逸闻佳话、懿言嘉行呢?换句话说,那些往古先贤的思想、修为,至今还有现实意义吗?

研究《周易》的朋友都懂得,"易"有双解:一为变易,一为不易(不变)。说的是通变致久,变化中包含着不变,不变中又蕴含着变。反映到历史观上,有个事与理的关系问题。"理比事长久,因为事是具

体的，个别的，而理则具有普遍性、规范性。可以说，无千年不变之事，有千年不变之理"。（陈先达教授语）

现代社会，随着生活节奏的加快、工作压力的加重，特别是城乡居住环境、住宅条件的改善，居民之间相互接触以及依赖、需求的状况相对减弱了，较之古代的传统社会，现实社区、邻里关系发生了明显的变化。这种情况提醒我们，应该研究、探索新的经验、新的做法，以适应新的形势要求。诸如，适当调整邻里的结构、规范与活动；借助通信与交通设施加强联系；注意尊重邻居的人格、意愿、生活方式和生活习惯；尊重邻居的合法权益；等等。

但是，正确处理邻里关系、解决矛盾纠纷的基本准则，却是今古大体相同，并未发生根本性的改变。至今，邻里关系仍然是社区乃至社会人际关系中的重要组成部分，而且事关家风、民风、社会风气。对于邻里间的矛盾纠纷，仍然应该认真对待，从苗头抓起，避免矛盾激化。处理矛盾纠纷时，仍然需要秉承亲仁善邻、与邻为善的理念，讲宽容，讲谅解，讲团结，讲风格，讲友谊，重情感，做到利益面前多让步，困难面前多救助。既然如此，那么，往古先贤那些感人至深的范例，传诵不衰的诗文，自然在今天仍有值得学习、借鉴的现实意义。尤其是那些高级官员在处理邻里关系方面的以身作则，率先垂范，对于我们各级领导干部，在反腐倡廉，树立优良作风，特别是家风、民风建设方面，更有直接的教益。

作为邻里关系的根基，作为家庭文化的集中体现，家风联结着民风，民风联结着社会风气；和谐、健康的家风，在建设精神文明和树立社会主义核心价值观的过程中，具有不容忽视的作用。为此，习近平总书记在十八届中央纪委六次全会上，强调指出："每一位领导干部都要把家风建设摆在重要位置，廉洁修身、廉洁齐家"。在"两学一做"实践中，我们联系这些古代先贤的懿言嘉行，可以加深对总书记指示精神的理解，从而进一步增强贯彻执行的自觉性。

感 恩

一

乡先辈李龙石大材槃槃,却久历坎坷,长才未展。考中举人之后,多次进京会试,均因不善攀附,铩羽而归,从此绝意仕进,过着穷愁潦倒的生活。后为饥寒所迫,北上求亲靠友,深谙"开口告人"的困境,因题《春夜咏怀》诗,中有"淮阴他日千金易,漂母当年一饭难"之句。

诗中以淮阴侯韩信年轻时困守乡关、走投无路的艰难处境,衬托诗人自身的遭际。本为咏史,而题"咏怀",乃因里面寄寓了个人深沉的感慨。当日韩信在城下钓鱼,河边有几位大娘漂洗丝绵,其中一位看见韩信饿了,便拿出饭给他吃,几十天都是如此,直到漂洗劳务结束。韩信深受感动,对那位大娘说:"我一定会重重地报答你老人家。"大娘生气地说:"大丈夫不能养活自己,家贫无以为食。我是可怜你这位公子才给你饭吃,哪里是希图报答!"韩信后来发迹了,被封为楚王,特意还乡拜见那位供他饭吃的大娘,赏赐千金,以为酬谢。对于韩信的知恩图报、守信不渝,清代学者顾炎武赋诗赞颂:"生来一诺比黄金,那肯风尘负此心!"

龙石公围绕着漂母与韩信的施与报,展开了直抒肺腑的议论。之所以说"千金易"而"一饭难",其理由至少有四:从性质看,千金酬谢,属于报恩;而当年的"漂母饭信",纯为怜惜落难王孙的义举,即令谈不上是慧眼识英豪,总还是"风尘知己"吧。清人诗云:"神交岂但同倾盖,知己从来胜感恩"(蒋士铨);"知己由来异感恩,此心难与众人论"(胡书巢),洵为至论。从品位看,知恩必报,诚然是可贵的美德,但终究是"有所为而为";而漂母的供饭,完全出于"恻隐之心",或曰怜才惜士,属于乐善好施的"佛心"、天性,此之谓"无所为而为"。从条件看,韩信身居王位,富贵无比,莫说是千金,即便是万金,也不会费多少周折;而当日漂母,却是完全靠着艰苦的劳动所得来养家糊口的。显然,她的家境十分困窘,否则,已经很大年龄了,还会出来漂洗衣物吗?从时间看,一次两次供饭,不算太难,难的是几十天如一日,心甘情愿,绝无怨言,确属难能可贵。

记得前些年,有人在北京某报发表文章,谈韩信因漂母一饭而报以千金,以及古训中的"滴水之恩当以涌泉相报",认为这两件事"有其不合理的一面"。基于"经济交易"中的"公平交换"原则,作者认为,在这种交易中,双方"都致力于最大限度扩大收益,同时降低代价",以实现"相等或者稍微多一点的方式回报对方"。这样,只要比原施者稍微多一点的回报量:一饭报以一金,或者滴水报以杯水、盆水就可以了。

这里一个要害问题,在于如何认识感恩的性质。公元5世纪,罗马哲学家塞尼卡在《论利益》一文中指出,要想准确理解感恩,就必须弄清施恩者与受恩者之间所存在的关系。要明确双方的意图,应是出于内心自愿;二者应须处于平等地位;特别要注意等价交换与由衷感激的区别。当代学者王向峰讲得更为明确:"古往今来,在人际关系中的道德关系与经济交易关系根本不同,前者最高宗旨是善,后者终极关怀是利;善是为义而付出,利要合义而获得。如果在人际关系中普遍以利益交换为原则,即使是公平交换,也谈不上是善。韩信发迹后以千金报答漂母,漂母死后人们又为她树碑建祠,其真正的意义并不在于简单的回报,予施恩者以超量的酬答,而在于阐扬和遵行知恩图报的道德原则。我们今天倡导知恩图报,赞扬'滴水之恩当以涌泉相报',是要使施恩与报恩不致沦落为商业场中的等价交换,让维护高尚道德行为的人情关爱与锱铢必较的商品交换划开鲜明界限。"

二

由此又衍生出下面话题。

《随园诗话》记载,袁枚前往扬州,路过南京北郊燕子矶宏济寺,发现两首题壁绝句,十分欣赏,但诗后只署"苕生"二字,不知其为何人。遂将两诗录下。归访年余,承熊涤斋告知,其人姓蒋,名士铨,乃江西一位才子。这样,他们就互通音信了,但是,其时还未曾见面。蒋士铨出于对随园先生的感激之情,写了一首七绝:"鸿爪春泥迹偶存,三生文字系精魂。神交岂但同倾盖,知己从来胜感恩。"以表达其由衷的谢意。

诗的开头引用东坡诗句"泥上偶然留指爪,鸿飞那复计东西"典故,说他的诗句偶然存留下痕迹,有幸入了随园先生的法眼、系念于心,自己对此感恩不尽。后两句描述他们之间的交往。说古人有"倾盖如故"的说法,我们神交已久了,岂止等于倾盖相逢,意为情感更是深厚得多。最后点出主题,知己之遇远远超出一般感恩。此为全诗之要领。

之所以得出"知己从来胜感恩"的结论,在于感恩与知己虽然同为人际交往中的美德与善举,都是值得充分肯定的,但二者处于不同的层次,体现不同的境界。感恩的对象、范围非常广泛,可说遍布于人生的各个时段、各种场合,大而至于命运、际遇、事业的支持,小而表现为举手投足之劳、嘘寒问暖之意;而知己就不同了,"人生得一知己足矣",平生不可能遇到很多。主要的还在于,知己处于更高境界,需要志同道合,声应气求,相知相重;而感恩却不必要求精神的契合、情志的相通,随便一件日常细事,只要予人以帮助,都可获得感激与报答。诗中，蒋士铨对于袁枚，当然也是抱着感恩的态度，但他是上升到知遇之恩、文坛知己、人生导师的高度，这就不同凡响了。

这里讲知己胜过感恩，只是从不同视角、就不同层次而言；其实，真正能够做到感恩不忘，知恩图报，有恩必报，又谈何容易！世间多有受人深恩而淡忘如遗，甚或以怨报德，直至反目成仇、恩将仇报之流。正如美国心理学家马斯洛所说的，体验和表达感激的能力，是情感健康的一个重要的，然而却被严重忽视的方面；与此相应，忘恩负义是情感病态的明显标志，这种情感病态普遍地存在于社会，诸如家庭成员之间，邻里之间，同事之间，以及伙伴之间等。

也正是为此吧，所以，知恩图报历来都被看作是最值得珍重的人间情感，把"滴水之恩当以涌泉相报"视为我们中华民族共有的传统美德与社会公德，把培养感恩意识、唤醒感恩心灵、传承感恩文化，看作是构建和谐社会、弘扬民族精神、形成良好社会道德风尚的根本性前提。古有明训，谆谆告诫："人有恩于我，不可或忘也；我有恩于人，不可不忘也。"说的是，施恩不应望报；而受恩者则须臾不可忘怀。西方也有类似的说法："把别人对你的恩惠刻在大理石上，把别人对你的诋毁记在尘土上。"

与此相对应，那类受恩不报、忘恩负义，甚至伤天害理、以怨报德的恶行，随时随地都会遭到严厉的谴责。清代诗人何献葵《题千金亭》诗云："空亭千古对平波，野渡斜阳犹客过。莫怪无人留一饭，报恩人少受恩多。"千金亭位于淮阴故城，为纪念韩信千金酬谢漂母的著名古迹。诗人针对人心不古、日渐浇漓的世风，借题发挥予以讥刺。

清纪昀《阅微草堂笔记》载：献县一位县官，对待下属官吏及差役极有恩德。县官死后，眷属尚在官署，吏役竟无一人存问。强呼数人至，皆狰狞相向，不再像从前那样恭顺趋奉。夫人愤慨，在灵柩前痛哭，疲倦了打起瞌睡来。恍惚中，听县令讲："这类人没良心，是其本性。我希望他们感恩戴德已经大错了，你还责怪他们忘恩，岂不是再误?"夫人霍然惊醒,于是也就不再埋怨、责怪了。县官语中带刺,寄慨遥深。

三

施恩、感恩、报恩,作为一种人伦理念与善行整体,共同体现一个"德"字。这里有大量蕴义丰富的课题值得我们从多层次、多角度进行研究与体味。

施恩者——感恩的对象,分为主体性存在与非主体性存在两类。前者目标往往是具体的,角色分明,易于分析与把握。比如个体化的父母师长,群体类的国家、民族、社会团体;后者则是博施普被,广布恩泽,虽可感知却难以确指,多属于大自然,如阳光、空气、土壤、水分,皆为人类以至其他生物的生命之源。两者的同一根性是无私奉献。非主体性存在有"三无私"之说:"天无私覆,地无私载,日月无私照。"(《礼记》中孔子语)就主体性存在说,父母对于子女,师长对于门生,也都是无私奉献,没有功利性的考虑。

与此相照应,感恩与报恩也有这方面特点。感恩、报恩是行为主体在生存和发展过程中,对于曾经施予自身恩泽的人和事物的一种感激与回报。感恩意识是指人们感激他人对自己所施的恩惠并设法报答的内在心理要求,是一种普遍存在于人类社会中的行为规范,也是任何文化公认的基本道德律。作为一种传统美德,它是纯粹发自内心的感念,并非一对一地简单报答。马克思指出:"道德的基础是人类精神的自律。任何强制性的'外烁'都难以奏效。"道德的本质是自律,而不是他律,是一种积极的、正面的肯定行为。

感恩、报恩关乎高尚人格,"唯贤者为能报恩"(《说苑·复恩》)。有人问爱因斯坦:何以取得如此伟大成就?答复是:"这要感谢他人。"他说:"我每天会提醒自己一百次,我的内在和外在生活,都是仰赖他人——无论活着或已经去世——努力的成果。所以，我必须竭尽全力，希望能以同等的贡献回报我从过去到现在自他人身上所获的一切。"

感恩，是一份美好情感，一种健康心态，体现着优良的品质，润泽着积极的人生。依我的直感，一当心中充盈着感恩之情，就会觉得浑身溢满了活力，感到分外的滋润，生发出一种愉悦感、充实感和积极向上的动力，进而深化对人生意义、生命价值的认识。有人说："感恩意识好比是人性深处的一根琴弦，一旦拨动，就会产生共振，引起共鸣，已有的道德情感就会得到增值和升华，从而促发更多美好的情感和行为。一些社会矛盾和问题，就会在相互理解和包容中销蚀在萌芽状态。"

当然，事物总是复杂多变的，另外一面也应予关注。也许正是由于施恩者的无目的性、无功利性，一切源于自觉自愿，"为而不有""功成弗居"，这样，就往往更易为人们所忽略。有些人长期处于一种盲目、麻木状态，对于"哀哀父母，生我劬劳""父兮生我，母兮鞠我。抚我畜我，长我育我，顾我复我，出入腹我"（《诗经·蓼莪》），这些习常惯见的恩德，早已抛诸脑后，一切都看成是天经地义，应该应分的，无须感念与回报；至于阳光雨露，"地母""天公"的浩荡洪恩，就更是熟视无睹，不在话下了。

中华优秀传统文化注重亲情伦理和道德关怀，倡导仁爱诚信以及相互间的责任、义务，强调道德自我修养、人格自我完善。但是，在现代化的发展进程中，处于社会转型期的传统理念也包括感恩意识，遭受到严重的冲击。市场经济奉行公平竞争、等价交换、优胜劣汰原则，强调自我意识，追求的是投入的最小化和收益的最大化；而网络的虚拟性，进一步导致人际关系的疏离与淡漠。受此影响，人际关系向实利化、工具化、物质化演进，特别是年轻一代，感恩意识呈现弱化倾向。

树立感恩意识，关乎全民族的思想道德建设，这是一项入脑入心的系统工程，其艰巨性不言而喻。这里有如下一些课题——

感恩的前提是知恩，承认自己时时刻刻都在受恩，受父母师长之恩，受社会、祖国之恩，受环境自然之恩，承认自己亏欠大千世界多多，"每天提醒自己一百次，我的内在和外在生活，都是仰赖他人"。这样，就能懂得感恩和回报。

"灵台无计逃神矢"（鲁迅诗句），知恩有赖于心灵感化。这是一种以情动情的情感汲引，以德报德的道德馈遗，以人性唤醒人性的生命感召。

报恩体现了知行统一，是一种生命行为，"天地之大德曰生"（《周易·系辞》），应该升华到人生观的高度。只报具体恩主，也是善行，但终属初级层面；古今之树鸿德、成大器者，无不以家国情怀，抱崇高理想，用一生的修为回报祖国、社会之深恩大德。

对　话

　　写下"对话"这两个字，才察觉到我是在一个最不适合的时间、场合来展开这个话题的。可是没办法，此刻涌上脑际、撞击灵府的，就是"对话"一词。

　　走进殡仪馆大厅，我心情沉重地同无言静卧的王向峰先生见了最后一面。而当抬头仰视先生面含微笑的遗像，耳畔仿佛响起两个月前床头握别时先生的嘱托："待我再恢复一些天，咱们就对话李白。"

　　病发前，向峰先生著文称："近日我和充闾在省政协文史馆的萃升书院，就杜甫诗进行了对谈，整理成文章刊发在《辽宁大学学报》上，近两万字。下一步我和充闾还想谈两个专题，一是李白，一是白居易。前些年我们曾经有过两次关于文学创作的对谈，效果都很好。除了唐代三位大诗人，我们两个人还打算在今后再对谈其他一些课题，继续这种研究方式。"这里说的是系统的长谈，至于日常交往中的对话，数不胜数。

　　向峰先生博学多识，腹笥丰厚，心地纯洁，凛然一身正气，淡泊世情，唯学是务，与之接谈，矜平躁释，顷刻间有如沐春风之感。先生于我情同手足，谊兼师友，慰诲勤勤，其相望之殷，相扶之切，令人感怀难忘。我们自20世纪80年代之初相识以来，四十年间，彼此相知相重，无日不切磋学问、交流思想，或对面交谈，或电话沟通，或书信、邮件传送，间以诗文唱和，对话可说成了我们不可或缺的"日课"。

　　他在文章中指出："对话属于意见、观点、视角、眼界的交流，更容易彰显思想、视野、情采，实现灵魂的同频共振，这样，才能不断碰撞出思想的火花。这种对谈的方式，是互相推动、互相启发的过程，如果就其中某一个问题我们各自独立写文章，是写不到那个程度的，所以，这种对谈的方式，是一种提高学术研究质量的好方法。在我交往的范围里，高人并不少见，但像同充闾那样，广泛交谈传统文化、古典诗文、中外文学与历史掌故等等，能够全面对话的人，并不多遇。'杨意不逢，抚凌云而自惜；钟期既遇，奏流水以何惭。'这是我所至为珍视的。"

对此，我亦有同感。对话的性质是思想交往，建立于对等或相近的学术水平和对彼此差异性的尊重基础之上。我们之间的对话，首先是凭借一个和谐、对等的交往平台，大前提是彼此足够的信任、理解与尊重。由于双方人生经验、思维方式、感知视角、学术取向、表达方式等方面大同亦有小异，导致个体间独特性的存在；但我们遵循"和而不同、求同存异"的原则，能够成功地实现和合共生，相辅相成。对话始于问题，没有问题何谈对话！不是说"真理诞生于一百个问号之后"吗？

对话中，出于尊重，一般都是由向峰先生为主导，提出问题，把握指向，我则积极主动地予以紧密配合；对话生动活泼，体现内在的未完成性与自由开放性，双方以全新的、独特的认知体验，为拓展思路、吸纳新知提供有效的支撑。尼采有言："真理开始于两个人共同拥有的那一刻。"每逢我们展开对话，亦即我们同步启程探索真知的那一刻，都是我思维最灵动、心情最快活、才智得以充分发挥的时节。

"世间美物不坚牢，彩云易散琉璃碎。"而今，幽冥异路，迥隔人天，只能面对遗像，相见无言。心头不禁悲吟："觅得知音自古难，卅年遗爱结清欢。灵前确认人长往，细雨春深忆对谈。"

我注意到，前来吊唁者十之八九为先生历届门生、弟子，年长的已白发盈颠，坐七望八，中青年彦俊更是数不在少。作为知名教授，向峰先生施教垂六十载，通过由孔夫子、苏格拉底开创的对话形式，汲汲于提携后进，传道解惑，于今及门桃李，已经灼灼其华，彬蔚称盛。应该说，纵谈对话，讲述切身体会，这些亲承芳泽的高足，当有更多体会，更多话说。——在对话交流中，老师发挥主导作用，学生发挥主体作用，并非单向的灌注，而是平等的交流，也非简单的接纳，而是精神的互动。打开思想的闸门，眼前随时敞开一方新的视界，相互启发，相互碰撞，情怀放纵，心态宽舒，其乐亦融融也。其中重要的一环是启发式教学。苏格拉底常说，他的对谈艺术就像为人接生一样。助产士本身并不是生孩子的人，她只是帮助接生而已。苏格拉底的助产术，集中表现在他经常采用的"诘问式"的教学方式中，以提问的方式充分调动对方的主观能动性。

再广泛一点说，生活就其本质来讲就是对话。几百年前的经典小说《西游记》《金瓶梅》里，就有"不对话着头便打""俺娘要和你对话哩"的叙写。外国的文艺理论家巴赫金讲得就更深刻了：存在即交际，对话是个人存在的本真状态，既为目的，也是方式。单个人的意识难以自足，对话促进了意义创生，贯穿着对创造的呼唤。英国的物理学家、思想家戴维·伯姆也说："对话仿佛是一种流淌于人们之间的意义溪流，它使所有对话者都能够参与和分享这一意义之溪，并因此能够在群体中萌生新的理解和共识。"看得出来，在对话中，双方都是获得者、受益方。

向峰先生的辞世，是我国学术界、教育界、文学界的巨大损失。追悼会上的祭文和来自全国许多高校、美学学会以及省内各界的唁电，就此做了集中的表达。

告别殡仪大厅，我一步三回头，依依不舍地瞩望着先生的遗容，首先想到的是，而今而后，再也没有同这位良师益友对谈的机会了。"一代风流尽，修文地下深。斯人不重见，将老失知音。"（杜甫诗）悲夫，悲夫！尽管脑子里浮动着先哲老子的名言："死而不亡者寿。"向峰先生嘉惠士林，著作等身，他的精神当然得以永存；尽管韩愈的祭文中也曾说过："死而有知，其几何离？其无知，悲不几时，不悲者无穷期矣！"但是，此刻的我，总还是难以接受当下生离死别的现实。现实是残酷的，多少大学者、思想家带着满腹经纶离开了人世，难怪有人要说，那些国宝级人物应该赋有九条生命，随时可以赓续。这当然不过是甜蜜蜜的幻想。

"生者为过客，死者为归人"，最后都得以这种方式面对亲人、朋友。只是哀悼对象不断地更换，颇似唐诗中说的江月那样："不知江月待何人，但见长江送流水。"不变的唯有殡仪厅正壁上那颗钉子，安安稳稳在那里，今天挂了这张像，明天又换那张像，包括底下低头默哀的人，说不清楚会轮到谁在下面谁在上面。

独　处

一

为了突击完成一部书稿，那些天，我特意躲进了辽东山区，独居索处。此间名为山庄，实际上只是一座比较褊窄的三层小楼，颇像一个孤悬在大树丫杈上的鸟巢，遗落于绿涛翻涌的林峦深处，淹没在喧啸如潮的鸟噪虫吟里。此情此境，让我蓦然记起现代诗人朱湘的名章隽句："有风时白杨萧萧着，无风时白杨萧萧着，萧萧外更听不到什么。野花悄悄的发了，野花悄悄的谢了，悄悄外，园里更没有什么。"寥寥数语，写尽了诗人心境的孤独。

一天忙过，晚餐后，我搬了一把椅子到平台上，与青山对坐，虫鸟为邻，屏神敛气，收视反听，努力把整个身心融汇到神奇的大自然之中。四围林涛涌动，浓绿间杂着青葱秀嫩，枝分叶布，翠影婆娑，晚风吹过，一如波澜起伏的海浪，前波刚刚漫过，后波便又推涌过来。置身其间，犹如轻舟漂浮海上，在簸动中体味着孤独，感受到寂静，正所谓"蝉噪林愈静，鸟鸣山更幽"也。

年轻时读到冰心先生的抒情散文《往事》，对她的青山幽处，面对寂静空漠的雪月，回首往昔的行踪，滤就水晶般清澈的襟怀，饱享清空灵动的精神陶冶，充满了神奇的向往，直到能够熟练地背诵："天国泥犁，任她幻拟：是泛入七宝莲池？是参谒白玉帝座？是欢悦？是惊怯？有天上的重逢，有人间的留恋，有未成而可成的事功，有将实而仍虚的愿望；岂但为我？牵及众生，大哉生命！这一切，融合着无限之生一刹那顷,此时此地的,宇宙中流动的光辉,是幽忧,是彻悟,都已宛宛氤氲,超凡入圣"。这次我也山居旬日,对于其情其境,算是有了切身的领略。

我这么说,当然并不意味着对于与世隔绝、绝交息游的认同。人是社会性动物,任谁都必然生活在"你我他"之中,谁也当不了"唯一者"。鲁迅先生曾经嘲笑过:世界上最好有三个人,除了我和我的爱人,至少还有一个卖烧饼的。何况,填饱肚皮之外,还需交友、交往、交换。古人有言,"天下之达道五(即"五伦"),而其一曰朋友之交。朋友者,所以析疑劝善,相切磋以进于道。故为仁者必取友""独学而无友,则孤陋而寡闻"。应该说,"社交健康"是幸福生活的重要组成部分,积极的人际关系会使我们的生活充实、快活。至于寻觅志同道合、声应气求的知音、知己,就更是人生的至乐了。开头我就说了,此番"独处",是在一种特定的情境下出现的。

二

有的学者说,世人做一切事情的动力有两类,一为外部世界的驱迫;一为内心世界的驱迫。来自外部世界的驱迫是存活的压力,要通过做事换取起码的温饱和舒适以及精神的愉悦;来自内心世界的驱迫,是艺术家、科学家的创造冲动,艺术家迷恋于美的诱引,科学家感觉到好奇心的召唤。

在下既非科学家,也不是合格的艺术家,但由于结缘缪斯女神,迷恋上了诗文,这样便自觉不自觉地陷进灵魂生活的"泥淖"里。而以思索为特征的灵魂的生活,是在独处中展开的,前提是需要宁静,与骈肩接踵、歌鼓喧阗无缘。"我思故我在"。人,作为万物之灵,或称镶嵌在自然界皇冠上的宝石,其独特性在于他会思想,思想赋予文学创作、学术研究以活的灵魂,提供创造性思维和不竭的动力源泉。

依我自身的体悟，独处是一种特殊的生存能力。源于治学与创作的需要，多年来我已习惯于独处，把它看成是一种难得的享受。对于一个重视精神生活、拥有自我的人来说，独处是生命中美好的时刻和堪资珍视的体验。柏拉图曾说："人在世上所获得的最好结局是：坐在那儿，沉思美好的事物。"对此，我有深切体会：在岁月的河川中，自是千帆过尽，阅遍人间春色，但独处中沉思美好事物的余痕，仍然时复荡漾在晚境的心窝里，带给我精神上无边的安宁与欣悦。

独处，为我提供了灵魂生长的必要空间。灵感在孤独中产生，创造在孤独中萌发，思想在孤独中闪烁；在孤独中，营造全新的境遇，擘画未来的拓展，拥有一份与天地对话、与永恒沟通的灵思、虚静与解悟。独处，尤其有利于想象力的发挥。独对自然，抑或独坐观书，头脑在宁静中开启了灵窍——电波般的思维，瞬间扇起腾空的翅膀，连接物我，贯通古今，翱翔寰宇。

当然，并非人人都能耐得住孤独，禁得起寂寞。面对五彩缤纷的世界，许多人不甘寂寞，奔走驱驰，沉迷外在耀眼的辉煌，竭力彰显自我价值的实现，多的是生活的外部形态的斑斓，而无补于内心的营卫，忽略了给生命留一份独有的自我，让生命在精神境界中灵动起来。

三

一般说来，孤独者都属于强者，他们有高度的自信，坚定的信念，执着的追求，内心足够充实、无比强大。孔夫子"发愤忘食，乐以忘忧，不知老之将至"；困于陈蔡之间，"七日不食，藜羹不糁"，读书习礼乐不休；遭遇险急，"自反而缩（反躬自问，确认正义在我），虽千万人，吾往矣"。庄子拥有"周旋于亿万人间，如处独焉，如蹈虚焉"的定力，神游天外，思之无涯，心灵无羁绊。域外的先哲，以不同的方式、超越的追求，寻找精神的自由飞翔方式。泰勒斯习惯于独行旷野，仰观星斗，以致跌进深坑。可见，独处不是茶余饭后的消闲，而是一种特殊的理想精神状态，体现着灵魂的放射、人生的境界。

列夫·托尔斯泰说过，在交往中，人面对的是部分和人群，而在独处时，人面对的是整体和万物之源。人只有在独处时，才能与无限之谜相遇。没有独处，难有个人的独立思考，文学艺术和哲学思维都需要独处的环境。特别是，随着现代社会的发展，人类生活空间会变得日益狭窄，这样，要求有一个"私人空间"的向往也就日益迫切；而且，这种向往不仅仅限于生活，更多是哲学层面上的。

英国天才女作家伍尔芙在《一间自己的房间》中提出，妇女写小说，必须要有每年五百英镑和自己的一间屋。这是一种象征说法，她的"五百英镑"，标明妇女经济地位的稳固自足，而"一间自己的房间"则象征着女性精神世界的独立与被尊重。由此可见，"为自己保留一间单房"，也并非单纯地从物质意义上着想，而是侧重于心理境界。

有些艺术家，在客观生活中接触大量的现象，获得了一些感受，往往就以为可以跨进艺术创造的门槛了。其实，事实证明，沉淀与升华是必不可少的，就是说，还须先在这间"幽居的单房"里休整一些时日。在这里，艺术家要对把握到的客观世界的实在性，做个性化的熔炼，调动自己全部才情来统摄客观素材。在这种情况下，主体、客体的遇合，就不再是一般的历史知识与地理背景上的联想式的沟通，而是一种天籁式的把握。可见，这个"保留一间单房"，既包括物理空间，更多的还是指心理空间。

与伍尔芙大体上同时代的法国文学家罗曼·罗兰，针对当时苏联艺术家过分强调观察客观世界、关心社会生活，把这看成是艺术创造的唯一保证，而忽视内心情感的开掘，致使艺术创造的力量只能分散在客观事物的表面，也曾善意地劝告这些同行："在连绵不断的行动和感情的激流里，你们应该为自己保留一间单房，离开人群，单独幽居，以便集中思想，深入思考。"